BERND FRANZINGER

Zehnkampf

UNTER BESCHUSS Kommissar Tannenbergs Neffe nimmt an einem Zehnkampf teil. Während des 100m-Laufs wird der neben ihm laufende Sprinter beim Überqueren der Ziellinie von der Kugel eines Heckenschützen niedergestreckt. Am nächsten Tag entdeckt man in einer Weitsprunggrube einen Sportler, der ebenfalls mit einem Präzisionsschuss getötet wurde.

Der heimtückische Killer scheint sich bei seinen Anschlägen an den Zehnkampf-Disziplinen zu orientieren. Zudem hinterlässt er bei den Opfern merkwürdige Zitate und Sprüche. Offenbar hat er das Ziel, innerhalb eines engen Zeitfensters zehn Menschen mit jeweils nur einem einzigen Schuss zu töten.

Die Ermittler stellen fest, dass die Verbindungen der einzelnen Tatorte auf der Landkarte ein Fadenkreuz ergeben. Und als Tannenberg sich der Lösung des Falls bereits ganz nah glaubt, überschlagen sich die Ereignisse. Urplötzlich gerät er selbst ins Fadenkreuz …

Bernd Franzinger, Jahrgang 1956, lebt mit seiner Familie bei Kaiserslautern. Mit seinen überaus erfolgreichen »Tannenberg«-Krimis gehört er zu den bekanntesten Autoren der deutschen Krimiszene. »Zehnkampf« ist der zehnte Fall für seinen Kaiserslauterer Kriminalkommissar Wolfram Tannenberg.

Bisherige Veröffentlichungen im Gmeiner-Verlag:
Leidenstour (2009)
Kindspech (2008)
Jammerhalde (2007)
Bombenstimmung (2006)
Wolfsfalle (2005)
Dinotod (2005)
Ohnmacht (2004)
Goldrausch (2004)
Pilzsaison (2003)

BERND FRANZINGER

Zehnkampf

Tannenbergs zehnter Fall

GMEINER *Original*

Personen und Handlung sind frei erfunden.
Ähnlichkeiten mit lebenden oder toten Personen
sind rein zufällig und nicht beabsichtigt.

Besuchen Sie uns im Internet:
www.gmeiner-verlag.de

Im Ehnried 5, 88605 Meßkirch
Telefon 07575/2095-0
info@gmeiner-verlag.de

2. Auflage 2010

Lektorat: Isabell Michelberger, Meßkirch
Herstellung / Korrekturen: Julia Franze / Claudia Senghaas
Umschlaggestaltung: U.O.R.G. Lutz Eberle, Stuttgart
unter Verwendung des Fotos »hurdles 100« von:
Sportlibrary / fotolia.de
Druck: Fuldaer Verlagsanstalt, Fulda
Printed in Germany
ISBN 978-3-8392-1086-4

»Sport ist Mord.«

Volksmund

1

Die Anspannung der Zehnkämpfer steigerte sich ins Unerträgliche. Nervös nippten sie an ihren Trinkflaschen, überprüften zum x-ten Mal den Sitz der Laufschuhe oder fingerten an den Reißverschlüssen der Trainingskleidung herum.

Endlich forderte der Oberkampfrichter die Athleten auf, sich für den 100-Meter-Lauf fertig zu machen. Die Sportler klatschten sich alle noch einmal ab und wünschten sich viel Glück. Dann zogen sie ihre Trainingsanzüge aus und trabten zu den Startblöcken.

Tobias blickte hinüber zur Tribüne, wo sich inzwischen der gesamte Tannenberg-Clan eingefunden hatte. Sogar Kurt, der Familienhund, war mit dabei. Margot, seine Großmutter, stand zwischen zwei großen Kühltaschen und winkte ihm fröhlich zu. Sie hatte Proviant für eine halbe Kompanie eingepackt. Die anderen winkten ebenfalls oder reckten ihm aufmunternd die Fäuste entgegen.

Er bedankte sich mit einem knappen Nicken und ging die letzten Schritte bis zur Startanlage mit gesenktem Kopf. Hinter seinem Startblock schloss er die Augen, atmete tief durch, schnellte ein paar Mal wie eine Sprungfeder in die Höhe und klatschte sich mit den Handflächen auf die Oberschenkel. Anschließend zog er die Folie von seiner Startnummer und klebte sie seitlich auf die rechte Hüfte.

Heute wird es klappen. Ideale Bedingungen: super Wetter, starke Gegner, trockene Tartanbahn, leichter Rückenwind, schoss es ihm durch den Kopf.

»Auf die Plätze!«, befahl der Starter.

Ein letztes Aufblähen des Brustkorbs, dann brachte Tobias seinen von Adrenalinschüben aufgeputschten Körper in die ideale Startposition. Jede Muskelfaser war bis zum Zerreißen angespannt. Er war hoch motiviert, topfit und voll konzentriert.

»Fertig!«

Ein lautes Krachen zerschnitt die friedliche Stille.

Tobias explodierte förmlich. Die ersten, kurzen, trommelartigen Schritte in geduckter Haltung, dann das Aufrichten des Oberkörpers und der Wechsel in ein gleichmäßig hohes Sprinttempo. An seinem geschmeidigen, unverkrampften Bewegungsablauf spürte er, dass sein Körper optimal funktionierte.

Es war der 100-Meter-Lauf seines Lebens.

Tobias drehte den Kopf zuerst nach links und dann nach rechts. Aber er sah niemanden, auch nicht Marcel, seinen schärfsten Konkurrenten, der auf der Bahn direkt neben ihm lief.

Von der Tribüne her ertönten ›Tobi-Tobi‹-Rufe, stürmischer Applaus brandete auf.

Beim Überqueren der Ziellinie hatte er die elektronische Zeitmessung fest im Blick: 11,14 Sekunden. Jubelnd riss er die Arme empor. Neue persönliche Bestleistung – eine hervorragende Ausgangsbasis für die weiteren Disziplinen des Zehnkampfs.

Plötzlich hörte er schräg hinter sich ein spitzes Zischen, dem nahezu zeitgleich ein dumpfes Plopp-Geräusch folgte.

Zum gleichen Zeitpunkt saß John etwa 150 Meter von der Ziellinie entfernt in der Krone einer Buche. Aufgrund ihres dichten Laubwerks bot sie ihm nahezu perfekten Sichtschutz. Er trug dezente grüne Kleidung und gleichfarbige Trekkingschuhe, so dass er selbst bei genauerem Hinsehen kaum auszumachen war.

Er hatte sich in der Dämmerung auf den Weg gemacht und die zerlegte Waffe in seinem Rucksack hierher transportiert. Den passenden Baum hatte er bereits lange zuvor ausgespäht. Die alte Buche war leicht zu besteigen, bot eine bequeme Sitzposition und eine optimale Auflagemöglichkeit für sein Präzisionsgewehr. Zudem erlaubte die ausgesuchte Stelle einen ungehinderten Blick über den Zaun der Sportanlage hinweg – und somit ein freies Schussfeld.

Er fühlte sich wie ein Jäger auf seinem Hochsitz.

Ja, er war ein Jäger.

Nur jagte er eben kein Wild, sondern Menschen.

Die Jubelschreie der etwa einhundert Zuschauer erstickten schlagartig und ihre Mienen erstarrten. Einige von ihnen warfen entsetzt die Hand vor den Mund, andere deuteten fassungslos auf die Tartanbahn, wo Marcel Christmann nach wie vor regungslos auf dem weinroten Kunststoff lag.

Jedem im Stadion war sofort klar, dass der junge Sportler nicht aufgrund irgendeiner Verletzung oder einer Herzattacke kurz vor der Ziellinie zusammengebrochen sein konnte. Dazu waren die letzten Bewegungen des athletischen Körpers zu untypisch gewesen. Außerdem klang das Schussgeräusch völlig anders als der Platzpatronenknall aus der Startpistole.

»Deckung!«, schrie Wolfram Tannenberg, der geistesgegenwärtig die Dramatik der Situation erfasste. »Los, alle hinter die Garagen! Vielleicht schießt dieser Irre noch mal.«

Zuschauer, Kampfrichter und Athleten ließen alles stehen und liegen und brachten sich in Sicherheit. Tannenberg verständigte zuerst den Notarzt, anschließend seine Kollegen. Zudem forderte er das Sondereinsatzkommando an.

»Wir müssen runter zu ihm. Vielleicht ist er ja nur verletzt«, raunte er atemlos Dr. Schönthaler zu, obwohl er intuitiv das Schlimmste befürchtete.

Er wollte losstürmen, doch der Rechtsmediziner packte ihn am Ärmel. »Wolf, das ist zu gefährlich. Wir nehmen dein Auto und benutzen es als Schutzschild.«

Die beiden Männer spurteten zu Tannenbergs BMW-Cabrio und rasten in das kleine Stadion, das ansonsten als Schul-Sportplatz genutzt wurde. Mit eingezogenen Köpfen bretterten sie über den gepflegten Rasen hinweg. Das Auto schlitterte, riss einen Sonnenschirm aus der Verankerung und warf mehrere Markierungshütchen um. Tannenberg stellte sein Auto parallel zur Ziellinie ab. Dadurch wurde der leblose Sportlerkörper wie von einem Wall geschützt. Über die Fahrertür krochen beide hintereinander auf die Tartanbahn und knieten sich neben Marcel nieder.

Der junge Mann lag mit verdrehten Gliedmaßen auf dem Bauch, den Kopf zur Tribüne hin abgewinkelt. In Höhe des linken Lungenflügels war das Trikot bereits blutgetränkt. Ziemlich genau in der Mitte des ovalen Blutflecks zeichnete sich das Einschussloch ab.

»Komm, hilf mir ihn umzudrehen«, forderte Dr. Schönthaler, während er erfolglos nach dem Puls des Sportlers tastete. Als er exakt in Herzhöhe die Austrittsstelle des Projektils entdeckte, wiegte er mit zusammengepressten Lippen den Kopf hin und her.

»Scheiße«, zischte Tannenberg.

Er lugte durch die Seitenscheibe seines Cabrios hinüber zum Waldrand, von wo aus der Schuss abgefeuert worden sein musste. Dessen war er sich sicher, zu eindeutig waren die Indizien: Die Eintrittsstelle des Projektils auf dem Rücken des Opfers und dessen abrupte Oberkörperdehnung nach hinten, so als ob Marcel Christmann einen unerwarteten, brachialen Keulenhieb auf die Wirbelsäule erhalten hätte.

»Glaubst du, der ist noch irgendwo dahinten?«, raunte der Kriminalbeamte seinem Freund über die Schulter zu.

»Nee, der ist garantiert schon über alle Berge.«

Tannenberg wies mit dem Kinn auf den Toten. »Warum ausgerechnet dieser arme Kerl hier?«, fragte er mit belegter Stimme.

Merkwürdigerweise wurde ihm erst jetzt bewusst, dass die todbringende Gewehrkugel nur einen halben Meter neben seinem Neffen eingeschlagen war. Ein kalter Schauder jagte ihm den Rücken hinunter und ließ auf seinen nackten Armen Gänsehaut sprießen. Sein flackernder Blick huschte die Anhöhe hinauf zu Tobias, der im Kreis seiner Familie hinter den Flachdachgebäuden stand und zu ihm herüberschaute.

Vom Waldschlösschen her ertönte plötzlich Sirenengeheul, das schnell anschwoll. Nur wenig später preschte ein Notarztwagen ins Stadion. Ein paar Minuten später folgten das SEK, die Spurensicherung und mehrere Streifenwagen. Wolfram Tannenberg schilderte seinen Kollegen die dramatischen Ereignisse. Daraufhin fuhren die Sondereinsatzkräfte zum angrenzenden Wald, von wo aus aller Wahrscheinlichkeit nach der tödliche Schuss abgegeben worden war.

Anschließend eilte Tannenberg hinüber zu den Zuschauern, die sich nach wie vor hinter den Garagenbauten aufhielten. Er winkte seinen Neffen herbei und befragte ihn über dessen ermordeten Sportkameraden. Tobias war kreidebleich, zitterte und war noch immer nicht in der Lage, einen zusammenhängenden Satz zu formulieren.

Seine dürftigen Informationen halfen kaum weiter. Außer dem Namen des Toten und dem des Sportvereins, für den Marcel Christmann startete, konnte er keine weiteren Angaben zu dessen persönlichen Verhältnissen machen. Marcel sei normalerweise ein stiller, introvertierter, aber trotzdem sehr netter Kumpel gewesen.

»Nur vor und während der Wettkämpfe war er immer ziemlich hektisch und nervös«, sagte Tobias und fügte nach einem langen Stoßseufzer hinzu: »Manchmal war er sogar richtig geschwätzig.« Dabei schwammen seine Augen regelrecht in Tränen.

Der Leiter der Kaiserslauterer Mordkommission erkundigte sich anschließend bei den Zuschauern, ob irgendjemand eine sachdienliche Beobachtung gemacht habe. Doch er erntete lediglich stummes Kopfschütteln. Wie er selbst hatten offenbar alle Anwesenden gebannt den 100-Meter-Lauf verfolgt. Er wandte sich von den Zuschauern ab, blickte hinunter auf die Tartanbahn und ging in sich gekehrt ein paar Schritte in Richtung des Rasenplatzes.

Die Eltern des Jungen!, polterte es plötzlich in seinem Kopf. Die hab ich ja völlig vergessen. Er machte auf dem Absatz kehrt.

»Befindet sich unter Ihnen ein Angehöriger von Marcel Christmann?«, fragte er in die Runde.

Allseitiges Schweigen.

»Ein Freund oder eine Freundin?«

Keine Reaktion.

Er wandte sich an die Zehnkämpferriege, die

mit hängenden Köpfen im Kreis beisammenstand. »Kennt ihn jemand von euch näher?«

»Nein«, kam es mehrstimmig zurück.

Komisch, dachte der Kriminalbeamte. Warum ist niemand aus Marcels persönlichem Umfeld zu seinem Wettkampf erschienen?

2

Am späten Samstagnachmittag fand in Tannenbergs Büro eine außerplanmäßige Dienstbesprechung statt. Karl Mertel, der Leiter der kriminaltechnischen Abteilung, war als erster Berichterstatter an der Reihe. Er stand an der Pinnwand und erläuterte eine von ihm angefertigte Tatortskizze.

»Da, wo ich den Baum eingezeichnet habe, saß der Täter. Wir haben in etwa fünf Metern Höhe Faserspuren seiner Kleidung sichergestellt und …«

»Fünf Meter?«, fragte Tannenberg. »War garantiert schwierig, dort hochzuklettern, oder?«

»Na ja, es geht so«, gab Mertel kurz angebunden zurück.

»Ein altes Wrack wie du käme da sicherlich nicht so einfach rauf«, warf Dr. Schönthaler grinsend dazwischen.

Tannenberg verdrehte genervt die Augen, ging aber nicht auf die provokante Bemerkung ein. Stattdessen zog er eine naheliegende Schlussfolgerung: »Jedenfalls wissen wir damit schon mal, dass der Täter ein ziemlich sportlicher Typ sein muss.«

»Sieht ganz danach aus«, pflichtete ihm der Kriminaltechniker bei.

»Glaubt ihr, dieses Attentat hat irgendwas mit dem Zehnkampf zu tun? Oder mit Sport im Allgemeinen? Steckt dahinter vielleicht irgendeine Symbolik?«, stellte Tannenberg seine Reflexionen zur Diskussion.

Kommissar Schauß zuckte mit den Schultern. »Weiß nicht, Wolf. Aber eigentlich kann ich mir das nicht vorstellen. Ich vermute eher, dass der Täter diesen Platz deshalb ausgewählt hat, weil er dort unerkannt auf sein Opfer lauern, es töten und anschließend unerkannt verschwinden konnte.«

»Wie eine heimtückische Muräne«, meinte der Rechtsmediziner.

Abermals ignorierte Tannenberg den Einwurf seines besten Freundes. »Also kein Zusammenhang mit diesem Wettkampf, sondern nur ein idealer Ort, von dem aus der Heckenschütze gefahrlos zuschlagen konnte«, murmelte er vor sich hin. Er knetete eine Weile nachdenklich sein Kinn. »Durchaus möglich«, stimmte er nickend zu. Anschließend wandte er sich an seinen Kollegen von der Spurensicherung. »Ich hab dich unterbrochen, Karl, bitte, fahr fort.«

Mertel hatte sich inzwischen ein Glas Mineralwasser eingeschenkt und schlenderte nun wieder zurück zur Pinnwand. »Außer den Faserspuren seiner Kleidung haben wir an einem Ast frisch abgeschabte Stellen entdeckt, die wahrscheinlich von der Auflage des Gewehrs stammen. Und am Fuße dieser riesigen Buche lag die Hülse einer Gewehrpatrone.«

Er stockte und folgte mit dem Finger einer gestrichelten Linie, die er von dem Baum aus zu einem rennenden Strichmännchen gezogen hatte. »Hier traf die Kugel auf den Körper des Opfers, hat ihn durchdrungen und ist dann hinter der Tartanbahn in der Böschung gelandet.« Er blies die Backen auf und stieß die Luft geräuschvoll aus. »Das war vielleicht eine Heidenarbeit, bis wir die endlich gefunden hatten.«

»Weiter«, drängte der Leiter des K 1. »Kaliber?«

»7.62.«

»Scharfschützenmunition«, bemerkte Michael Schauß.

»Richtig«, bestätigte der Spurenexperte. »Wird für alle möglichen Präzisionswaffen benutzt, unter anderem für das G 22 der Bundeswehr, das L 96 A 1 der britischen Armee, aber auch für diverse Jagdwaffen.«

»Also eine relativ weitverbreitete Munition.«

»Ja, Wolf, das kann man wohl sagen. Genau wie die Waffen, die diese Munition verwenden. Das G 22 zum Beispiel wird außer von der Bundeswehr auch von der NATO und vielen Spezialeinheiten eingesetzt«, entgegnete Mertel.

»Dann sollten wir umgehend Nachforschungen anstellen, wo ein solches Gewehr als gestohlen gemeldet wurde. Karl, kümmerst du dich bitte darum?«

»Klar, mach ich.«

»Glauben Sie wirklich, das bringt etwas, Chef?«, wandte Kriminalhauptmeister Geiger skeptisch ein. Er saß am Besuchertisch und machte sich eifrig Notizen. »Ich kann mir beim besten Willen nicht vorstellen, dass der Täter derart doof vorgegangen ist und irgendwo in einer Waffenkammer ein Präzisionsgewehr geklaut hat. Das ist garantiert ein Profi, ein berufsmäßiger Killer – und die haben doch ganz andere Quellen.«

»Jetzt mach aber mal halblang«, blaffte sein Vorgesetzter. »Ein Berufskiller, der einen 18-jährigen Schüler hinrichtet? Das glaubst du doch selbst nicht. Wo willst du denn für solch einen Auftragsmord ein Motiv herzaubern?«

»Vielleicht irgendeine Abrechnung im Drogenmilieu oder …«

»Komm, Geiger«, würgte ihn Tannenberg in schroffem Ton ab, »verschon uns bitte die nächste halbe Stunde mit deinen überaus konstruktiven Beiträgen.«

Der Kriminalhauptmeister schob die Unterlippe über die Oberlippe, verschränkte die Arme vor seiner Brust und blickte demonstrativ aus dem Fenster.

Kopfschüttelnd übergab Tannenberg das Wort an seine junge Mitarbeiterin: »Sabrina, du hast doch vorhin mit der Mutter des Opfers telefoniert. Fass bitte noch mal die bisherigen Erkenntnisse über Marcel Christmann zusammen. Am besten schreibst du sie ganz groß auf die Tafel. Damit auch der liebe Kollege Geiger endlich kapiert, mit welch einem harmlosen Jungen wir es hier zu tun haben.«

Sabrina Schauß stand auf und ging zu einem Flipchart, das unmittelbar neben der Pinnwand aufgebaut war. Mit einem dicken Filzstift malte sie den

Namen des Opfers auf den großformatigen Papierbogen.

»Marcel Christmann wurde im April 18 Jahre alt und besuchte die 12. Jahrgangsstufe des Sickingen-Gymnasiums in Landstuhl«, erklärte sie. »Er war ein begeisterter Leichtathlet und Mitglied der TSG Landstuhl. Seine Mutter hat mir erzählt, dass der Sport seine ganz große Leidenschaft war.«

»Hast du diese Kunde vernommen, Geiger?«, spottete Michael Schauß, der mit seinem Kollegen schon seit Längerem auf Kriegsfuß stand. »Er war kein Drogendealer, sondern ein fanatischer Sportler.« Er machte eine wegwerfende Handbewegung. »Aber das versteht ja ein amotorischer Anti-Sportler wie du überhaupt nicht.«

Geiger warf dem durchtrainierten, sonnengebräunten Kommissar einen hasserfüllten Blick zu und grummelte ein Schimpfwort nach dem anderen vor sich hin.

Der Kommissariatsleiter sah sich zum Eingreifen genötigt. »Schön sachlich bleiben, meine Herren. Für solche überflüssigen Kabbeleien haben wir nun wirklich keine Zeit. Wir müssen so schnell wie möglich diesen Heckenschützen fassen, bevor er noch einmal zuschlägt.«

Mit einer auffordernden Geste wandte er sich seiner bildhübschen Mitarbeiterin zu. »Also, Sabrina, bitte weitere Informationen zur Person des Opfers.«

»Ich habe den Direktor seiner Schule angerufen.

Er war zufälligerweise auch Marcels Stammkursleiter. Folglich hat er ihn ziemlich gut gekannt«, entgegnete die Angesprochene.

»Ach, davon weiß ich ja noch gar nichts.«

»Hab ja auch erst vor fünf Minuten mit ihm telefoniert, Wolf.«

»Dachte schon, ich hätte da vielleicht etwas überhört«, meinte Tannenberg lächelnd.

»Senil, impotent, blind und taub – des alten Mannes welkes Laub«, höhnte der Rechtsmediziner.

»Mensch, Rainer, du nervst!«

Um die berüchtigten Wortgefechte der streitsüchtigen Freunde bereits im Keim zu ersticken, fuhr Sabrina fort: »Der Schulleiter des Sickingen-Gymnasiums hat mir Folgendes berichtet: Marcel Christmann war ein zurückhaltender, höflicher und strebsamer Schüler. Allerdings musste er anscheinend sehr viel lernen, um einigermaßen gute Noten zu erzielen. Die Mitschüler hätten ihn zwar akzeptiert, aber den Kontakt zu ihm nicht unbedingt gesucht. Also ein typischer Einzelgänger. Von einer festen Freundin wisse er nichts.«

»Okay, Sabrina, hast du die Namen und Adressen seiner Mitschüler?«

»Ja, der Direktor hat sie mir gefaxt.«

»Gut, dann machst du dich gemeinsam mit deinem Mann auf die Socken und befragst alle, die du auftreiben kannst.« Mit einem Seitenblick auf den nach wie vor schmollenden Geiger, ergänzte er: »Vielleicht war er ja doch ein Drogendealer.«

»Okay, wir kümmern uns gleich drum«, erklärte Michael Schauß.

»Und sobald ihr damit fertig seid, stattet ihr dem Trainer des Jungen einen Besuch ab. Der muss ihn ja wohl auch ziemlich gut gekannt haben. Ich fahre zu seiner Mutter.«

»Und was soll ich machen, Chef?«, raunzte der Kriminalhauptmeister. »Soll ich vielleicht wieder runter ins Archiv?«

»Du hast es erraten, Geiger. Intensive Recherchearbeit ist angesagt. Ich will alles über ähnliche Fälle wissen, egal, wo diese passiert sind.«

»Also soll ich das LKA und das BKA um Amtshilfe ersuchen.«

Bei diesem Gedanken richteten sich Tannenbergs Nackenhaare auf. Er raufte sich die Haare. »Um Gottes willen, nein, Geiger. Die würden sich doch sofort selbst den Fall unter den Nagel reißen und dann wären wir mal wieder draußen. Nein, ich will diese arroganten Typen nicht in meinem Revier haben.«

»Auf Dauer kannst du das aber wohl nicht verhindern«, stellte Dr. Schönthaler lapidar fest. »Bei so einer spektakulären Sache.«

»Klar, irgendwann werden die garantiert hier auftauchen. Deshalb müssen wir uns mit unseren Ermittlungen beeilen.« Er wandte sich abermals an den feisten Kriminalhauptmeister: »Geiger, du durchforstest unauffällig alle verfügbaren Datenbanken und stöberst außerdem ein bisschen im Internet rum. Druck mir alles aus, was du über ähnliche Kriminalfälle finden kannst.«

»Okay.« Knurrend stemmte Geiger die Handflächen auf die Tischplatte und hievte sich in die Höhe.

»Nachher, werter Kollege, nicht jetzt«, gebot ihm sein Vorgesetzter Einhalt. »Wir müssen uns erst noch mit einigen zentralen Fragen beschäftigen, wie zum Beispiel mit folgender: Wie ist der Täter zu diesem Baum hingekommen? Ist er …«

»Reifenspuren gab es dort keine, weder von einem Auto noch von einem Fahrrad«, fiel ihm Mertel ins Wort und fügte hinzu: »Nur Schuhabdrücke, und zwar recht tiefe: Größe 45, grobes Profil. Wir haben sie an der Stelle entdeckt, wo der Mann nach seinem Sprung von der Buche auf dem Waldboden gelandet ist. Die gleichen Sohlenspuren fanden sich an mehreren Ästen, die ihm als Trittleiter gedient haben dürften.«

»Sonst noch irgendwas, Karl? Kaugummi, Zigarettenkippen, Hautpartikel, die von Abschürfungen herstammen könnten?«

Der Spurenexperte schüttelte mit zusammengekniffenen Lippen den Kopf. »Nein, bislang haben wir rein gar nichts gefunden, woraus man die DNA des Täters gewinnen könnte. Auch nicht eine einzige Fingerspur. Der Mann hat offenbar Handschuhe getragen.«

»Also doch ein Profikiller«, konnte sich Geiger nicht verkneifen. Er hatte sich wieder hingesetzt und malte nun Kreuze in die Schweißspuren, die seine feuchten Handflächen auf der Tischplatte hinterlassen hatten.

Tannenberg überging den trotzigen Einwurf. »Wie weit konntet ihr die Fußspuren zurückverfolgen?«

»Bis zu einem etwa zehn Meter entfernten Wanderweg«, antwortete der Kriminaltechniker und wies dabei auf eine topografische Karte, die er neben seine Tatortskizze gepinnt hatte. »Von dort aus führen die Fußspuren in Richtung Humbergturm.«

»Wieso nicht zur Bremerstraße?«, fragte Michael Schauß. »Von der Buche aus sind es doch nur ein paar hundert Meter bis dahin. Dort hätte er sein Auto abstellen und gleich nach dem Schuss damit flüchten können.«

»Gute Frage«, lobte Tannenberg. »Vielleicht war ihm aufgrund der unmittelbaren Tatortnähe einfach das Risiko zu groß, und er hatte Angst, dass irgendein Passant oder Autofahrer sich später an ihn erinnern könnte. Wegen des Waffentransportes muss er schließlich einen ziemlich großen Rucksack mit sich geführt haben.«

»Das kann, muss aber nicht so gewesen sein.«

»Wieso?«

»Na ja, er kann ihn doch auch irgendwo im Wald versteckt haben. Vielleicht hat er sich umgezogen und ist als unauffälliger Jogger durch den Wald getrabt«, brachte Dr. Schönthaler eine weitere Möglichkeit ins Spiel.

Tannenberg brummte zustimmend. »Kann sein.« Er fasste sich ins Genick und knetete es ein wenig.

Dann klatschte er in die Hände. »Also jagen wir eine Hundertschaft durch die Walachei und geben einen Aufruf an die Bevölkerung raus. Wer informiert die Pressestelle?« Als sich niemand freiwillig meldete, bestimmte er kurzerhand den augenscheinlich gelangweilten Kriminalhauptmeister: »Das machst du auch noch, Geiger. Die sollen das morgen in ihre Sonntagsausgabe reinpacken.«

»Ja«, gab der feiste Beamte einsilbig zurück.

»Rainer, hast du noch was für uns?«

Mit Blick auf die Tischplatte zupfte der Rechtsmediziner an seiner Fliege herum. »Nee, eigentlich nicht«, antwortete er. »Aber ich hab auch noch nicht alle Daten. Die Ergebnisse der toxikologischen Analyse erhalte ich erst frühestens morgen Nachmittag. Sobald ich sie habe, kriegst du deinen vorläufigen Bericht.«

»Gut. Das war's, meine Herrschaften«, beendete Tannenberg die Dienstbesprechung. Als sich der Kriminalhauptmeister nicht sofort erhob, fragte er ihn: »Geiger, wie heißt Andi mit Nachnamen?«

»He?«, machte sein kleinster und gewichtigster Mitarbeiter. Er wischte sich mit der Hand Schweißperlen von der gekrausten Stirnpartie.

»Arbeit.«

»Wie ›Arbeit‹?«

»An-die-Arbeit.«

Mit einem spitzbübischen Grinsen drehte er Geiger den Rücken zu und bedeutete seinem Freund mit einer Geste, dass dieser noch bleiben solle.

Tannenberg wartete ungeduldig, bis alle K 1-Mitarbeiter sein Büro verlassen hatten. Dann wandte er sich an den altgedienten Gerichtsmediziner und Hobbykriminalisten: »Rainer, glaubst du, dieser arme Marcel war ein Zufallsopfer?«

Dr. Schönthaler lupfte schweigend die Schultern.

»Oder eher, dass er gezielt ausgewählt wurde?«

»Ich weiß es nicht, Wolf.« Er seufzte tief. »Aber es wäre mir auf alle Fälle viel lieber, wenn Letzteres zuträfe.«

»Weshalb?«

»Na ja, dann könnten wir meines Erachtens darauf hoffen, dass der Täter damit aufhört. Mein Bauchgefühl signalisiert mir aber leider, dass es jeden dieser Sportler hätte treffen können.«

»Auch Tobias«, murmelte Tannenberg, der bei diesem Gedanken erschauderte.

»Sicher, auch Tobias.«

»Du glaubst also an einen psychopathischen Serienkiller?«

Der Pathologe nickte. »Ja, ich befürchte, das war möglicherweise erst die Ouvertüre für eine Mordserie.«

»Und das Motiv?«

»Keine Ahnung.«

Tannenberg wühlte mit beiden Händen in den Haaren und warf einen beschwörenden Blick an die Decke. »Oh nein, nicht schon wieder ein irrer Serienkiller.«

»Irgendwie scheinst du diese durchgeknallten Typen magisch anzuziehen.« Dr. Schönthaler schlug die Beine übereinander und klopfte mit dem Fuß auf den Boden. Dann senkte er den Kopf und strich ein paar Mal an seiner rechten Braue entlang.

»Was ist los? Hast du mal wieder deinen Moralischen?«

Erst nach einem tiefen Atemzug antwortete der Gerichtsmediziner: »Es existiert allerdings noch eine andere Möglichkeit.«

»Und welche?« Tannenbergs verdutzte Mimik sprach Bände über seinen aktuellen Geisteszustand.

»Zum jetzigen Zeitpunkt können wir leider nicht ausschließen, dass der Täter möglicherweise Tobias erschießen wollte.« Er zögerte, so als müsse er sich die richtigen Worte erst zurechtlegen. »Vielleicht hat er es auch noch auf weitere Mitglieder deiner Familie abgesehen.«

»Aber warum?«, keuchte Tannenberg. Von der einen zur anderen Sekunde wurde sein Mund trocken. Die Zunge klebte am Gaumen fest. Mit zitternder Hand ergriff er sein Wasserglas und führte es an die Lippen.

»Vielleicht steckt jemand hinter dem Anschlag, der mitgekriegt hat, dass Emma die Entführung«, er reckte den Zeigefinger in die Höhe, »die ja ein Racheakt an dir war, unbeschadet überstanden hat und ...«

»Und der mich nun mit Tobias' Ermordung bestrafen will?«, vollendete Tannenberg.

Schmerzlich erinnerte er sich an die Höllenqualen, die er und seine Familie damals durchleiden mussten. Doch dann vergegenwärtigte er sich, dass die beiden Täter nicht mehr am Leben waren. Ein Ruck wie ein Stromschlag fuhr ihm in die Glieder. Er pumpte seinen Oberkörper auf und verkündete mit fester Stimme: »Also, das kann ich mir beim besten Willen nicht vorstellen.«

Er warf den Kopf hin und her und ergänzte in einem Ton, der deutlich machte, dass es nichts weiter zu diskutieren gab: »Nein, nein, Rainer. Das ist völlig an den Haaren herbeigezogen. Du siehst mal wieder Gespenster.«

»Wieso, Wolf? Du solltest doch am besten wissen, dass es bei unseren Artgenossen nichts gibt, was es nicht gibt. Willst du denn nicht lieber Tobi vorsichtshalber warnen? Vielleicht solltest du ihn sogar unter Personenschutz stellen lassen.«

»Quatsch.«

Vor der mehrgeschossigen Wohnanlage im Westen Landstuhls hatten sich die Anwohner zu einem Grillfest versammelt. Als Tannenberg die fröhlichen, unbekümmerten Menschen erblickte, hätte er sich am liebsten zu ihnen gesellt. Aber er musste zu Marcels Mutter, die hier im dritten Obergeschoss in einer kleinen Wohnung lebte.

Als Karin Christmann im Türrahmen erschien, stellte er verblüfft fest, dass diese Frau völlig anders aussah, als er erwartet hatte. Ohne darüber nachzudenken hatte er von Marcels Sportleidenschaft auf das äußere Erscheinungsbild seiner Mutter geschlossen.

Karin Christmann hingegen sah man auf den ersten Blick an, dass sie mit sportlichen Aktivitäten rein gar nichts am Hut hatte. Die etwa ein Meter sechzig große, ungepflegt wirkende Frau hatte ein rundes Gesicht, das in der Mitte gescheitelte hellbraune, strähnige Haaren einrahmten.

Sie trug ein ausgebeultes Sweatshirt und schlabberige Jogginghosen. Trotzdem konnten diese Kleidungsstücke nicht kaschieren, dass sie mindestens einhundert Kilogramm Lebendgewicht durch die Gegend schleppte. Überdies wiesen die in der Wohnung herumwabernden Rauchschwaden und die Alkoholfahne der Frau nicht gerade auf einen gesundheitsbewussten Lebensstil hin.

Nachdem Tannenberg ihre teigige Hand gedrückt und sein Beileid ausgesprochen hatte, führte ihn Marcels Mutter durch einen engen Korridor in ein unaufgeräumtes, stickiges Wohnzimmer. Die curryfarbene Couch war mit Kissen und Decken belagert. Auf dem niederen Holztisch stand eine angebrochene Flasche billiger Rotwein. Mehrere Zigarettenpäckchen, ein Feuerzeug, ein überquellender Aschenbecher und ein fleckiges Weinglas komplettierten dieses deprimierende Stillleben.

Ächzend sank sie auf die Polster nieder. Tannenberg nahm ihr gegenüber auf einem Cordsessel Platz und schlug die Beine übereinander. Er benötigte eine

Weile, bis er dieses bedrückende Ambiente einigermaßen verdaut hatte.

Mann, reiß dich zusammen, die arme Frau hat schließlich heute Morgen ihren Sohn verloren!, versuchte ihn seine innere Stimme zur Räson zu bringen.

Verlegen senkte er den Blick auf sein rechtes Knie und schnippte einen unsichtbaren Krümel von der Hose. Gleich darauf hob er wieder den Kopf und musterte das bleiche Gesicht der trauernden Mutter. Sie schien in den letzten Minuten um weitere Jahre gealtert zu sein.

»Frau Christmann, ich möchte Sie in Ihrem Schmerz wirklich nicht noch zusätzlich quälen. Aber Sie werden sicherlich nachvollziehen können, dass wir so schnell wie möglich versuchen müssen, den Täter zu fassen«, bat er um Verständnis. »Damit er nicht noch weiteres Unheil anrichten kann.«

Marcels Mutter nickte tapfer und wischte sich dabei schniefend die Feuchte von den Wangen. Mit fahriger Hand schenkte sie Wein ein und leerte das Glas mit mehreren großen Schlucken. Dann steckte sie eine Zigarette zwischen die farblosen Lippen, entzündete sie und inhalierte einen tiefen Zug.

»Fragen Sie ruhig«, hauchte sie in den ausströmenden weißen Qualm hinein.

»Danke für Ihre Unterstützung«, sagte der Kriminalbeamte. »Sie leben mit Ihrem Sohn alleine in dieser Wohnung?«

Wieder quollen Karin Christmann dicke Tränen

aus den Augenwinkeln. Sie griff erneut nach dem Tempo und tupfte die Nässe weg. »Ja, wir haben hier alleine gewohnt«, erwiderte sie schniefend. Sie hatte bereits einiges an Alkohol intus und sprach deshalb nur langsam und behäbig. Ihre Bewegungen führte sie wie in Zeitlupe aus.

»Was ist eigentlich mit Marcels Vater?« Tannenberg blickte sich um. »Lebt er auch hier in der Stadt?«

Leere, mit grauen Tränensäcken unterlegte Augen schauten Tannenberg an. »Nein, er lebt nicht mehr. Er ist vor zwölf Jahren bei einem Arbeitsunfall ums Leben gekommen«, hauchte die ungepflegte Frau. Schluchzend ließ sie die Schultern sinken und vergrub ihr Gesicht in den Händen. »Mein ganzes Leben hab ich mich von morgens bis abends abgerackert, nur, damit es meinem Jungen gut geht. Sogar heute Morgen hab ich arbeiten müssen. Ich konnte noch nicht mal zu seinem Wettkampf kommen. Und jetzt bin ich ganz alleine auf dieser Scheiß-Welt.«

»Marcel hat also keine Geschwister?«

Wimmernd schüttelte Karin Christmann den Kopf.

»Haben Sie irgendeine Vermutung, wer hinter diesem Anschlag stecken könnte?« Als die sichtlich verstörte Frau nicht antwortete, schob Tannenberg behutsam nach: »Hatte Ihr Sohn Feinde?«

Marcels Mutter blickte ihn mit ihren todtraurigen, wässrigen Augen an. »Feinde? Mein Marcel?«, fragte sie verwundert. »Nein. Er war doch der friedlichste Mensch auf der ganzen Welt.«

Das reicht fürs Erste, entschied Tannenberg im Stillen. »Vielen Dank, Frau Christmann. Dürfte ich zum Schluss noch einen Blick in Marcels Zimmer werfen?«, fragte er und erhob sich gemächlich.

Ein kaum merkliches, stummes Nicken.

Während Marcels Mutter im Wohnzimmer zurückblieb und sich eine weitere Zigarette anzündete, betrat der Kriminalbeamte das Zimmer des Mordopfers. Diesmal entsprach der Anblick exakt den Vorstellungen, die er sich vom Domizil eines jungen Leistungssportlers gemacht hatte: An den Wänden hingen Poster seiner Zehnkampf-Idole: Jürgen Hingsen, Roman Sebrle, Frank Busemann, Sigi Wentz. Auch sonst ähnelte das Zimmer frappierend dem seines Neffen: Überall lagen wild verstreut Kleidungsstücke, Sportschuhe, Plastikflaschen, Zeitschriften und CDs herum. Auf dem von einer Computeranlage dominierten Schreibtisch herrschte das reinste Chaos – ein kreatives, wie Tobias stets behauptete.

An der Wand am Fußende seines Bettes hatte Marcel Christmann unter ein großformatiges Foto, das ihn mit einem Pokal in den Händen zeigte, auf einen Pappkarton mehrere Daten aufgemalt. Dabei handelte es sich offenbar um seine persönlichen Bestleistungen. Als Tannenberg ›100 Meter: 11,3 Sek.‹ las, verspürte er einen schneidenden Schmerz in der Magengegend.

Und jetzt ist der arme Junge tot. Verdammter Mist!, schimpfte er tonlos. Er presste die Kiefer dabei so fest aufeinander, dass sie knirschten. Hinterrücks ermordet von einem Heckenschützen. Aber warum ausgerechnet er? Oder war es vielleicht doch nur reiner Zufall und der Täter hat sein Opfer völlig willkürlich ausgewählt?

Wolfram Tannenberg setzte sich auf den Drehstuhl und fuhr den Computer hoch. Während der PC startete, schaute er aus dem Fenster – hinunter in eine Horde fröhlicher Menschen, die an Biertischen beisammen saßen.

Ein Piepser riss ihn aus seinen Gedanken. Er blickte auf den Monitor. Natürlich passwortgeschützt, stellte er resigniert fest.

Er ging zurück ins Wohnzimmer und fragte Marcels Mutter, ob sie zufällig das Codewort kenne. Karin Christmann hatte inzwischen die Weinflasche restlos geleert und wiegte nur lethargisch den Kopf hin und her. Er fragte, ob er den PC zu seiner Dienststelle mitnehmen dürfe. Als kein Widerspruch erfolgte, kehrte er in Marcels Zimmer zurück, entkabelte den Computer und klemmte den Tower unter den Arm. Neben der Zimmertür entdeckte er eine Pinnwand, auf der mehrere Fotos des jungen Sportlers angebracht waren.

Er nahm eins davon und steckte es in sein Sakko.

3

Wie üblich stand im Hause Tannenberg das Mittagessen um Punkt zwölf Uhr auf dem Tisch. Eigentlich hätte es das mit gebratener Hausmacherwurst gekrönte Püree aus Kartoffeln und weißen Rüben schon gestern geben sollen, doch nach den dramatischen Ereignissen hatte Margot nicht die geringste Lust zum Kochen verspürt. Bis auf Heiner waren alle Mitglieder des Familienclans in der Küche versammelt.

Wolfram Tannenberg konnte diesen köstlichen Anblick kaum ertragen. Das Wasser lief ihm im Munde zusammen. Unmittelbar vor ihm wartete eine seiner Leibspeisen auf den Verzehr und er durfte sich nicht darüber hermachen. Er hielt es einfach nicht mehr länger aus. Schmatzend ergriff er den Schöpflöffel.

»Finger weg, Wolfi!«, blaffte seine Mutter. »Wir warten, bis dein Bruder da ist.« Ihre Miene duldete keinerlei Widerspruch. An ihren Mann gewandt, zischte die Seniorin: »Und du legst jetzt endlich die Zeitung weg.«

»Was musst du auch immer diese blöde *Bild am Sonntag* lesen«, schimpfte Betty, Heiners frauenbewegte Ehegattin. Ihr barscher Tonfall ähnelte dem eines Feldwebels beim Morgenappell.

Während sich Jacob von den Einwürfen der beiden Frauen wie gewöhnlich völlig unbeeindruckt zeigte und auch weiterhin mit ausdrucksloser Mimik in seine Zeitung starrte, nahm Tannenbergs Gesicht noch qualvollere Züge an.

»Och, Mutter, das ist doch nicht dein Ernst«, jammerte er. »Wer weiß, wo der Kerl steckt und wann er kommt. Am Ende kommt er gar nicht und ich verhungere – direkt vor deinen Augen.« Er presste die Handflächen wie betend aneinander. »Bitte, bitte, Mutter, hab Mitleid mit einem ausgehungerten Wolf.«

Schmunzelnd strich Margot ihrem Sohn über die Haare. »Ach, Wolfi, mein armer, armer Hungerleider.« Ein fragender Blick wanderte hinüber zu Betty.

»Er muss gleich kommen«, erklärte Tannenbergs Schwägerin, während sie ihre rötliche Lockenpracht zu einem Pferdeschwanz zusammenband. »Er wollte nur noch schnell etwas fertigtippen.«

»Trotzdem könnten wir doch ausnahmsweise schon anfangen. Schließlich hab ich wirklich einen Bärenhunger. Und außerdem muss ich gleich ins Kommissariat zurück.«

Ohne seine starre Blickrichtung zu verändern, fragte Jacob: »Wie weit seid ihr denn schon mit euren Ermittlungen?« Danach senkte er grinsend die *Bild am Sonntag* so weit nach unten, dass er seinen Sohn in Augenschein nehmen konnte. »Oder tretet ihr mal wieder auf der Stelle, ihr Schmalspur-Kriminalisten?«

Tannenberg fing den spöttischen Blick auf und antwortete mit ernster Miene: »Vater, du weißt doch genau, dass ich dir keinerlei Auskünfte über die laufenden Ermittlungen geben darf.«

»Du immer mit diesen ollen Kamellen. *Du* weißt doch genau, dass du in der Vergangenheit schon oft genug ohne meine tatkräftige Unterstützung total aufgeschmissen gewesen wärst.«

»Na, nun übertreib mal nicht gleich.«

»Ist aber doch wahr!«, empörte sich der Senior. Aber gleich darauf entspannten sich seine Gesichtszüge und er schob in versöhnlichem Ton nach: »Komm, Junior, ich biete dir einen fairen Deal an.« Er grinste über beide Backen. »Wie ein Ami wohl sagen würde.«

»Ach, der gute, alte Hobbydetektiv wittert mal wieder eine Chance, leicht an Geld zu kommen«, gab sein jüngster Sohn schmunzelnd zurück.

»Pass auf, wir wetten um 20 Euro«, fuhr Jacob fort. Er knetete voller Vorfreude die Hände. »Einverstanden?«

»Eine Wette worauf, du alter Zocker?«

»Ich wette, dass ich über Informationen zu deinem neuen Fall verfüge, von denen du bis jetzt noch nichts gehört hast.« Er stockte einen Augenblick und zog die Stirn in Falten. »Beziehungsweise, die du damit noch nicht in Verbindung gebracht hast. Und für diese läppischen 20 Euro teile ich sie dir sogar mit. Ist das kein Schnäppchenpreis?«

»Doch, doch«, erwiderte Tannenberg schmunzelnd. Er nickte und klemmte die Hände unter die Achseln. »Gut, von mir aus. Da ich ja sowieso gleich verhungere, kann ich vorher auch noch 20 Euro verspielen. Also, was weiß der Sherlock Holmes aus der Beethovenstraße, was ich angeblich noch nicht weiß?«, fragte er, während er sich amüsiert zurücklehnte.

Jacob zog theatralisch die grauen, buschigen Augenbrauen hoch und ließ sie oben verharren: »Hast du schon einmal etwas von einem Sniper gehört?«

Da der Senior das englische Wort so aussprach, wie es geschrieben wird, verstand ihn sein Sohn zunächst nicht. »Nee, was'n das?«

Betty, von Beruf Englischlehrerin, sah sich zum fachkompetenten Einschreiten genötigt. Sie sprach den Begriff betont korrekt aus und verkündete in bester Pädagogenmanier: »Sniper spricht man mit ›ei‹, mein lieber Jacob, wie Schnei-der, also: Snei-per.«

Sie holte gerade tief Luft, um das Wort nun auch noch zu übersetzen, doch der Senior war schneller und fuhr ihr über den Mund. »Blas dich mal nicht so auf hier, du Pseudo-Engländerin, du Freizeit-Ami«, höhnte er. Zufrieden beobachtete er, wie sich Bettys Teint immer deutlicher ihrer Haarfarbe anglich. »Sniper leitet sich von ›snipe‹ her«, erläuterte Jacob seinem Sohn, wobei er trotzig seine Art der Aussprache beibehielt. »Und, weißt du, was eine ›snipe‹ ist?«

»Nein, keine Ahnung«, erwiderte Tannenberg,

der nur mühevoll seine Schadenfreude unterdrücken konnte.

»Snipe ist das englische Wort für die Schnepfe.« Mit einem hämischen Seitenblick auf seine Schwiegertochter fügte er mit einem frechen Grinsen hinzu: »Also die tierische Schnepfe.«

Wieder ließ er einen Augenblick verstreichen, erst dann vollendete er seinen kleinen Vortrag. »Und die ist ein scheuer und sehr gut getarnter Vogel. Deshalb bezeichnet man einen Präzisionsschützen, der in der Lage ist, dieses schwer zu erlegende Federvieh sicher zu treffen, als Sniper.«

»Und du meinst, ein Sniper könnte hinter diesem Anschlag stecken?«, fragte sein Sohn.

»Ja, ganz bestimmt, mein Junge.«

Tannenberg schürzte die Lippen. »Aber das ist doch nichts Neues, Vater. Es ist doch sonnenklar, dass ein ausgebildeter Scharfschütze das Attentat verübt haben muss. Wer denn sonst? Auf diese Idee sind sogar wir schon gekommen. Außerdem benötigt man dazu ein Spezialgewehr, das man nicht in irgendeinem Spielwarengeschäft kaufen kann.«

»Und wenn dieser Sniper ein Jäger ist? Hast du daran auch schon gedacht?«

»Sicher. Auch das ist eine Möglichkeit.«

»Hmh«, brummte der Senior. »Wenn du bereits alles weißt, dann weißt du ja auch sicher, was die Beltway Sniper Attacks waren.«

»Die was?«

Während Jacob die drei Worte in seiner eigenwilligen Aussprache wiederholte, räusperte sich Tannenberg verlegen. »Da hast du mich wohl gerade auf dem falschen Fuß erwischt«, gestand er. Mit einem sehnsüchtigen Blick betrachtete er die nach wie vor unangetasteten Leckereien auf dem Tisch. Erneut lief ihm das Wasser im Munde zusammen. »Vor lauter Hunger bin ich nämlich derzeit so geschwächt, dass mein Gedächtnis ein regelrechtes Sieb ist.«

»Na, für deine 20 Euro helfe ich dir doch gerne auf die Sprünge«, meinte Jacob mit einem triumphalen Lächeln auf den Lippen. »Dann hör mal gut zu, was dein alter Vater so alles weiß: Im Oktober des Jahres 2002 verbreitete ein Sniper in Washington 23 Tage lang Angst und Schrecken. Der Heckenschütze tötete wahllos Menschen auf offener Straße. Zehn seiner Opfer starben. Darunter war auch eine Kollegin von dir, eine FBI-Agentin.«

»Die arme Polizistin«, bemerkte Margot seufzend. »Wolfi, du hast so einen gefährlichen Beruf. Du musst immer gut auf dich aufpassen. Versprichst du mir das?«

»Jaaa«, gab Tannenberg gedehnt zurück. An seinen Vater gerichtet, erklärte er: »Klar, jetzt erinnere ich mich daran. Diese Anschlagserie in den USA. Das ging ja damals durch alle Medien.«

»Genau. Und das alles hab ich im Internet für dich recherchiert, mein Junge«, versetzte Jacob mit stolzgeschwellter Brust. Er kicherte. »Dabei bin ich auf einen neuen Saarländerwitz gestoßen. Wollt ihr ihn hören?«, fragte er in die Runde. Ohne die Reaktion seiner Familie abzuwarten, legte er sogleich nach: »Warum können Saarländer nicht Verstecken spielen?«

»Keine Ahnung«, entgegnete Wolfram Tannenberg.

»Von euch anderen hat auch keiner eine Idee, warum das nicht geht?«

Allseitiges Schweigen.

Jacob lachte auf: »Die Saarländer können deshalb nicht Verstecken spielen, weil sie keiner sucht.« Feixend schlug er eine Faust in die offene Hand. »Ist der nicht gut?«

In diesem Augenblick kam Heiner in die Küche hereingeschneit.

»Da bist du ja endlich. Du weißt doch ganz genau, dass bei uns auch sonntags Punkt zwölf Uhr zu Mittag gegessen wird«, beschwerte sich Margot.

»Entschuldige, Mutter. Aber ich musste erst noch schnell etwas fertig machen.«

»Gott sei Dank, dann können wir ja nun endlich loslegen«, stöhnte Tannenberg erleichtert auf und griff abermals den Schöpflöffel, um sich nun endlich eine anständige Portion Püree auf seinen Teller zu schaufeln.

»Bitte wartet noch einen Augenblick«, bat sein Bruder.

»Worauf?«

»Darauf«, antwortete Heiner und zeigte auf ein Blatt Papier, mit dem er hektisch herumwedelte.

»Was'n das?«, fragte Tannenberg mit einem

Gesichtsausdruck, als ob ihm gerade der leibhaftige Teufel erschienen wäre. »Du hast doch nicht etwa schon wieder zugeschlagen? Ich meine kriminalpoetisch?«

»Doch, doch, die literarische Muse hat mich gerade geküsst«, rief er freudig erregt aus und streckte dabei die Arme zur Zimmerdecke empor. »Deshalb habe ich mich auch ein wenig verspätet. Bitte habt Verständnis für eine permanent von genialen Inspirationen heimgesuchte Poetenseele.«

»Und ich hatte gehofft, wenigstens für ein paar Monate von deinen lyrischen Amokläufen verschont zu bleiben«, brummelte Tannenberg.

Wie ein Theaterschauspieler verneigte sich Heiner mit einer ausladenden Geste vor seiner Familie. »Voilà, es ist vollbracht«, jubilierte er. »Ihr müsst es euch unbedingt sofort anhören.«

»Nein, du Schrebergarten-Literat, jetzt nicht, erst nach dem Essen«, beharrte Tannenberg auf umgehender Nahrungszufuhr.

Heiner ging in die Knie und winselte wie ein Todeskandidat um Gnade: »Habt Erbarmen, oh holdes Publikum! Bitte vernehmt des Poeten Dichtkunst noch vor dem Festmahl.«

»Von mir aus«, gab sich sein Bruder zähneknirschend geschlagen. »Aber beeil dich, bevor alles kalt wird.«

»Hab Dank, geliebtes Bruderherz«, flötete Heiner. Voller Tatendrang rieb er sich die Hände. »Ich war durch diesen schrecklichen Anschlag gestern innerlich so aufgewühlt, dass ich mich unbedingt ablenken musste«, erklärte er. »Deshalb habe ich ein Gedicht geschrieben.« Ergriffen schloss er die Augen. »Habe schreiben müssen. Denn es war so tief in …«

»Keine langen Vorträge, Mann!«, schnitt ihm sein Bruder das Wort ab.

»Okay, okay, ich beeile mich ja schon«, zeigte sich Heiner einsichtig. »Aber noch kurz zur Entstehungsgeschichte meines neuen kriminalpoetischen Meisterwerkes: Heute Morgen bin ich in der Zeitung auf etwas gestoßen, das so grotesk war, dass ich es umgehend künstlerisch verarbeiten musste.« Erneut kniff er die Augen zusammen. »Ich konnte gar nicht anders, ich musste es einfach tun.«

»Heiner«, knurrte Tannenberg. Dabei fletschte er bedrohlich die Zähne.

Sein Bruder kehrte beschwichtigend die Handflächen nach außen. »Schon gut, Wolf. Also: Der Europäische Tierschutzbund hat die Nordic-Walker zu erhöhter Vorsicht bei wandernden Kröten aufgerufen.«

»Warum denn das?«, fragte Betty verwundert.

»Die spitzen Stöcke der Nordic-Walker sollen angeblich für die Kröten eine enorme Gefahr darstellen.«

»Diesen Quatsch hab ich auch gelesen«, zischte Jacob. »Was es heutzutage alles gibt.« Er schüttelte den Kopf und grunzte wie der alte Keiler im Kaiserslauterer Wildpark. »Die Welt wird immer verrückter.«

Heiner warf sich in Pose, räusperte sich ausgiebig

und gab anschließend sein erst vor ein paar Minuten vollendetes Gedicht zum Besten:

Massenmörder

Die Krötendamen, dick und fett,
Sind eigentlich ganz lieb und nett.
Beim Wandern ohne Scheu vor jeder Qual,
Tragen manchmal gar *sieben* an der Zahl
Dieser stinkefaulen Kröterichen,
Die am liebsten nie vom Rücken wichen.

Befreit von allen Sorgen,
Kriechen sie am frühen Morgen,
Frohgemut zu flachen Teichen,
Wollen gleich am ersten Tümpel laichen.

Doch, oh Schreck, oh Graus,
Es naht, gleichfalls vom Wandertrieb beseelt,
Die Waden eisenhart gestählt,
Der Mensch – ein donnernder Applaus!

Aber es sind nicht diese netten Leute,
Die Tunnel bauen, Eimer tragen
Und sich in die Sümpfe wagen.
Nein, die gehör'n zu einer andern Meute.

Es sind auch keine Krötenstalker,
Schlimmer noch: es sind Nordic-Walker!

Im Gleichschritt stockbewehrt,
Trampeln daher die Krötenmörder,
Palavern unendlich viele Wörter
Und spießen auf, was sich nicht wehrt.

Gemeuchelt unter dicken Eichen,
Von rücksichtslosen Menschenherden.
Dabei wollten sie doch nichts als laichen -
Aber niemals selber welche werden.

Dankbar nahm Heiner den spärlichen Applaus seiner hungrigen Familie entgegen, dann setzte er sich ebenfalls an den Küchentisch. Während sich Tannenberg als Erster den Teller volllud, beschäftigte sich sein Vater gedanklich noch eine Weile mit dem Gedicht.

»Diese Nordic-Walker sind wirklich komische Vögel«, posaunte er lauthals. Er lachte kehlig auf. »Das muss man sich mal vorstellen: Da stapfen Horden erwachsener Menschen im Hochsommer mit Skistöcken durch den Wald und spießen dabei Frösche auf. So was hätte es früher nicht gegeben.«

Jacob seufzte tief. »Ja, ja, die gute alte Zeit. Da waren die Schutzleute und die Polizeiautos wenigstens noch grün und nicht blau. Blau – das ist doch die Farbe der Heilsarmee. Wer soll denn vor denen noch Respekt haben? So ein Blödsinn!«, ereiferte er sich weiter. Seine schwere Männerfaust donnerte auf die Tischplatte herab.

Margot bedachte ihn umgehend mit einem tadelnden

Blick, doch Jacob ließ sich davon nicht im Geringsten bremsen. »Wahrscheinlich lassen diese neumodischen Ministerialkasper demnächst auch noch die Feuerwehrautos rosa umspritzen. Diese Bürokratenärsche geben so lange keine Ruhe, bis sie alle unsere schönen Werte und Traditionen kaputt gemacht haben.«

Betty, die noch ein Hühnchen mit ihrem Schwiegervater zu rupfen hatte, packte die sich bietende Gelegenheit beim Schopfe: »Du immer mit deiner ewigen Leier von der guten alten Zeit«, höhnte sie. »Da war auch nicht alles so, wie du es mit deinem albernen Nostalgie-Fimmel immer idealisierst.«

»Alles bestimmt nicht, aber vieles war bedeutend besser«, konterte der Senior. »Zum Beispiel gab's früher keine Söldner im Fußball. Die waren fast alle hier aus der Gegend. Und wenn einer der FCK-Spieler samstags schlecht gespielt hatte, bekam er montags entweder in der Stadt oder an seinem Arbeitsplatz anständig die Leviten gelesen. Die haben damals nämlich neben dem Fußballspielen auch noch arbeiten gehen müssen, mein liebes Mädchen.« Jacob war voll in Fahrt.

»Nicht wie heute, wo die von überall her in die Pfalz kommen, mit dicken Autos rumfahren und auf dem Fußballplatz keine Leistung bringen. Denen ist doch der Verein und die Region völlig egal. Von denen kann man sich noch nicht einmal die Namen merken, so schnell sind die wieder weg. Und wir sitzen dann auf den Schulden rum, die uns diese elenden Faulenzer hinterlassen haben.«

Jacobs Blick verklärte sich zusehends. »Früher waren das noch ganz andere Kerle, zum Beispiel Fritz Walter und die anderen Kaiserslauterer Weltmeister. Oder so einer wie der Briegel, die Walz aus der Pfalz. Der Hans-Peter Briegel war bodenständig und hat gekämpft bis zum Umfallen. Vor seiner Fußballkarriere war er nämlich ein sehr guter Zehnkämpfer.« Er wandte sich an seinen jüngsten Sohn: »Hast du das gewusst, Junior?«

»Ja«, gab Wolfram Tannenberg kurz angebunden zurück.

Der Alte war noch nicht fertig mit seinen nostalgischen Vergleichen: »Zum Beispiel kam früher einmal am Tag die Post. Und zwar ziemlich genau um dieselbe Uhrzeit. Und nicht wie heute drei bis fünf Mal über den ganzen Tag verteilt und von allen möglichen verschiedenen Kurierdiensten zugestellt. Ich hab ja fast nichts anderes mehr zu tun, als andauernd an den Briefkasten zu rennen.«

»Deine Luxus-Rentner-Probleme möchte ich auch mal gerne haben«, spottete Betty. »Du hast doch nur nichts Richtiges mehr zu tun und regst dich deshalb über Gott und die Welt auf. Das nervt gewaltig.«

Jacob nahm sie ins Visier. Ein leichtes Zucken seiner Augenlider verriet seine brodelnde Gefühlslage. Plötzlich hüpfte sein Blick zu Heiner. »Sag mal, stimmt es wirklich, dass diese Krötenfrauen sieben Männchen auf dem Rücken spazierentragen?«

Sein ältester Sohn legte das Messer auf den Tellerrand und reckte den Zeigefinger. »Sogar bis zu zehn

Männchen tragen sie durch die Gegend. Das steht jedenfalls in diesem Artikel.«

»Siehst du, Elsbeth, das sind noch vorbildliche Frauen, nicht solche männerfeindlichen Kampfschnepfen wie du«, polterte Jacob.

Betty, für die die Nennung ihres eigentlichen Vornamens stets ein rotes Tuch darstellte, lief abermals rot an. »Das würde euch Paschas so gefallen, wenn wir euch auch noch auf Händen tragen würden.«

»Warum denn nicht, wir hätten's durchaus verdient«, mischte sich Tannenberg schmatzend ein.

»Hoffentlich werden diese dummen Krötentussis alle aufgespießt oder überfahren«, keifte seine Schwägerin zurück.

»Und ich dachte bis eben, du wärst eine engagierte Tierschützerin. Was ist denn mit dir auf einmal los?«

Wie von einem Katapult abgeschossen, schnellte Betty in die Höhe, warf die Serviette auf den Teller und stürmte aus der Küche.

»Wolfi, du sollst sie doch nicht immer so ärgern«, seufzte Margot im Hinblick auf die Gefährdung des Familienfriedens, der ihr über alles ging.

So als ob man ihn gerade mit einer Waffe bedrohen würde, riss Wolfram Tannenberg die Arme empor und erklärte mit Unschuldsmiene: »Das war kein vorsätzliches Handeln, Mutter, sondern reine Notwehr im Affekt.«

Den frühen Sonntagnachmittag verbrachte Tannenberg in seiner Dienststelle am Pfaffplatz. Die Resonanz auf den Zeitungsaufruf an die Bevölkerung war bislang äußerst unbefriedigend geblieben. Nicht ein einziger ernstzunehmender Hinweis war bei der Polizei eingegangen. Der mysteriöse Heckenschütze war offenbar unbemerkt in den Wald hineingelangt, hatte den tödlichen Schuss abgegeben und war nach der hinterhältigen Tat ebenso spurlos verschwunden, wie er aufgetaucht war.

Eine Hundertschaft der Enkenbacher Bereitschaftspolizei hatte zwischenzeitlich das gesamte Areal akribisch abgesucht und dabei eine Unmenge Material eingesammelt. Kleidungsstücke, die möglicherweise vom Täter stammten, befanden sich jedoch keine darunter. Tannenberg hatte sowieso keine große Hoffnung in diese Aktion gesetzt.

Die von ihm gesichteten, vorläufigen Ergebnisse der Spurensicherung hatten seine Vermutung erhärtet, dass mit hoher Wahrscheinlichkeit ein Profi-Killer hinter diesem Anschlag steckte.

Sabrina hatte ihm telefonisch über die Befragungen mit Marcel Christmanns Schulkameraden sowie dessen Trainer berichtet. Aber auch das brachte keine neuen Erkenntnisse über den ermordeten Leistungssportler ans Licht. Die Aussagen deckten sich weitgehend mit dem, was der Schulleiter des Sickingen-Gymnasiums über seinen ehemaligen Schüler bereits kundgetan hatte.

Tannenberg blickte auf die von Geiger zusammengetragenen Rechercheergebnisse vor sich auf dem Tisch. In dem Papierstapel befanden sich unter anderem auch mehrere Blätter mit näheren Informationen zu den Beltway Sniper Attacks, die sein Vater erwähnt hatte. Die amerikanischen Ermittlungsbehörden waren damals zunächst von einem Einzeltäter ausgegangen, doch am Ende hatte sich gezeigt, dass zwei Männer für die Mordserie verantwortlich waren.

Nach dem tödlichen Anschlag auf eine FBI-Agentin hatte die Polizei einen vermeintlich vielversprechenden Hinweis eines Tatzeugen erhalten. Der Mann behauptete, die Ermordung der zweifachen Mutter mit eigenen Augen gesehen zu haben. Doch schon bald stellte sich diese Aussage als völlig wertlos heraus, denn der Zeuge hatte nachweislich während der Tatzeit im Bett gelegen und geschlafen.

Solche Superzeugen hab ich auch schon einige kennengelernt, dachte der Kriminalbeamte. Kopfschüttelnd stemmte er sich von seinem Schreibtischsessel in die Höhe und trottete zum Fenster. Sein versonnener Blick schwebte an dem Pfaffplatz-Kiosk vorbei zur Pariserstraße.

»Genau, das brauch ich jetzt«, rief er, klatschte in die Hände und verließ eilig sein Dienstzimmer.

Kaum zwei Minuten später saß er in einem Eiscafé und bestellte einen Amarena-Becher sowie einen Cappuccino. Irgendwo hatte er einmal gelesen, dass die dunklen Wildkirschen monatelang in ein Sirup aus Mandelöl, Vanille und Zucker eingelegt würden.

Und zwar so lange, bis sie das erwünschte, typische Mandelaroma angenommen hatten, das in Verbindung mit Schlagsahne jede Eiskugel zu einem unvergleichlichen Genusserlebnis veredelte.

Mit dem langstieligen Löffel schabte er etwas Joghurteis ab, nahm auf dem Weg zu der ersten schwarzen Kirsche ein wenig Sahne auf, führte die kleine Metallschaufel in den Mund und schloss die Augen.

Plötzlich vibrierte es in seiner Hosentasche. Genervt legte er den Löffel ab und zog sein Handy heraus. ›Leichenschnibbler ruft an‹ blinkte es auf dem Display.

»Wo bist du?«, fragte Dr. Schönthaler und ergänzte, nachdem ihm Tannenberg seinen derzeitigen Aufenthaltsort mitgeteilt hatte. »So schön möchte ich's auch mal haben.«

»Man wird ja mal eine Pause einlegen dürfen. Schließlich ist Sonntag. Und das hat bereits der liebe Gott ...«

»Bitte verschon mich mit deinen primitiv-theologischen Sprüchen«, würgte ihn der Pathologe ab. »Damit versuchst du doch nur, deine Schandtaten zu rechtfertigen. Der HERR vergibt alles und jedem – so auch dir, nicht wahr?«

Nur ein Knurren zur Antwort.

»Ich bin in fünf Minuten bei dir und dann steht ein Espresso und ein Spaghettieis vor mir auf dem Tisch – und zwar ohne Sahne!«, befahl Dr. Schönthaler in Kasernenhofton. »Im Gegensatz zu dir hab ich nämlich eine Adonisfigur zu hegen und zu pflegen.«

Danach war das Gespräch beendet. Folgsam gab Tannenberg die Bestellungen auf und wandte sich wieder seinem Amarenabecher zu. Seine Gedanken beschäftigten sich noch eine Weile mit dem barschen Anrufer, dann schweiften sie zu Hanne.

Toll, wie meine Familie sie mit offenen Armen aufgenommen hat, dachte er gerade, als hinter der Glasscheibe des Eiscafés der knatternde, laubfroschgrüne 2 CV des Rechtsmediziners auftauchte. Dr. Schönthaler hatte das Rolldach geöffnet und winkte ihm zu. Er parkte die Ente im absoluten Halteverbot und betrat strahlend die Eisdiele.

»Brav, mein alter Junge«, lobte er vom Eingang aus, als er das Spaghettieis und den dampfenden Espresso entdeckte. »Hätte gar nicht gedacht, dass dein seniles Alzheimer-Hirn so lange etwas behalten kann.« Neugierig drehten einige der Gäste den Kopf zu ihm hin, woraufhin Tannenberg am liebsten im Erdboden versunken wäre.

Auch an diesem milden Herbsttag war Dr. Schönthaler wieder ausgesprochen edel gekleidet. Er trug einen nougatfarbenen dreiteiligen Anzug, ein gestreiftes Hemd, eine hellblaue Fliege und glänzende schwarze Lederschuhe. Mithin ein Outfit, das in diametralem Gegensatz zu seinem fahrbaren Untersatz stand, einem fast 30 Jahre alten 2 CV 6, dessen Lackierung bereits ziemlich matt und vergilbt war.

Dieses ungewöhnliche Fortbewegungsmittel hatte er sich während seines Studiums als Neuwagen zugelegt und es fortan wie seinen Augapfel gehütet. Bis zum heutigen Tage war niemand außer ihm selbst dieses Auto gefahren, noch nicht einmal sein bester Freund, der bei den seltenen gemeinsamen Ausfahrten auf dem Rücksitz Platz nehmen musste. Der Grund für den ungewöhnlichen Beifahrerplatz bestand darin, dass der rechte Vordersitz seit Urzeiten dauerhaft belegt war, und zwar von einer lebensgroßen Loriotfigur, die er mit einem alten Anzug und Hut seines inzwischen verstorbenen Vaters ausstaffiert hatte.

Rainer Schönthaler war bereits in seiner Schulzeit ein eingeschworener Loriotfan. Deshalb hatte es Tannenberg auch nicht sonderlich verwundert, dass sein Freund sämtliche Türen, die Heckklappe und sogar die gewölbte Motorhaube des nagelneuen Autos mit Loriotmotiven bemalte. Quasi als Sahnehäubchen stülpte er knallgelb und rot gespritzte Halbschuhe über die Höcker der Stoßstange. Seitdem sorgte dieses Auto, egal wo es auftauchte, für große Heiterkeit und war in der Barbarossastadt mindestens genauso bekannt wie der berühmte bunte Hund.

»Na, wie ich sehe, ist es dir gerade mal wieder peinlich, dass du mich kennst«, tönte der Gerichtsmediziner und setzte sich seinem Freund direkt gegenüber. Er lehnte sich so weit nach vorne, dass er Tannenbergs süßlichen Atem riechen konnte und flüsterte: »Dem Mandelgeruch nach könntest du durchaus eine Portion Zyankali geschluckt haben.«

Von den neugierigen Blicken der anderen Gäste

begleitet, packte er seinen besten Freund an den Schultern und rüttelte daran. »Dann hätte ich dich schon bald auf meinem Tisch – juhu!«

Während der Leiter des K 1 mit finsterer Miene die Augenbrauen zusammenschob, entfernte sein Gegenüber die Hände von Tannenbergs Schultergelenken und verkündete: »Aber unter uns gesagt: Ohne mich und meine Fachkompetenz wärst du doch wie immer total aufgeschmissen. Übrigens solltest du dich glücklich schätzen, dass ich es schon so lange mit dir aushalte. Ist ja nicht immer einfach. Wieso hat denn Hanne eigentlich noch nicht die Schnauze voll von dir?«

Tannenberg warf dem Rechtsmediziner einen giftigen Blick zu. »Es reicht jetzt, Rainer«, fauchte er und wechselte das Thema. »Was gibt's denn so Dringendes, dass du mir auch noch am heiligen Sonntag auf den Wecker gehen musst? Oder willst du etwa nur ein Eis mit mir essen?«

»Erinnerst du dich an Geiger?«, versetzte Dr. Schönthaler, ohne auf Tannenbergs Bemerkungen einzugehen.

Der Kriminalbeamte krauste die Stirn und schürzte die Lippen. »An Geiger? Was soll diese blöde Frage?«

»Ich meine natürlich nicht an ihn, sondern an das, was er gesagt hat«, präzisierte der Pathologe. »Seine Spekulationen hinsichtlich des Tatmotivs des Heckenschützen.«

»Das mit der Abrechnung im Drogenmilieu?«, entgegnete Tannenberg lachend.

»Genau das.«

»Du willst mir doch jetzt nicht etwa weismachen …« Den Rest ließ er zunächst unausgesprochen. Erst nachdem er sich verstohlen umgeblickt und erleichtert registriert hatte, dass die Gäste keine Notiz mehr von ihm nahmen, schob er flüsternd nach: »Dass Marcel Christmann ein Drogendealer war?«

»Nein, das kann und möchte ich zum gegenwärtigen Zeitpunkt nicht behaupten. Ich weiß nur, dass bei der toxikologischen Analyse in seinen Körperflüssigkeiten Amphetamine entdeckt wurden, genauer gesagt: Methamphetamine.«

Als Antwort auf den verdutzten Gesichtsausdruck seines Freundes erläuterte der Pathologe: »Das sind Drogen, mein alter Junge. Sie werden auch mit dem bekannteren Namen ›Speed‹ bezeichnet. Diese Methamphetamine sind gerade unter nicht oder kaum kontrollierten Sportlergruppen ein beliebtes Dopingmittel.«

»Was, der Junge war gedopt?«, stieß Tannenberg aus. Er konnte noch immer nicht fassen, dass der ungeliebte Geiger möglicherweise mit seiner Spekulation voll ins Schwarze getroffen hatte.

»Und zwar bis unter die Haarspitzen.«

Tannenberg stöhnte leidend auf. »Nein, nicht schon wieder dieser Dopingscheiß.« Er legte seine flache Hand auf den Kopf und bewegte sie waagrecht vor und zurück. »Nach meinem letzten Fall steht mir Doping bis hier oben. Ich kann dieses Thema einfach nicht mehr hören.«

»Jammer nicht rum. Doping ist nun mal heutzutage allgegenwärtig. In der Leichtathletik ist dieses Zeug fast genauso verbreitet wie im Radsport.«

Der Kriminalbeamte blies die Backen auf und ließ die Atemluft geräuschvoll entweichen. Dabei rümpfte er die Nase so, als ob er gerade einen unerträglichen Geruch wahrnehmen würde.

Dr. Schönthaler streichelte seinen Unterarm. »Na, mein Armer, soll ich dir einen Grappa bestellen?« Grinsend entfernte er seine Hand und rief zur Theke hin: »Zwei doppelte Grappa, bitte.« Dann erhob er sich und holte die beiden Schnapsgläser selbst ab. »Salute!«, schmetterte er seinem Freund entgegen.

Nachdem die beiden zecherprobten Kumpane sich die Grappas einverleibt hatten, kehrte der Rechtsmediziner zum Ausgangsthema zurück. »Wo waren wir stehengeblieben?«, fragte er, ohne ernsthaft eine Antwort zu erwarten. »Hast du mal wieder nicht zugehört?«, pflaumte er sein Gegenüber an. »Genau, beim Thema Methamphetamine. Also: Die vom Mordopfer eingenommene, sogenannte ›Ego-Droge‹ ist ein extrem starkes Aufputschmittel, das zwei Tage lang wirkt und damit geradezu ideal für einen Zehnkämpfer ist.«

»Epo?«

»Nix Epo – *Ego*-Droge!«

»Warum ›Ego-Droge‹?«, fragte Tannenberg.

»Weil Methamphetamine dem Sportler nicht nur ein Gefühl der Stärke und Schnelligkeit, sondern auch ein gesteigertes Selbstvertrauen verleihen. Die Ausschüttung der körpereigenen, drogenähnlichen Substanzen Noradrenalin und Dopamin wird nämlich durch dieses Mittel deutlich erhöht. Und als Folge werden Schmerzempfinden, Schlaf- und Hungerbedürfnis deutlich herabgesetzt, Aufmerksamkeit und Wachsamkeit dagegen verstärkt. Konzentrationssteigerung und Stimmungsaufhellung sind weitere Effekte dieses Dopingmittels. Irgendwo hab ich den Satz gelesen, dass Speed einen geradezu krankhaften Willen zum Vollenden einer Tätigkeit erzeugt.«

»Also wirklich ideal für einen Zehnkampf.«

Nickend sog Dr. Schönthaler die Luft ein. »So ist es.«

Für ein paar Sekunden wanderte das Schweigen zwischen den beiden Männern hin und her.

»Werden diese Jungs denn nicht kontrolliert?«, nahm der Kriminalbeamte den Gesprächsfaden wieder auf.

»Das weiß ich nicht, Wolf. Aber ich nehme mal stark an, dass Dopingkontrollen nur bei überregionalen Meisterschaften durchgeführt werden. Und ob die im Juniorenbereich überhaupt systematisch kontrollieren, wage ich eher zu bezweifeln. Obwohl es gerade dort dringend notwendig wäre. Soweit ich in Erfahrung gebracht habe, ist der Dopingmissbrauch bei Amateuren mindestens genauso weit verbreitet wie bei Leistungssportlern.«

»Tobi jedenfalls hat nie etwas davon erzählt.«

»Der ist ja auch garantiert sauber. Ich kann mir nicht vorstellen, dass Tobi mit Dopingsubstanzen herumexperimentiert.«

»Ich auch nicht.«

Der Pathologe zuckte mit den Schultern. »Aber vielleicht hat er ja bei seinen Kumpels etwas davon mitgekriegt.«

»Ich werde ihn auf alle Fälle danach fragen.«

»Ja, tu das mal. Hast du übrigens gewusst, dass selbst in deiner Altersklasse, also im Seniorensport, immer häufiger gedopt wird.«

»Was?«

»Da staunt der Laie und selbst der Fachmann wundert sich. Das hätte ich in diesem Ausmaß auch nicht für möglich gehalten. Aber eine seriöse Studie hat alarmierende Zahlen zutage gefördert: Demnach nehmen über 200 000 Freizeitsportler regelmäßig Anabolika und andere leistungsfördernde Substanzen ein«, dozierte Dr. Schönthaler.

»Wirklich?«

»Ja. Aber es kommt noch besser – zynisch gesprochen: Etwa jeder 15. Schüler hat illegale Mittel zur Leistungssteigerung im Schrank.«

Tannenberg schüttelte energisch den Kopf »Nee. Also das glaube ich dir jetzt aber nicht mehr.«

»Es ist aber leider so. Stand auch vor Kurzem in irgendeiner Fachzeitschrift. Diese Jungs wollen eben heutzutage den Mädels einen perfekten Body bieten. Ganz im Gegensatz zu dir, der die arme Hanne …«

»Halt die Luft an«, grollte Tannenberg mit einem bedrohlichen Unterton versetzt. Er schob seinen Stuhl ein Stück zurück, schlug die Beine übereinander und umklammerte das obere Knie mit seinen kräftigen Händen.

Dann senkte er die Stimme ab und wisperte: »Also musste Marcel Christmann keine Dopingkontrollen fürchten. Und was bedeutet das für unseren Fall? Sollten wir es wirklich mit einem Berufskiller zu tun haben, der von der Drogenmafia beauftragt wurde, einen 18-jährigen Schüler abzuknallen?«

Die Bedienung trat an den Tisch heran und fragte, ob die Herren noch einen Wunsch hätten. Dr. Schönthaler bestellte zwei Espresso. Als die bildhübsche, blonde Studentin mit Namen Lisa hinter der Theke verschwunden war, sagte er: »Dann hätte der liebe Geiger ja ausnahmsweise einmal recht gehabt mit seiner Spekulation. Na, wie heißt es so schön: Ein blindes Huhn findet auch mal ein Korn.«

Tannenberg wiegte den Kopf hin und her und stieß ungläubig einen Schwall Luft durch die Nase. »Nee, nee, Rainer, ich kann das einfach nicht glauben. Wir halten uns besser an die Fakten. Und die besagen bislang nichts anderes, als dass Marcel Christmann dem Anschein nach Amphetamin-Konsument war.«

»Es *ist* ein eindeutiges Faktum, Wolf«, betonte der Gerichtsmediziner.

»Das bedeutet aber noch lange nicht, dass er darüber hinaus auch mit Drogen gedealt hat. Keiner seiner Schulkameraden hat dahin gehend irgendeine Andeutung gemacht. Und bei der Inspektion seines Zimmers hab ich auch nicht gerade den Eindruck gewonnen, als ob der junge Mann in Geld geschwommen sei – und das wäre er ja wohl als Großdealer.«

Die Bedienung servierte die Espresso. Tannenberg riss das röhrenförmige Tütchen auf und schüttete den Zucker in seine Tasse. Dr. Schönthaler tat es ihm gleich.

»Quatsch«, zischte der Leiter des K 1. »Marcel war allerhöchstens ein kleiner Fisch, wenn überhaupt. Und wegen dem betreibt man doch nicht solch einen Aufwand. Ein Kleindealer, der in die eigene Tasche gewirtschaftet hat, bekommt vielleicht mal eine Abreibung irgendwo in einem Hinterhof verpasst, aber doch nicht so was.«

»Na, vielleicht liegst ja auch du richtig und wir haben es mal wieder mit einem Psychopathen zu tun. Und zwar offensichtlich mit einem, der es aus irgendwelchen Gründen auf Sportler abgesehen hat.«

»Aber warum denn ausgerechnet auf Sportler?«

»Vielleicht leidet der Täter unter einem Trauma, das er auf diese Weise zu bewältigen versucht. Vielleicht hat ihn seine Freundin wegen eines jungen, knackigen Zehnkämpfers verlassen und er will sich auf diese Weise rächen. Oder er ist so ein abgehalfterter Ex-Sportler wie mein liebes, gutes Wölfchen, der die gleichen Probleme mit dem Älterwerden hat und deshalb …«

»Ich hab überhaupt keine Probleme damit«, warf Tannenberg protestierend dazwischen, »und auch wenn ich welche hätte, würde ich mich garantiert nicht auf einen Baum setzen und einen unschuldigen Schüler erschießen.«

Dr. Schönthaler schnippte mit den Fingern und stach anschließend wie mit einem Taktstock auf sein Gegenüber ein. »Du hast recht. Auch das ist eine Möglichkeit.«

»Was?«

»Vielleicht hat dieser Irre es auf Schüler abgesehen. Vielleicht hat er einen unglaublichen Hass auf alles, was mit Schule zu tun hat.«

Tannenberg zog ungläubig die Mundwinkel nach unten. »Aber hätte er dann nicht einen Lehrer erschossen?«

Der Pathologe nippte an seinem Espresso und machte eine wegwerfende Handbewegung. »Ach, woher soll ich denn wissen, was in solch einem kranken Hirn vorgeht. Vielleicht hat dieser Anschlag überhaupt nichts mit Sport zu tun und dieser Psychopath wählt seine Opfer willkürlich aus. Vielleicht ist sein nächstes Opfer eine Hebamme.«

»Eine Hebamme? Wie kommst du denn …?« Weiter kam Tannenberg nicht, denn sein Handy machte sich erneut bemerkbar. Diesmal blinkte ›Müllsammler ruft an‹, Tannenbergs Kosename für den Leiter der Kriminaltechnik.

»Ich hab das Passwort geknackt«, frohlockte Mertel, als die beiden Freunde sein Labor betraten. »Kommt, setzt euch mal zu mir.« Er wies mit dem Kinn auf zwei Stühle, die an einem kleinen Tisch standen.

Ungeduldig wartete er, bis die beiden Männer seiner Aufforderung nachgekommen waren. Nachdem sie links und rechts neben ihm Platz genommen hatten, fragte er: »Wisst ihr, wie es heißt?«

»Nein«, kam es zweistimmig zurück.

»Dann ratet doch mal.«

Tannenberg stöhnte auf und rollte die Augen. »Sag schon.«

»Speed king. Deutsche Übersetzung?«

»Geschwindigkeits-König. Jedenfalls wörtlich übersetzt«, erklärte Tannenberg.

»Das war er ja auch. Schließlich wurde er beim 100-Meter-Lauf erschossen, als er gerade seine Höchstgeschwindigkeit erreicht hatte«, bemerkte der Rechtsmediziner mit seinem makabren Pathologenhumor. »In unserem Falle besitzt das erste Wort allerdings noch eine andere Bedeutung. Damit, mein lieber Herr Kollege, ist die Droge Speed gemeint, ein Metamphetamin, das gerne zu Zwecken der Leistungssteigerung, sprich: Doping, benutzt wird. Auch von dem Zehnkämpfer Marcel Christmann.«

Karl Mertel blieb der Mund offen stehen.

Dr. Schönthaler gab ihm einen Klaps auf die Schulter, der Mertels Kinnlade wie auf Knopfdruck wieder nach oben schnappen ließ. »Da staunst du, was?«

»Das kann man wohl sagen. Woher wisst ihr das denn?« Der Kriminaltechniker klatschte sich an die Stirn. »Klar, die toxikologische Analyse.« Er räusperte sich verlegen. »Irgendwie ist das nicht mein Tag heute. Ich hab eine totale Matschbirne, kann überhaupt nicht klar denken.«

»Och, das ist nicht weiter schlimm, mit diesem Handicap schlägt sich unser liebes Wölfchen tagtäglich herum. Das ist quasi die Normalform deines Kollegen. Dann zeig uns mal, was du im Computer unseres Supersportlers Interessantes gefunden hast.«

Von Mertels routinierter Hand gesteuert, huschte der Mauszeiger über den Desktop, öffnete da eine Datei, dort ein Bildarchiv, hüpfte zur Favoritenliste und zur Mailbox. Nach und nach bröckelte Marcel Christmanns Fassade eines strebsamen Schülers und fairen Sportlers. Dahinter trat eine völlig andere Persönlichkeit zutage: ein Sportfetischist, der seit über zwei Jahren Amphetamine schluckte und über sein systematisches Doping akribisch Buch führte.

Aber es taten sich noch andere Abgründe auf: Marcel wurde offenbar von Gewalt- und Machtfantasien beherrscht. In seinem Computer waren mehrere Killerspiele gespeichert und in seiner Favoritenliste fand sich unter anderem eine Internetseite, in deren Forum sich die Teilnehmer über makabre Tötungsarten austauschten: www.perfekte-mor.de.

4

Kurz bevor der Schulbus an der Haltestelle eintraf, schnippte Kevin seine Zigarettenkippe in Richtung eines etwa 12-jährigen Jungen, der unweit von ihm entfernt an der Bordsteinkante stand. Erschrocken wich der Schüler einen Schritt zurück und senkte den Blick zu Boden.

Grinsend stieg der ›King‹, wie Kevin sich selbst gerne nannte, als Erster in den Bus. In gebührendem Abstand folgten ihm die anderen Kinder und Jugendlichen. Mit lautem Gejohle wurde er von seinen Kumpels empfangen, die wie immer die letzte Sitzreihe für sich in Beschlag genommen hatten. Auch an diesem kühlen, sonnigen Montagmorgen hatten sie den mittleren Platz für ihn reserviert.

»Oh leck, sind heute Bundesjugendspiele?«, fragte Kevin überflüssigerweise, denn das aus Trainingsanzügen und Sportschuhen bestehende Outfit seiner Freunde beantwortete die Frage hinlänglich. »Shit, das hab ich voll verpennt.«

Nachdem Kevin alle Kumpels mit dem obligaten Handschlagritual begrüßt hatte, nahm er wie ein Herrscher auf seinem Thron Platz. Von hier aus hatte er alles und jeden im Blick, auch den Busfahrer, der nur ab und an einen verstohlenen Blick nach hinten warf. Er wollte die polizeibekannten Jugendlichen nicht provozieren. Vor ungefähr einem Monat hatte ein resoluter Kollege die Clique drei Haltestellen vor ihrer Schule zum Aussteigen genötigt – und ein paar Tage später wurden die Reifen seines Autos zerstochen.

Da der Sportunterricht die einzige schulische Disziplin war, die Kevin einigermaßen Spaß machte und in der ein ›sehr gut‹ in seinem ansonsten miserablen Zeugnis stand, wollte er unbedingt an den Wettkämpfen teilnehmen. Nicht zuletzt auch deshalb, weil er seinen weiblichen Fans etwas bieten wollte – und das waren nicht wenige.

Betont lässig erhob er sich und schlenderte durch den schmalen Gang. Wie ein Fahrkartenkontrolleur musterte er dabei nacheinander die Businsassen, die alle seinem Blick auswichen. Drei Reihen hinter dem Fahrer entdeckte er einen Jungen, den er zwar vom Sehen kannte, der aber eine andere Schule besuchte. Kevin setzte sich auf den freien Platz neben ihm, drängte sich dicht an ihn heran und zeigte auf dessen Sporttasche.

»Welche Schuhgröße hast du denn, du kleiner Gymnasiums-Scheißer?«, zischte er. Die aggressive Stimme ließ keinerlei Zweifel an seinen Absichten aufkommen.

»43«, hauchte der völlig eingeschüchterte Schüler.

Kevin gab ihm einen kräftigen Schubs mit der Schulter, der den Kopf des schlaksigen Jungen an die Scheibe knallen ließ. »Ey, geil, Alder, die hab ich auch. Du leihst mir doch bestimmt gerne deine

Sportsachen, oder?« Um seiner Forderung noch mehr Nachdruck zu verleihen, drückte er den zitternden Jungen so fest ans Fenster, dass dieser fast keine Luft mehr bekam. Der verängstigte Gymnasiast nickte krampfhaft.

»Danke, du kleiner Hosenscheißer«, höhnte Kevin und griff sich die Sporttasche. »Kannste nach der Schule im Reichswaldstadion abholen. Ich leg'se hinter die Sprunggrube. Bist'n echter Kumpel, Mann.«

Hämisch grinsend schälte sich Kevin aus dem Sitz. »Und 'nen schönen Gruß an deine liebe, süße Mami«, sagte er laut. »Bei der kannste dich heute Mittag ausheulen.«

Wie eine Jagdtrophäe hielt er die Sporttasche in die Höhe, worauf im hinteren Teil des Busses stürmischer Applaus aufbrandete.

»Geil, ey. Alder, du bist der Größte«, lobte einer aus der Clique. Als Kevin wieder neben ihm saß, fragte er leise: »Haste was zu saufen dabei?«

»Logo, Mann.«

Auf einem Waldweg in der Nähe des Stadions bereitete sich die Clique mit einem großen Schluck Wodka auf den bevorstehenden Sportwettkampf vor. Anschließend schlenderten die Jugendlichen zu ihrer Klasse, die sich bereits im Stadion an der Weitsprunganlage eingefunden hatte.

»Ach, schön, dass der Herr Arbogast und seine Kollegen sich auch endlich die Ehre geben. Mensch, Kevin, du bist doch als Erster an der Reihe«, schimpfte sein Klassenleiter, ein knapp 60-jähriger, dicklicher

Mann mit Vollglatze, der in der engen, ballonseidenen Sportkleidung an eine Christbaumkugel in Birnenform erinnerte.

Unter den Augen einiger kichernder Mädchen entledigte sich Kevin gleich an Ort und Stelle seiner Skaterkleidung. Anschließend schlüpfte er in die ›geliehenen‹ Sportklamotten und stellte sich auf die Anlaufbahn.

»Aus dem Weg, ich will endlich die sechs Meter springen«, posaunte er lauthals hinaus.

Seine Klassenkameraden traten zur Seite und gaben die Tartanbahn frei. Wie ein Profi pumpte er den Thorax auf, klatschte sich auf die Wangen und hüpfte ein paar Mal in die Höhe. Dann nahm er den Oberkörper zurück und verlagerte dadurch das Gewicht auf sein Standbein. Noch ein kräftiger Atemstoß, dann sprintete er los. Es folgte ein nahezu optimaler Steigerungslauf und kurz vor dem Absprungbalken ein langer und zum Schluss ein kurzer Schritt. Kevin riss die Arme nach oben und streckte in der Flugphase die Beine weit nach vorne.

Es war der Sprung seines Lebens.

Etwa zur gleichen Zeit stattete Tannenberg seinem Kollegen Klaus Meier, der in der Kriminalinspektion eigentlich nur Meier III genannt wurde, einen unangekündigten Besuch ab. An der Tür Peter Dechents, dem Leiter des Drogendezernats, war er schnell vorbeigehuscht, denn mit diesem Herrn hatte er es ausgesprochen ungern zu tun.

Dechent war ein großspuriger, dampfplaudernder Berliner mit Weltstadtallüren, der Tannenberg schon allein aufgrund seiner Befähigung zum akzentfreien Gebrauch der hochdeutschen Sprache äußerst suspekt war. Da war ihm Meier III doch bedeutend lieber, denn der war zurückhaltend, bodenständig, sympathisch, verlässlich, gewissenhaft, humorvoll und unbestechlich – ein waschechter Pfälzer eben.

»Habt ihr irgendetwas über einen gewissen Marcel Christmann in eurer Dealer-Kartei?«, wollte Tannenberg von dem etwa zehn Jahre jüngeren Drogenfahnder wissen.

Meier III krauste die Stirn und kratzte sich an seinen ungewöhnlich runden Ohren, die wie kleine Satellitenschüsseln vom Kopf abstanden. »Ist das nicht der junge Sportler, der vorgestern beim Zehnkampf im Schulzentrum Süd erschossen wurde?« Mit einer Geste bot er seinem Kollegen einen Stuhl an.

»Genau der ist es«, erwiderte Tannenberg und nahm auf der anderen Seite des unaufgeräumten Schreibtischs Platz.

»Aber wieso fragst du mich das eigentlich, Wolf? Ihr habt doch Zugang zu denselben Datenbanken wie wir. Zum Beispiel habt auch ihr Zugriff auf die FDR.« Er wartete einen Augenblick, während er sich mit dem Handrücken über die Stirn fuhr. Mit einem Schmunzeln auf den Lippen schob er nach: »Falls du nicht mehr wissen solltest, was diese drei Buchstaben bedeuten: Fall-Datei-Rauschgift.«

»Du alter Scherzkeks, da hab ich natürlich schon

längst reingeschaut, aber nichts gefunden, noch nicht mal einen klitzekleinen Querverweis.« Wolfram Tannenberg zog aus der Innentasche seines Sakkos das Foto, das er in Marcels Zimmer eingesteckt hatte, und reichte es seinem Kollegen. »Nein, nein, ich möchte von dir wissen, ob du ihn kennst. Du bist doch für die Drogenszene in Landstuhl und Ramstein zuständig, oder?«

Meier III nickte, während er das Foto betrachtete. »Also, den hab ich noch nie gesehen, weder in einer der einschlägigen Szenekneipen noch sonst irgendwo.«

Tannenberg kniff die Lippen zusammen und brummte nachdenklich. »Mal was anderes: Gibt es hier bei uns in der Gegend Dealer, die Sportler mit illegalen Dopingmitteln versorgen?«

»Dopingmittel sind immer illegal«, belehrte der Drogenfahnder.

»Klugscheißer!«

Meier III lachte. »Wir haben vor einigen Jahren mal eine groß angelegte Razzia in Fitnessstudios durchgeführt und dabei auch einige Ampullen Anabolika sichergestellt. Aber das waren nur kleine Mengen zum Eigenbedarf. Als Bezugsquelle hat einer der Muskelprotze einen Tierarzt im Elsass angegeben, den die französischen Kollegen dann auch bald hopsgenommen haben.«

»Und was ist mit Amphetaminen, die zu Dopingzwecken verwendet werden?«

Der Drogenfahnder zündete sich eine Zigarette an und nahm einen tiefen Zug. In den ausströmenden Rauch hinein antwortete er: »Also in unserem Zuständigkeitsbereich hab ich davon noch nichts mitgekriegt.« Er grinste so breit, dass sich seine Segelohren noch ein wenig steiler aufstellten. »Wobei ich unseren lieben FCK-Profis gerne mal eine Zeit lang Aufputschmittel verabreichen würde. Das ist ja peinlich, wie diese faule Bande auf dem Fußballplatz herumsteht. Alles Stehgeiger.«

Tannenberg seufzte. »Es ist wirklich ein Drama mit diesem wild zusammengewürfelten Haufen arbeitsscheuer Legionäre.«

»Ja, das ist traurig, sehr traurig sogar«, stöhnte Meier III. Dann kehrte er zum eigentlichen Thema zurück: »Wir haben allerdings Hinweise darauf, dass anscheinend einige Schüler dieses Zeug schlucken, um bessere Leistungen zu erbringen. Warum dann nicht auch irgendwelche Sportler?«

Tannenberg schnellte in die Höhe und ging ein paar Schritte durchs Zimmer.

»Was ist denn?«, fragte Meier III erstaunt.

»Mir ist da gerade eine Idee gekommen.«

»Und welche?«

»Wir haben doch bislang noch kein nachvollziehbares Tatmotiv für diesen hinterhältigen Mord. Könnte es nicht sein, dass irgendein ehemaliger Leistungssportler dahintersteckt? Zum Beispiel ein durchgeknalltes Dopingopfer, das einen wahnwitzigen Rachefeldzug begonnen hat?«

Der Drogenfahnder lupfte kommentarlos die Schultern und zog an seiner filterlosen Zigarette.

»Welche konkreten psychischen Schäden können denn durch den Missbrauch von Dopingmitteln entstehen?«

»Also, Wolf, da bin ich nun ein wenig überfragt. Nach deinen Erfahrungen mit den gedopten Radprofis müsstest du das doch eigentlich selbst am besten wissen.«

»Quatsch, damals ging es hauptsächlich um die körperlichen Symptome und den kriminellen Dopinghandel, nicht um psychische Folgeerscheinungen.«

»Also, ich kann dir zwar sagen, welche dauerhaften Schäden die bekannten Drogen verursachen, aber bei Anabolika und solchem Zeug muss ich leider passen.« Er kramte auf seinem Schreibtisch herum, schrieb etwas auf einen Zettel und reichte ihn seinem Kollegen. »Das ist die Telefonnummer eines Dopingexperten. Den hab ich mal auf einem Kongress kennengelernt. Netter Kerl.«

»Danke, Meier III, den ruf ich gleich mal an.«

Tannenberg hatte Glück, denn der Medizinprofessor des Mainzer Universitätsklinikums hatte zwischen zwei Vorlesungen gerade ein paar Minuten Zeit. Er berichtete von wissenschaftlichen Studien, bei denen die Nebenwirkungen des Anabolikakonsums erforscht wurden. Unter anderem wurde bei den Probanden eine gravierende Steigerung der Aggressivität beobachtet. In mehreren seriösen Fallstudien wurde sogar von einem unmittelbaren kausalen Zusammenhang zwischen der Einnahme dieses Dopingmittels und der Durchführung schwerer Gewaltverbrechen berichtet.

Die Anwendung von Amphetaminen führe zu einer schweren psychischen Abhängigkeit und erzeuge Psychosen, Halluzinationen et cetera, erklärte der Doping-Experte. Abschließend wies er darauf hin, dass hinsichtlich der Frage psychischer Folgeschäden des systematischen Dopings das Phänomen der Polymedikation eine zentrale Rolle spiele. Denn die in Sportlerkreisen durchaus übliche, gleichzeitige Einnahme verschiedener leistungssteigernder Substanzen könne völlig unkalkulierbare psychische Veränderungen bewirken, deren Erscheinungsbild das gesamte Spektrum des menschlichen Fehlverhaltens umfasse.

Na, das sind ja wirklich prächtige Aussichten, dachte der Kriminalbeamte, nachdem er sich bedankt und den Hörer aufgelegt hatte.

Kevins Landung war nahezu perfekt. Im sicheren Gefühl, gerade einen Riesensatz gemacht zu haben, warf er im Sitzen die Arme nach oben, ballte die Fäuste und spannte die Muskeln an. Erst jetzt bemerkte er unter seinen Pobacken etwas Hartes, Stangenähnliches.

Irritiert griff er in den feinen Sand zwischen seinen Füßen und scharrte darin herum. Zunächst sah er nur einen Zipfel grauen Baumwollstoffs. Er buddelte weiter und schaufelte den Sand zur Seite. Als er die Spitze eines Turnschuhs entdeckte, wurde ihm schlagartig bewusst, was da unter ihm lag. Panisch schoss er in die Höhe und hechtete wie ein Panther aus der Sprunggrube heraus.

»Da liegt einer drin«, stieß er entsetzt aus. Mit weit aufgerissenen Augen und offenem Mund zeigte er auf die Stelle, wo er Sekunden zuvor noch gesessen hatte.

Neugierig strömten immer mehr Schüler zur Weitsprunganlage. Kevins Lehrer ergriff geistesgegenwärtig die Initiative. Mit klaren Kommandos wies er seine Kollegen an, die Schüler von der Sprunggrube zurückzudrängen. Anschließend verständigte er per Handy die Polizei.

Als Tannenberg eine knappe halbe Stunde später im Ramsteiner Reichswaldstadion eintraf, hatten uniformierte Beamte die Weitsprunganlage bereits weiträumig abtrassiert. Den Leichenfundort schützten die Mitarbeiter der Kriminaltechnik zusätzlich mit transportablen Wänden. Diese Maßnahme war durchaus angebracht, denn die Presse war bereits auf der Jagd nach einem sensationellen Foto für ihre Schlagzeilen.

Die Bundesjugendspiele waren inzwischen abgebrochen worden. Nachdem die Kinder und Jugendlichen das Gelände verlassen hatten, verbreitete sich die Nachricht des spektakulären Leichenfundes wie ein Lauffeuer in Ramstein und es trafen immer mehr Schaulustige in dem von hohen Bäumen eingefriedeten und im Norden an einen Mischwald grenzenden Sportgelände ein.

Mertel war gerade dabei, den Leichnam freizulegen. Mit einem rasierpinselähnlichen Gegenstand befreite er das aschgraue Gesicht des Mannes von Sand. Wie bei einer archäologischen Ausgrabung ging er dabei ausgesprochen behutsam zu Werke. Sehr zum Widerwillen des Gerichtsmediziners, der augenscheinlich keine Lust hatte, so lange zu warten, bis der Spurenexperte mit seiner Arbeit fertig war.

»Jetzt mach doch nicht so'n überflüssiges Gedöns«, pflaumte ihn Dr. Schönthaler an. »Das ist schließlich kein antiker pfälzischer Kaiser, sondern einer, der noch bis vor Kurzem von Flugzeugabgasen verpestete Ramsteiner Luft eingeatmet hat.«

»Komm, Karl, sei so gut und lass uns mal ran«, unterstützte Tannenberg seinen Freund.

Der Kriminaltechniker warf den beiden Ankömmlingen einen giftigen Blick zu und erhob sich gemächlich. »Gut, dann geh ich eben einen Kaffee trinken. Aber beschwert euch nachher ja nicht wieder, dass wir nicht genügend Spuren sichergestellt hätten.«

»Reg dich nicht so auf, Karl, wir brauchen doch gar nicht lange«, sagte Tannenberg in versöhnlichem Ton. Aber Mertel war schon hinter der Sichtschutzwand verschwunden.

Der etwa 65-jährige Tote lag wie in einem Sarg auf dem Rücken, die Arme waren vor dem Bauch verschränkt. Der Mann trug einen grauen Jogginganzug aus Baumwolle und altmodische schwarze Turnschuhe. In Höhe der Herzgegend zeichnete sich ein größerer Blutfleck ab.

Der Rechtsmediziner zog an dieser Stelle den Sweatshirtstoff auseinander. »Hier ist das Projektil sehr wahrscheinlich in den Körper eingedrungen«, sagte er eher zu sich selbst. Lauter und an seinen Freund gerichtet, schob er nach. »Hilf mir mal.«

Während die beiden Männer den Leichnam auf die Seite drehten, rieselte feinkörniger Sand aus Mund, Nase und Ohren des Mordopfers. Nach einer kurzen Begutachtung des Rückens erklärte der Rechtsmediziner: »Und hierbei handelt es sich wohl um die Austrittswunde.«

Während Tannenberg den Korpus an der Schulter festhielt, zog Dr. Schönthaler Hose und Boxershorts des Toten nach unten und maß rektal dessen Körpertemperatur. Parallel dazu tastete er auf einem Totenfleck herum. »Wegdrückbar, aber nicht mehr verlagerbar. Und das sagt uns?«

»Dass der Todeszeitpunkt mindestens 10-12 Stunden zurückliegt.«

»Exakt. Und aufgrund der Körpertemperatur dieses alten Knaben können wir den Zeitpunkt seines Ablebens noch weiter eingrenzen. Ich schätze mal, dass der Tod vor etwa 12-14 Stunden eingetreten ist.«

Tannenberg schaute auf seine Armbanduhr und rechnete zurück. »Das dürfte dann wohl so zwischen 19 und 21 Uhr gewesen sein.«

»Deine grandiosen mathematischen Fähigkeiten verblüffen mich stets aufs Neue«, spottete der Gerichtsmediziner.

Nachdem der Leichnam wieder auf dem Rücken

lag, durchsuchte Tannenberg die Hosentaschen des Mordopfers. Außer zwei Leinentaschentüchern und einem Hustenbonbon befand sich nichts darin.

»Kein Schlüssel, keine Ausweispapiere. Vielleicht wohnt der Mann ja hier ganz in der Nähe«, grummelte er vor sich hin. »Oder er hat irgendwo seine Tasche abgelegt.«

»Erinnerst du dich eigentlich noch an unseren Hollandurlaub vor circa 30 Jahren«, fragte der Pathologe, während er den Leichnam weiter inspizierte. »Da hatten wir doch die Mädels aus dem Nachbarzelt auch ein paar Mal am Strand im Sand eingebuddelt. Ich weiß noch genau, dass die eine, auf die du so scharf gewesen bist, am nächsten Tag in Amsterdam in der Drogenszene untergetaucht ist. Ihre armen Eltern sind doch irgendwann auf dem Campingplatz aufgekreuzt und haben uns befragt. Wo waren diese wilden Hühner noch mal her?«

»Du hast vielleicht Probleme, Rainer«, entgegnete Tannenberg kopfschüttelnd.

»Das ist nichts anderes als ein Gedächtnistest für dich senilen Tattergreis. Und?«

»Sie waren aus Leverkusen.«

Plötzlich tauchte ein Hubschrauber über ihnen auf. Reflexartig duckten sie sich und blickten nach oben. Sie erspähten einen Pressefotografen, der aus der offenen Seitentür des Helikopters heraus Schnappschüsse machte.

»Verfluchter Aasgeier«, brüllte Tannenberg den Rotorblättern entgegen.

»Dieser Spruch stimmt ausnahmsweise, denn der Pressefuzzi fliegt ja wirklich«, rief Dr. Schönthaler in den Höllenlärm hinein.

Kurz darauf stürmte Mertel mit einem großen Sonnenschirm in die Sichtschutzkabine, den er wie eine Lanze seitlich am Körper hielt. Er rammte ihn in den Sand und spannte ihn auf. »Damit ist euch der Blick auf den Leichnam versperrt, ihr pietätslosen Gaffer!«, schrie er mit zornigem Gesicht.

Tannenberg trat zwei Schritte zur Seite und verschaffte sich dadurch freie Sicht nach oben. Schadenfroh reckte er dem Hubschrauberpiloten und seinem aufdringlichen Passagier den ausgestreckten Mittelfinger entgegen.

»Klasse Aktion, Karl«, lobte er anschließend und boxte seinem Kollegen leicht auf den Oberarm.

»Was ist denn das da unten am Fußgelenk?«, fragte der Spurenexperte und kniete sich nieder.

Nun wurden auch die beiden anderen auf etwas aufmerksam, das sie bislang noch nicht beachtet hatten. Durch die Umlagerung des Leichnams war die Jogginghose ein wenig nach oben gerutscht und hatte einen Kabelbinder zum Vorschein gebracht, der über dem linken Sprunggelenk des Mordopfers angebracht war.

Mertel hob das Bein ein wenig an und begutachtete den baumelnden Kofferanhänger. ›Ich bin der HERR über Leben und Tod und werde euch strafen für eure Missetaten‹, stand da in Maschinenschrift zu lesen.

»Ach, du dickes Ei«, stöhnte Dr. Schönthaler. »Ein religiöser Eiferer. Das hat uns gerade noch gefehlt.«

»Oh je«, stimmte Tannenberg in das Klagelied mit ein. Kopfschüttelnd schöpfte er ein paar Mal tief Luft. Dann wandte er sich an den Kriminaltechniker: »Habt ihr inzwischen irgendetwas gefunden, das Aufschluss über die Identität des Toten geben könnte, seine Sporttasche oder so was?«

»Nein, aber draußen steht noch der Lehrer, der dabei war, als ihn einer seiner Schüler entdeckte. Vielleicht kennt er ihn ja zufällig. Die Schule, an der er unterrichtet, ist nur einen Steinwurf von hier entfernt.«

»Dann hol ihn bitte mal her.«

Kaum eine halbe Minute später betrachtete Kevins Klassenleiter mit versteinertem Gesicht den toten Mann. Mit gebrochener Stimme identifizierte er ihn als einen langjährigen Kollegen. Bei dem Ermordeten handelte es sich demnach um den 68-jährigen Realschullehrer Ludwig Altherr. Er wohnte quasi um die Ecke, allerdings alleine. Dieser Umstand war offensichtlich auch die Erklärung dafür, weshalb bislang noch keine Vermisstenmeldung bei der Polizei eingegangen war.

»Ludwig war ein leidenschaftlicher Sportler«, sagte sein ehemaliger Lehrerkollege, dem das Entsetzen ins Gesicht geschrieben stand. »Er hat jedes Jahr das Sportabzeichen abgelegt. Möglicherweise hat er gestern dafür trainiert, denn soviel ich weiß, ist der Weitsprung eine der zu absolvierenden Disziplinen.«

»Sagen Sie mal, wenn ich mich richtig erinnere, haben mir meine Mitarbeiter vorhin erzählt, dass einer Ihrer Schüler der Erste war, der in die Grube gesprungen ist. Stimmt das?«

»Ja, das ist richtig.«

»War die Sprunggrube, als Sie heute Morgen hier eintrafen, bereits eingeebnet oder haben ihre Schüler das gemacht?«

»Nein, das war bereits so, als wir hier ankamen«, erklärte der Lehrer. Er strich sich über seinen grau melierten Schnurrbart und kniff die Augenbrauen zusammen.

»Sind Sie sich da ganz sicher?«

Kevins Klassenleiter nickte. »Ja, das bin ich. Und zwar deshalb, weil ich mich darüber wunderte.« Er zuckte mit den Schultern. »Aber andererseits hab ich mir auch nichts Besonderes dabei gedacht, muss ich ehrlich zugeben.« Er zeigte mit dem Finger auf den Leichnam. »Das da konnte ja keiner ahnen.«

»Nein, wirklich nicht. Okay, vielen Dank. Bitte geben Sie meinen Kollegen noch ihre Personalien. Wir melden uns dann bei Ihnen, wegen des Protokolls.«

»Das hab ich schon getan«, antwortete der Lehrer und verabschiedete sich.

»Unser Heckenschütze ist offensichtlich die Coolness in Person«, sagte der Rechtsmediziner und wies mit der Hand über die Schulter. »Der legt sich irgendwo da hinten auf einem Baum auf die Lauer, wartet geduldig, bis irgendein Sportler hier trainiert, nimmt ihn ins Visier und drückt ab.«

»Vielleicht war der gute Mann gar kein Zufallsopfer«, bemerkte Tannenberg mit Seitenblick auf den Toten. »Schließlich war er Lehrer und das erste Opfer ein Schüler.«

»Du meinst, dieser Irrsinn hat irgendetwas mit dem Thema ›Schule‹ zu tun?«, fragte Mertel.

»Warum denn nicht? Bis jetzt ist dies die einzige Verbindung, die zwischen den beiden Opfern existiert.«

»Und ihre gemeinsame Beziehung zum Sport«, ergänzte Dr. Schönthaler.

»Ja, sicher.«

»Schließlich heißt es nicht umsonst im Volksmund: Sport ist Mord!«

»Du immer mit deinen blöden Sprüchen.«

»Von wegen, mein liebes Wölfchen. Der passt mal wieder haargenau, quasi wie dein schlaffer nackter Hintern auf einen Putzeimer.«

Kommentarlos saugte Tannenberg Luft ein und stieß sie mit einem leidenden Ächzen wieder aus.

»Aber möglicherweise handelt es sich bei diesen Übereinstimmungen auch nur um reine Zufälle, und zwischen den beiden Mordopfern besteht keine andere Verbindung als die, die der Täter durch die Morde geschaffen hat«, überraschte der Gerichtsmediziner mit einer plötzlichen Kehrtwendung.

Tannenberg blickte ihn verständnislos an.

»Vielleicht geht es dem Täter einzig und allein um die Örtlichkeiten, von wo er aus einer perfekten Deckung heraus unerkannt zuschlagen kann.

Und das ist nun mal ein Wald, der an einen Sportplatz grenzt. Etwas Idealeres gibt es gar nicht«, fuhr Dr. Schönthaler fort. Er brach ab und rückte seine Fliege zurecht. »Und auf einem Sportplatz findet man nun mal für gewöhnlich Sportler«, fügte er mit einem verschmitzten Lächeln an.

Mertel brummte nachdenklich. »Vielleicht bringt uns dieser religiöse Spruch irgendwie weiter. Was bezweckt der Täter damit?«

»Darauf kann ich mir auch noch keinen Reim machen«, grummelte Tannenberg.

»Ich hab irgendwo mal einen Artikel über sogenannte ›Seriengesinnungsmörder‹ gelesen«, sagte Mertel. »Diese Irren töten aus den unterschiedlichsten, auch religiösen Beweggründen. Da sie aus ihren Taten keinerlei persönlichen Vorteil ziehen, sind ihre Motive für Außenstehende oft nicht nachvollziehbar. Außerdem sind diese Leute sehr schwer aufzuspüren, denn sie verhalten sich im normalen Leben völlig unauffällig.«

Tannenberg raufte sich mit beiden Händen die Haare. »Warum muss ausgerechnet ich mich immer mit diesen durchgeknallten Psychopathen herumschlagen?«

»Jeder, wie er es verdient«, bemerkte sein Freund trocken. »Und wieder schlägt der Volksmund zu: Wie der Herr, so sein G'scherr.«

»Nee, ich will einfach nicht mehr.« Wie ein trotziges Kind stampfte der Leiter des K 1 auf dem feinkörnigen Sand herum.

»Schluss jetzt mit diesem nervtötenden Gejammere, du altes Weichei«, blaffte Dr. Schönthaler. »Hör dir lieber mal an, welche interessanten Dinge ich noch zur Tatrekonstruktion zu verkünden habe. Vorhin hast du mich nämlich mitten in meinem Fachvortrag unterbrochen. Bist du bereit?«

Tannenberg nickte.

»Also: Der Heckenschütze lauert seinem Opfer auf und streckt es mit einem gezielten Schuss nieder. Dann verlässt er sein Versteck, schlendert in aller Seelenruhe hierher zu dieser Sprunggrube, verbuddelt darin den Leichnam und bringt einen Kabelbinder am Bein seines Mordopfers an. Und zu allem Überfluss zieht er auch noch die Sandfläche glatt. Das ist doch verrückt. Wieso hatte dieser Kerl keine Angst davor, dass ihn jemand dabei beobachtet?«

»Dafür gibt es eine einfache Erklärung«, behauptete Wolfram Tannenberg. »Wenn deine Mutmaßungen hinsichtlich des Todeszeitpunkts stimmen, musste der Todesschütze nicht mehr lange warten, bis es dunkel war. Und dann hatte er alle Zeit der Welt, denn nachts wird sich wohl kaum jemand in dieses Stadion verirren.«

»Da ist sicherlich etwas Wahres dran.«

Tannenberg stieß ein merkwürdiges Grunzgeräusch aus, das nur schwerlich mit menschlichen Lautproduktionen in Verbindung zu bringen war. »Mich beschäftigt eine ganz andere Frage: Warum hat er in solch einem kurzen Abstand zugeschlagen? Zwischen beiden Attentaten liegen kaum mehr als 36 Stunden.«

Dr. Schönthaler schnäuzte sich die Nase. »Tja, Wolf, das weiß wohl nur er selbst.« Mit der Fußspitze zeichnete er zwei senkrechte Koordinaten in den hellgrauen Sand, die wie ein Fadenkreuz aussahen. »Vielleicht haben wir es wirklich mit einem religiösen Fanatiker zu tun. Einer, der sich als apokalyptischer Reiter versteht und auf höheren Befehl hin unterwegs ist, um eine todbringende Mission zu erfüllen.«

»Jetzt geht aber gerade der Gaul, auf dem dieser Reiter sitzt, mit dir durch, oder?«

Sein Freund ließ wortlos eine Weile verstreichen, während der er das Kreuz mit der Schuhsohle wieder einebnete. Immer noch den Blick auf seinen Fuß gerichtet, seufzte er: »Na ja, wir werden es schon bald wissen. Übrigens lautet die entscheidende Frage nicht, *warum* er innerhalb von nur eineinhalb Tagen zwei Morde begangen hat. Die bedeutend spannendere ist die, *wann* er wieder zuschlagen wird.«

»Glaubst du etwa, der macht in diesem Tempo weiter?«

»Zumindest können wir das nicht ausschließen.«

»Verflucht noch mal, sollen wir etwa alle Schüler, Lehrer und Sportler auffordern, nicht mehr ihre Häuser zu verlassen?«

»Hast du denn eine bessere Idee?«

5

Als notorischer Morgenmuffel begrüßte Tannenberg seine Sekretärin stets mit einem in die Tiefe des Raums hineingeknurrten ›Moin, Flocke‹. Wie gewöhnlich schlurfte er auch diesmal wieder mit hängendem Kopf und mürrischem Gesichtsausdruck an ihrem etwas zurückgesetzten Schreibtisch vorbei.

Erst als er die Hand auf die Klinke seiner Bürotür legte, wurde ihm bewusst, dass Petra Flockerzie nicht wie sonst üblich mit einem demonstrativ fröhlichen ›Ich wünsche Ihnen einen wunderschönen guten Morgen, Chef – einen doppelten Espresso wie immer?‹ geantwortet hatte. Befremdet drehte er sich um und blickte hinüber zu ihrem Schreibtisch.

Zusammengesunken wie ein Häuflein Elend kauerte der gute Geist des K 1 hinter einem Flachbildschirm, der ihr Antlitz zum größten Teil verdeckte. Irritiert kratzte sich Tannenberg am Kinn und trottete zu ihr hin. Als Petra Flockerzie ihren Chef kommen sah, bedeckte sie ihr Gesicht mit den Händen und begann bitterlich zu weinen.

Wolfram Tannenberg, normalerweise im emotionalen Umgang mit seinen Mitmenschen eher Grobmotoriker denn Filigrantechniker, dachte sofort an die Diagnose einer schlimmen Krankheit.

»Um Gottes willen, Flocke, was ist denn los mit dir?«, fragte er betroffen. Als sie nicht reagierte, sondern wie der berühmte Schlosshund laut aufheulte, schob er mit zitternder Stimme nach. »Was, was ist denn Schlimmes passiert?«

Die 53-jährige, korpulente Sekretärin tupfte sich die Tränen ab und rang stoßartig nach Atem. Sie schluchzte noch einmal tief auf, bevor sie antwortete: »Es ist so schrecklich, Chef.« Erneut wurde sie von einem Weinkrampf überfallen.

Tannenberg holte sich einen Stuhl und setzte sich schweigend ihr gegenüber. Mit besorgter Miene betrachtete er die Frau, die er so sehr ins Herz geschlossen hatte, dass ihr Leiden ihm regelrecht körperliche Schmerzen bereitete.

Petra Flockerzie rang um Fassung und blickte ihren Chef mit tieftraurigen, wässrigen Augen an. Schniefend wischte sie sich über die Wangen, drückte das Taschentuch auf die Augenwinkel, doch die Tränen wollten einfach nicht versiegen. Ihre ansonsten rosige Gesichtshaut war bleich und glänzte speckig. Die Augen waren von dunklen Schatten umwölkt, wogegen der rote Lippenstift wie ein dicker Strich Signalfarbe auf einer tristen Betonwand wirkte.

Der Leiter des K 1 griff ihre Hand und streichelte sie. »Komm, Flocke, nun sag mir bitte, warum du so verzweifelt bist. Vielleicht kann ich dir helfen.«

Die Sekretärin schluckte hart und erklärte mit einem Anflug von Trotz: »Mir kann niemand helfen.« Sie seufzte und grub ihre Finger in die wulstigen Fettrollen, die ihre Hüften wie Rettungsringe umschlossen. »Ich werde wohl bis an mein Lebensende diese ekligen Pfunde mit mir herumschleppen müssen. Dabei hatte ich schon so tolle Fortschritte gemacht. Und dann dieser fürchterliche Rückfall.«

Während sie sich einem neuerlichen Feuchtigkeitsausbruch hingab, atmete Tannenberg erleichtert durch und begab sich zur Espressomaschine. Schmunzelnd braute er zwei Espresso und kehrte zum Schreibtisch zurück.

»Danke, Chef, Sie sind so lieb zu mir.«

»Jedem, so wie er es verdient«, gab er einen der Lieblingssprüche des Rechtsmediziners zum Besten. »Was war's denn diesmal für ein Malheur?«

»Ich hab eine ganz tolle Diät entdeckt«, antwortete Petra Flockerzie hechelnd. Ein Hauch von Farbe kehrte auf ihre Wangen zurück. »Zwei Wochen lang hab ich mich eisern an die Anweisungen zur Durchführung der Tassen-Diät gehalten.«

»Was für'n Ding?«

»Die Tassen-Diät, Chef.« Das Gesicht der Sekretärin leuchtete auf. »Haben Sie noch nie etwas davon gehört?«

»Nee.«

»Diese revolutionäre Diät ist eigentlich ganz simpel: Man darf nur Dinge essen, die man in einer Tasse zubereiten kann.«

Spontan versuchte sich Tannenberg seine geliebten Dampfnudeln oder die von ihm nicht minder geschätzten Hausmacherbrote in einer Tasse vorzustellen. »Wie soll das denn funktionieren?«

»Sehen Sie, Chef, das ist ja das Geniale an dieser

wunderbaren Diät. Denn in einer Tasse kann man weder braten noch backen noch kochen. Man kann nur Obst hineinschnitzen oder heißes Wasser über Tütensuppen schütten.«

»Hmh«, brummte der Kriminalbeamte.

»Eine Tasse voller Gurken darf man zum Beispiel so oft essen, wie man will.«

Bei dem Gedanken daran verzog Tannenberg sein Gesicht so, als ob ihm gerade ein Brechreiz auslösender Geruch in die Nase steigen würde. Zwar schätzte er durchaus eingelegte Gurken, vor allem dann, wenn sie als verzehrbare Dekoration seiner geliebten Hausmacherbrote Verwendung fanden. Doch bei der Vorstellung, Kaffeetassen voller Gurken vertilgen zu müssen, drehte es ihm fast den Magen um.

»Ja, aber warum bist du denn derart durch den Wind, wenn diese Diät so toll ist?«, fragte er verwundert und nippte an seinem Espresso.

Petra Flockerzies Mienenspiel veränderte sich wie auf Knopfdruck. »Heute Nacht bin ich rückfällig geworden«, jammerte sie. »Ich hab's einfach nicht mehr ausgehalten. Ich hab stundenlang mit dieser schrecklichen Fressgier gekämpft, aber schließlich doch verloren. Dann bin ich an eine Tankstelle gefahren und hab mich mit Schokolade, Chips und anderen Kalorienbomben eingedeckt.«

Sie stöhnte. »Und zu Hause hab ich alles in mich hineingeschlungen. Bis mir schlecht wurde.« Nach einer kleinen Pause ergänzte sie wimmernd: »Aus purer Verzweiflung hab ich mir dann die Finger in den Hals gesteckt.« Sie greinte auf. »Das war so eklig.«

»Ja, aber, wenn das meiste wieder rausgekommen ist, hast du doch gar nicht so extrem zugeschlagen«, versuchte ihr Gegenüber ein wenig Trost zu spenden. »Dann hast du wohl kaum riesige Kalorienmengen …«

»Meinen Sie wirklich?«, fiel ihm seine Sekretärin ins Wort.

»Sicher.«

Der Ansatz eines Lächelns huschte über Petra Flockerzies Gesicht.

»Du darfst nicht immer so total verkrampft ans Abnehmen herangehen. Sonst verlierst du noch sämtliche Lebensfreude, und das wäre doch jammerschade.« Er lachte auf. »Vor Kurzem habe ich ein gutes Zitat gelesen. Irgendein Ami hat mal gesagt: Ich habe eine neue Diät ausprobiert. In vierzehn Tagen verlor ich genau zwei Wochen. Ist das nicht gut?«

»Doch«, erwiderte die Sekretärin in einen unterdrückten Schluchzer hinein. Der Anflug eines Lächelns huschte über ihr Gesicht.

»Na, siehst du, so gefällst du mir schon wieder bedeutend besser. Du musst dir während einer Diät ab und an etwas richtig Gutes gönnen. Das hilft auf Dauer viel effektiver beim Abspecken als diese Radikalkuren. Denn sonst entwickelst du einen unglaublichen Heißhunger auf all das, was man nicht essen darf.«

Der Leiter des K 1 klatschte in die Hände und

erhob sich. »Du braust uns jetzt zur Feier des Tages zwei schöne Cappuccino und ich geh runter in die Kantine und besorge uns zwei mit Pudding gefüllte und mit dicken Butterstreuseln gekrönte Kaffeestückchen. Okay?«

»Hmh«, summte die Sekretärin voller Vorfreude und begann laut zu schmatzen. »Und Sie meinen wirklich, dass ich mir ausnahmsweise mal so etwas Ungesundes genehmigen darf?«

»Ja, sicher, Flocke. Viele Untersuchungen haben das, was ich dir eben erzählt habe, wissenschaftlich belegt.«

Als ihr Vorgesetzter nach ein paar Minuten in die Räumlichkeiten der Kaiserslauterer Mordkommission zurückkehrte, hatte das aschgraue Gesicht seiner Mitarbeiterin endlich wieder den roséfarbenen Teint angenommen, der weitaus besser zu ihrem freundlichen und gutmütigen Wesen passte.

Wolfram Tannenberg biss gerade genüsslich in sein gefülltes Krümelteilchen, als das Telefon läutete und er in Kriminaldirektor Eberles Büro beordert wurde.

»Da haben Sie sich ja mal wieder etwas wirklich Grandioses geleistet«, polterte Dr. Hollerbach sofort los, als Tannenberg das Dienstzimmer seines unmittelbaren Vorgesetzten betrat. Er wedelte mit der tagesaktuellen Ausgabe der *Pfälzischen Allgemeinen Zeitung* herum, die hier in der Gegend meist nur *PALZ* genannt wurde. Auf ihrer Titelseite war ein Foto abgedruckt, das den Leiter des K 1 zeigte, wie er der Kamera seinen Mittelfinger entgegenreckte.

»Killerschütze: Noch immer keine heiße Spur!«, las der Oberstaatsanwalt vor. »Hauptkommissar Tannenberg behindert massiv die Arbeit der Presse. Ist diese obszöne Geste Ausdruck der Verzweiflung und Überforderung der zuständigen Mordkommission? Und so weiter und so fort. Sie sind einfach die fleischgewordene Unfähigkeit.« Aus seinen Augen feuerte er zornige Blitze in Richtung seines Erzfeindes ab.

Kriminaldirektor Eberle bat den Vertreter der Staatsanwaltschaft mit einer beschwichtigenden Geste um Mäßigung. Tannenberg seinerseits nahm die Rüge äußerlich betont gelassen entgegen. Er hatte nichts anderes erwartet, zu oft schon hatte ihm Hollerbach in ähnlichen Situationen solche Pauschalvorwürfe an den Kopf geworfen. Überdies kannte er besagten Pressebericht bereits, denn sein Vater hatte ihn damit beim Frühstück geärgert. Doch wie immer, wenn er seinem Widersacher über den Weg lief, brodelte es auch diesmal wieder in seinem Inneren wie in einem Vulkan.

»Warum mussten Sie denn auch diesen blöden Schirm aufspannen? Diese paar Minuten hätten Sie doch wirklich ertragen können.«

»Ich schon, Herr Oberstaatsanwalt, aber der Tote nicht. Wir hatten Angst, dass er sich einen Sonnenbrand holt. Außerdem ist das mit dem Mittelfinger eine billige Fotomontage. So etwas würde ich nie tun.«

Klaus Eberle hatte alle Mühe, ein Schmunzeln zu unterdrücken.

Während Dr. Hollerbach rot anlief und nach Luft schnappte, bat der Dienststellenleiter die beiden Kampfhähne an einen kleinen Konferenztisch.

»Meine Herren, wir sollten uns nun doch bitte sachlich und konstruktiv mit dieser schrecklichen Mordserie beschäftigen.«

»Die bereits im Ministerium hohe Wellen schlägt«, zischte der Oberstaatsanwalt. »An höchster Stelle ist man ausgesprochen besorgt hinsichtlich des Ansehens der Strafverfolgungsbehörden bei der Bevölkerung.«

»Ach, daher weht mal wieder der Wind«, murmelte Tannenberg vor sich hin.

Dieser Beitrag steigerte Dr. Hollerbachs Zorn noch weiter. Wie ein Florettfechter stach er mit dem Finger auf den Kriminalbeamten ein. »Und daran sind vor allem Sie schuld. Die Herrschaften im Innenministerium bezweifeln ernsthaft, ob Sie und Ihre Leute überhaupt in der Lage sind, diesen gemeingefährlichen Täter zu fassen.«

Unvermittelt legte der Oberstaatsanwalt eine kurze Pause ein, während der er mit dem Finger über den Rand seiner Kaffeetasse strich. Dann fixierte er Tannenberg mit einem stechenden Blick. »Na ja, schon in Bälde werden wir fachkompetente Unterstützung erhalten. Ihnen ist klar, was ich damit zum Ausdruck bringen will, Herr Hauptkommissar?«

Nur zu gut wusste Wolfram Tannenberg, was

gemeint war. Aber auch damit hatte er sich inzwischen wohl oder übel arrangiert. Aufgrund der spektakulären Kapitalverbrechen rechnete er geradezu minütlich mit dem Eintreffen irgendwelcher arroganter Ermittler des Bundes- bzw. Landeskriminalamtes. Deshalb schwieg er und blickte demonstrativ gelangweilt aus dem Fenster. Im Geäst einer alten Platane lieferte sich gerade eine Schar Kohlmeisen eine wilde Verfolgungsjagd.

Haben die's gut, dachte er. Bei denen gibt es garantiert keinen Oberstaatsanwalt und bestimmt auch keine psychopathischen Mörder, die sich auf Bäume setzen und ihre Artgenossen abknallen.

»Verschaffen Sie uns doch bitte einen kurzen Überblick über den aktuellen Stand der Ermittlungen«, bat Eberle in freundlichem Ton. Als der Angesprochene nicht umgehend reagierte, fügte er an: »Welches Motiv könnte der Täter haben, Herr Hauptkommissar? Es handelt sich doch um ein und denselben Täter, nicht wahr?«

Tannenberg riss den Kopf zu ihm herum und räusperte sich verlegen. »Ja, ja, das haben die kriminaltechnischen Vergleichsuntersuchungen inzwischen zweifelsfrei geklärt. Aber sein Motiv?« Er stieß Atemluft so fest durch den Mund, dass seine Lippen das Geräusch eines tuckernden Rasenmähermotors erzeugten. »Das ist ein weites Feld«, zitierte er den Schlusssatz aus Fontanes ›Effi Briest‹.

Klaus Eberle warf ihm einen gequälten Blick zu.

Übertreib's jetzt bloß nicht!, meldete sich seine

innere Stimme wie immer unaufgefordert zu Wort. Eberle war dir in der Vergangenheit stets wohlgesonnen und ist es noch immer. Obwohl du es ihm oft nicht leicht gemacht hast. Mit ihm solltest du es dir nicht verscherzen. In Gedanken stimmte er dem Besserwisser in seinem Kopf zu und nahm sich vor, sich fortan weniger provokativ zu verhalten.

»Bislang gibt es Hinweise auf mehrere mögliche Tatmotive«, erklärte Wolfram Tannenberg betont sachlich. Er faltete die Hände so, dass die Daumen ein Kreuz bildeten. »Beide Mordopfer wurden beim Sport getötet und beide standen auf irgendeine Art und Weise in Verbindung zur Institution ›Schule‹. Folglich könnte Rache als Triebfeder des Heckenschützen in Betracht kommen.«

»Rache wofür?«, fragte Eberle. Er schlug die Beine übereinander und umfasste das Knie mit seinen gepflegten Händen.

Der Leiter des K 1 schob die Unterlippe vor und lupfte die Schultern. »Vielleicht hat der Amokschütze schlechte Erfahrungen mit der Schule oder mit einem Sportverein gemacht. Vielleicht existiert in seiner Biografie irgendein Ereignis, das ein Trauma bei ihm verursacht hat.«

Dr. Hollerbach schüttelte den Kopf. »Es ist immer dasselbe mit Ihnen: Sie haben nichts Greifbares in der Hand, äußern lediglich wilde Spekulationen.«

»Für die Sport-Hypothese spräche außerdem die Tatsache«, fuhr Tannenberg unbeeindruckt fort, »dass sich der Täter anscheinend am chronologischen Ablauf eines Zehnkampfes orientiert: Zuerst das Attentat während des 100-Meter-Laufs, der ersten Disziplin des Zehnkampfes, und dann der Mord beim Weitsprung, der zweiten Disziplin.«

»Und was ist die dritte Disziplin?«, sprudelte es aus Eberle heraus.

»Das Kugelstoßen.«

»Sollten wir dann nicht sicherheitshalber alle Kugelstoßer, besser noch …?«

»Damit haben meine Mitarbeiter und ich bereits gestern Nachmittag begonnen«, unterbrach Tannenberg. »Bis auf wenige Einzelfälle haben wir im Umkreis von 50 Kilometern alle Schulen und Sportvereine auf dieses mögliche Gefahrenpotenzial hingewiesen. Ich bin mir ziemlich sicher, dass in der gesamten Pfalz so lange niemand mehr eine Eisenkugel in die Hand nehmen wird, bis wir diesen Psychopathen gefasst haben.«

»Ich glaube nicht an diese abstruse Zehnkampf-Theorie«, versetzte der Oberstaatsanwalt und machte dabei eine flatternde Handbewegung. »Das ist entweder nur Zufall oder es ist ein makabres Spielchen des Täters, mit dem er uns in die Irre führen will.«

Der Leiter der Kaiserslauterer Mordkommission ließ sich auch von dem erneuten skeptischen Einwurf seines Widersachers nicht aus dem Konzept bringen. »Meines Erachtens könnte es sich bei dem Täter durchaus um einen ehemaligen Leistungssportler handeln, dessen jahrelanger Dopingmissbrauch zu massiven psychischen Schädigungen geführt hat.«

»Interessant«, bemerkte sein Vorgesetzter.

»In dieser Angelegenheit habe ich ein sehr informatives Gespräch mit einem Medizinprofessor geführt, einem ausgewiesenen Dopingexperten. Er hat mir von Forschungsergebnissen berichtet, die einen direkten Zusammenhang zwischen dem Konsum von Dopingmitteln und der Durchführung schwerer Gewaltverbrechen ermittelt hätten.«

»Da sollten Sie am Ball bleiben.«

»Machen wir. Aber es existieren natürlich noch weitere Hypothesen hinsichtlich der Person des Täters. Es könnte zum Beispiel auch ein religiöser Fanatiker hinter den Anschlägen stecken. Darauf würde dieser Spruch hindeuten, den wir am Bein des zweiten Opfers gefunden haben: Ich bin der HERR über Leben und Tod und werde euch strafen für eure Missetaten.«

»Wieso weiß ich von alldem noch nichts?«, schimpfte Dr. Hollerbach.

»Erstens wissen Sie es ja jetzt und zweitens haben wir im Moment wirklich Besseres zu tun, als stundenlang Berichte zu schreiben.«

Während der Vertreter der Staatsanwaltschaft vor Wut schnaubte, fuhr Tannenberg fort: »Oder aber wir haben es mit einem durchgeknallten Nachahmungstäter zu tun, der sich zum Ziel gesetzt hat, die Snipermorde, die vor ein paar Jahren Washington erschütterten, in der Pfalz nachzuspielen – ›Spielen‹ natürlich in Anführungsstrichen.«

Eberle strich sich über die Stirnglatze und blies die Backen auf. »Puh, das wird ja immer komplexer.«

»Oder aber es handelt sich um eine Mischung aus beidem, denn der Amokschütze in den USA hatte damals ebenfalls religiöse Sprüche verkündet. Darüber hinaus könnte es natürlich auch sein, dass ein ganz anderes Motiv hinter diesen Attentaten steckt, zum Beispiel eine Erpressung.«

In der Gewissheit, nun ausreichend Verwirrung gestiftet zu haben, fügte der Leiter des K 1 abschließend hinzu: »Ich möchte jedoch betonen, dass zum gegenwärtigen Zeitpunkt diese Arbeitshypothesen lediglich den Charakter von reinen Spekulationen aufweisen.«

Einige Sekunden legte sich Schweigen über die drei Männer.

»Vielleicht besitzt diese Anschlagsserie ja auch einen terroristischen Hintergrund«, bemerkte der Oberstaatsanwalt mit einem schwer zu deutenden Lächeln auf den Lippen. »Haben Sie diese Möglichkeit schon einmal in Erwägung gezogen?«

»Natürlich habe ich das«, konterte Tannenberg. Er neigte den Kopf ein wenig zur Seite und zog die Nase kraus. »Aber das glaube ich eher weniger.«

»So, das glauben Sie also eher weniger«, wiederholte Dr. Hollerbach. »Wann ereignete sich noch mal der erste Anschlag?«, fragte er eher beiläufig.

Dieser Mistkerl führt doch wieder irgendetwas Gemeines im Schilde, grübelte Tannenberg. Da er sich aber auf die Schnelle keinen Reim darauf machen konnte, beantwortete er die Frage: »Am letzten Samstag.«

»Sehr gut, Herr Hauptkommissar«, lobte Dr. Hollerbach mit einer Stimme, mit der man normalerweise mit Kleinkindern spricht. »Welches Datum hatten wir denn an diesem Tag?«

»Was soll dieses alberne Kasperle-Theater?«, brauste sein Intimfeind auf.

»Beantworten Sie die Frage«, forderte der Oberstaatsanwalt in barschem Ton.

Tannenberg schloss die Augen und rechnete laut zurück. »Heute ist der vierzehnte …, dann war Samstag der elfte.«

»Der elfte was?«

»Hmh?«

»Monat?«

Genervt schürzte Tannenberg die Lippen. »Der elfte September natürlich.«

Mit einem Mal war ihm klar, worauf Hollerbach offensichtlich hinauswollte: Es war der Tag, an dem im Jahre 2001 die Terroranschläge auf das World Trade Center verübt wurden, bei denen fast 3000 Menschen zu Tode gekommen waren. Verdammt, das ist mir wirklich noch nicht aufgefallen, dachte er.

»Und, hat's jetzt endlich ›Klick‹ bei Ihnen gemacht?«

»Ja, das hat es«, gab Tannenberg kleinlaut zurück.

»Dieses exponierte Datum und seine Relevanz für unseren aktuellen Fall haben Sie mal wieder völlig übersehen, Sie Provinz-Schnarchnase!«, höhnte

Dr. Hollerbach. »Ein erneuter Beweis Ihrer allseits bekannten Betriebsblindheit – und Anlass genug, die überregionalen Ermittlungsbehörden um Amtshilfe zu ersuchen. Aufgrund Ihrer Inkompetenz war ich dazu in der Vergangenheit leider schon des Öfteren gezwungen. Doch diesmal ging die Initiative nicht von mir aus, sondern vom Bundeskriminalamt. Das BKA hat sich gestern Abend bei mir gemeldet und mir eröffnet, dass man einen hoch qualifizierten Experten zu uns abgeordnet habe.«

»Dem Himmel sei Dank, dass der HERR unser inständiges Flehen erhört hat und uns Blinden endlich einen Sehenden schickt«, konnte sich Tannenberg nicht verkneifen.

Ein seltsamer Glanz zeigte sich in den Augen des Oberstaatsanwaltes. »Es handelt sich dabei um einen gewissen Herrn Zörntlein, seines Zeichens Fachmann in Sachen internationaler Terrorismusbekämpfung. Er wird uns entscheidend weiterbringen, dessen bin ich mir absolut sicher.« Er blickte auf seine protzige goldene Cartier-Armbanduhr. »Eigentlich sollte der gute Mann schon längst hier sein.«

Eine knappe Stunde nach dieser Dienstbesprechung erschien Dr. Hollerbach im K 1. Er befand sich in Begleitung eines etwa 45-jährigen Mannes, der sofort alle Blicke auf sich zog. Er war circa 1,85 Meter groß und von athletischer Gestalt. Seine grau melierten Haare waren kurz geschnitten und ohne erkennbaren Scheitel nach rechts gekämmt. Sein sonnengebräuntes Gesicht wurde von einem dichten Dreitagebart und fast schwarzen Augen dominiert. Passend zu seinen ungewöhnlich dunklen Augen, in denen man die Pupillen nicht erkennen konnte, war er komplett in Schwarz gekleidet: kurze Lederjacke, Designerjeans, offenes Seidenhemd. Die markante Erscheinung löste bei allen Anwesenden einen umgehenden Wiedererkennungseffekt aus.

»Nein, meine Damen und Herren, es ist nicht George Clooney«, beantwortete der Oberstaatsanwalt die fragenden Blicke.

Johannes Zörntlein, dem man deutlich anmerkte, dass ihm seine frappierende Ähnlichkeit mit dem Hollywoodstar durchaus bekannt war, kippte den Kopf ein wenig nach vorne und setzte den geheimnisvoll-verführerischen Blick auf, mit dem George Clooney die Damenwelt verzauberte. Gleich darauf hob er das Kinn wieder an und lächelte verschmitzt.

Sabrina und Petra Flockerzie verfolgten mit großen Augen jede Regung des Clooney-Doubles. Eine Wirkung, die besonders Michael Schauß nicht verborgen blieb. Wenn böse Blicke tatsächlich töten könnten, wäre der BKA-Beamte garantiert auf der Stelle leblos zusammengebrochen.

Auch dem Oberstaatsanwalt war die Faszination, welche dieser geschmackvoll gekleidete und charismatische Mensch auf das weibliche Geschlecht ausübte, nicht entgangen. »Meine Damen, es tut mir wirklich ausgesprochen leid für Sie, aber Kriminaldirektor Zörntlein hat mir auf dem Weg hierher erzählt, dass er glücklich verheiratet und stolzer Vater von vier Kindern ist«, verkündete er mit einem süffisanten Lächeln auf den Lippen.

»Gott sei Dank, Herr Oberstaatsanwalt, ich hatte schon befürchtet, dass ich jetzt schnell nach Hause fahren und meine Mutter in den Keller sperren muss.«

»Wenn Sie nicht der berühmt-berüchtigte Kollege Tannenberg sind, fliege ich sofort zurück nach Hollywood«, retournierte Zörntlein mit einer tiefen, melodischen Stimme. Er grinste breit und streckte dem Leiter des K 1 die Hand entgegen. »Freut mich sehr, Sie kennenzulernen. Ihnen eilt ja wirklich ein legendärer Ruf voraus.«

Tannenberg hielt dem schraubstockartigen Griff tapfer stand. »So, das wusste ich gar nicht«, gab er schmunzelnd zurück. »Bislang dachte ich, dass meine Fans vor allem innerhalb der hiesigen Staatsanwaltschaft zu finden sind.«

»Nun aber genug der Albernheiten«, mischte sich Dr. Hollerbach ein, »wir haben uns schließlich mit ernsteren Dingen zu beschäftigen. Vielleicht stellt Herr Zörntlein sich und seinen bisherigen Arbeitsbereich am besten selbst in ein paar Sätzen vor.«

»Das tue ich gerne, Herr Oberstaatsanwalt«, flötete der BKA-Beamte. Er trat einen kleinen Schritt vor und faltete wie betend die Hände vor seinem Bauch. »Liebe Kollegen, ich weiß, dass Sie bestimmt nicht gerade begeistert davon sind, einen Externen als sogenannte Verstärkung Ihres Teams akzeptieren zu müssen. Aber ich versichere Ihnen, dass ich mich sehr um eine konstruktive Zusammenarbeit mit Ihnen bemühen werde. Mehr Worte möchte ich darüber nun nicht verlieren, schließlich sind wir alle Profis und wissen, dass die schnellstmögliche Ergreifung des Täters absolute Priorität besitzt.« Zörntlein schaute freundlich in die Runde.

»Nur noch kurz zu meinem beruflichen Hintergrund: Ich arbeite seit fast zehn Jahren in der Interpol-Zentrale in Lyon und beschäftige mich dort sowohl mit dem internationalen Terrorismus als auch mit der organisierten Kriminalität. Zwei Bereiche, die sich übrigens immer stärker überschneiden und miteinander verzahnen. Am Wochenende habe ich in Köln an einem Interpol-Kongress teilgenommen – und dort hat mich der Anruf meines Vorgesetzten erreicht.«

»Glauben Sie wirklich, dass hinter diesen Anschlägen ein Terrorist steckt?«, fragte Geiger. »Ich bin ja eher der Meinung, dass es sich um Auftragsmorde im Drogenmilieu handelt.« Nach einem giftigen Seitenblick auf Tannenberg, der mit gequälter Miene die Augen rollte, ergänzte er: »Aber mein Chef hält nichts von diesem Ermittlungsansatz.«

»Wahrscheinlich liegt er damit sogar richtig, lieber Herr Kollege«, erwiderte Zörntlein. »Intuitiv erscheint mir diese Ermittlungsrichtung ebenfalls als wenig ergiebig.« Er räusperte sich dezent hinter vorgehaltener Hand. »Aufgrund meines derzeitigen Kenntnisstandes ist ein terroristischer Hintergrund nicht auszuschließen. Besonders die Tatsache, dass der erste Anschlag ausgerechnet am 11. September erfolgte, sollte uns in diese Richtung hellhörig werden lassen. Auch die professionellen Tatausführungen nähren meines Erachtens den Verdacht, dass ein terroristischer Hintergrund vorliegen könnte«, erklärte der BKA-Experte. Anschließend wandte er sich an dessen unmittelbaren Vorgesetzten: »Ist inzwischen ein Bekennerschreiben oder ähnliches bei Ihnen eingegangen?«

»Nein«, erwiderte Tannenberg.

»Der Täter hat sich also noch immer nicht gemeldet?«

Diesmal verneinte der Leiter des K 1 mit einer stummen Kopfbewegung.

»Liegt schon das Ergebnis des Projektilvergleichs vor?«

»Ja. Beide Kugeln stammen definitiv aus derselben Waffe.«

»Einem Präzisionsgewehr.«

»Exakt«, bestätigte Tannenberg und richtete seine nächste Frage an Geiger: »Hast du inzwischen eine Rückmeldung erhalten, ob irgendwo eine solche Waffe als vermisst gemeldet wurde?«

»Nein, Chef. Das hätte ich Ihnen doch schon längst mitgeteilt«, bemerkte der Kriminalhauptmeister.

»Sie haben diesbezüglich bei allen zuständigen Behörden nachgefragt, auch bei BND, GSG9, MAD …«

»Selbstverständlich«, entgegnete Geiger, unter Betonung der letzten beiden Silben.

»Wie ich sehe, stürzt sich unser Terrorismus-Experte förmlich in die Arbeit. Da möchte ich nicht weiter stören«, sagte Dr. Hollerbach und schickte sich an, das K 1 zu verlassen.

Vor der Flurtür drehte er sich jedoch noch einmal um. »Ach, fast hätte ich es ja vergessen, mein lieber Herr Hauptkommissar: Ich habe bereits den Hausmeister beauftragt, einen Schreibtisch für Herrn Zörntlein zu besorgen und ihn in Ihr Büro zu stellen.«

Während Tannenberg die Kinnlade herunterfiel, schob sein Erzfeind mit einem hämischen Grinsen nach: »Betrachten Sie diese Anordnung quasi als Crashkurs mit dem Ziel der Steigerung Ihrer sozialen und kommunikativen Kompetenzen. Diese beiden modernen Schlüsselqualifikationen bewegen sich nämlich meines Wissens bei Ihnen nur knapp über der Nulllinie.«

Am frühen Abend dieses wolkenlosen, milden Herbsttages hatten sich die meisten Mitglieder des Tannenberg-Clans im gemeinsam genutzten Innenhof der Wohnanlage versammelt. Aufgrund seiner windgeschützten Lage und der kräftigen Sonneneinstrahlung war er immer noch wohlig temperiert. Heiner stand am Grill und briet Würstchen. Kurt, der imposante Familienhund, saß mit triefender Zunge daneben und ließ ihn nicht eine Sekunde aus den Augen.

Sein jüngerer Bruder hockte am großen Gartentisch und labte sich an einem frischen Hefeweizen, das er sich gerade eingeschenkt hatte. Er nahm einen tiefen Schluck und leckte sich genüsslich den Schaum von den Lippen. Er war ziemlich geschafft. Den Nachmittag hatte er damit zugebracht, Johannes Zörntlein detailliert über den aktuellen Ermittlungsstand zu informieren. Anschließend war er mit ihm zu den beiden Tatorten gefahren, die sein BKA-Kollege ausführlich inspizierte.

Besonders die beiden Bäume, von denen aus der Heckenschütze gefeuert hatte, interessierten ihn. Er kletterte sogar hinauf und zielte mit einer imaginären Waffe in Richtung der Anschlagsorte. Danach waren die beiden Männer zur Kriminalinspektion am Pfaffplatz zurückgekehrt, wo in Tannenbergs Büro inzwischen tatsächlich ein zweiter Schreibtisch stand. Obwohl ihm Zörntlein alles andere als unsympathisch war, hatte er doch ein wenig Angst vor der räumlichen Nähe, die dieses Arrangement mit sich brachte.

Na ja, was soll's, dachte er, während er ein weiteres Mal das Weizenbierglas an seinen Mund heranführte. Erstens dauert seine Abordnung nicht ewig, zweitens kann ich mich ja einfach dem Ganzen entziehen, indem ich mich häufiger als sonst aus dem K 1 abseile: in die Kriminaltechnik, in die Pathologie, zu allen möglichen Außenterminen.

Und drittens ist Johannes ein echt netter Kerl. Normalerweise duze ich mich ja nicht gleich mit jedem, aber er hat es so zwanglos rübergebracht, dass ich gar nicht anders konnte. Schmunzelnd knetete er sein Kinn. Doch, der hat irgendwas: er ist höflich, charmant und sieht spitze aus. Kein Wunder, dass die Frauen auf ihn fliegen. Da muss ich wohl mordsmäßig aufpassen, dass er mir Hanne nicht ausspannt.

Sein versonnener Blick schwebte hinüber zu Johanna von Hoheneck, die ihm schräg gegenüber saß und auf deren Oberschenkel die kleine Emma herumhopste. Amüsiert beobachtete er das muntere ›Hoppe-hoppe-Reiter-Spiel‹ der beiden.

Unwillkürlich musste er an die Entführung seiner Großnichte vor einiger Zeit denken. Sie war damals in einem Kellerverlies eingesperrt worden, das die skrupellosen Täter am Ende sogar geflutet hatten. Quasi in letzter Sekunde konnte sie gerettet werden. Die Erleichterung über diesen glücklichen Ausgang war natürlich riesig gewesen. Doch schon bald darauf wurde die Euphorie durch die Angst ersetzt, dass der kleine Sonnenschein der Familie in Anbetracht dieser Extremsituation ein Trauma erlitten haben könnte.

Die Türglocke befreite Wolfram Tannenberg von der schmerzlichen Erinnerung an Emmas Entführung, für die er der konkrete Anlass gewesen war und die ihm auch heute noch Albträume verursachte.

Heiner eilte die wenigen Meter zu seinem in der Beethovenstraße gelegenen Elternhaus. Er trippelte die Stufen hinauf und verschwand in dem vom Hof her uneinsehbaren Treppenhaus. Kurz darauf hörte man gedämpftes Stimmengemurmel. Heiner zog hinter sich die Tür zu, betrat den Innenhof und pflanzte sich neben seinem Bruder auf. Er stemmte die Hände in die Hüften und schaute ihn mit hochgezogenen Brauen an.

»Was glaubst du denn, wer eben gekommen ist und jetzt hinter der Hoftür steht?«, fragte er mit einem schwer zu interpretierenden Gesichtsausdruck, der irgendwo zwischen Schadenfreude und Mitleid zu taxieren war.

Tannenberg zuckte mit den Schultern. »Keine Ahnung.«

»Du hast die Person schon längere Zeit nicht mehr gesehen«, gab ihm Heiner einen Tipp. »Wenn du immer noch keine Idee hast, dann rate doch einfach mal.«

Nach einer kleinen Denkpause entgegnete sein Bruder: »Einer meiner alten Klassenkameraden?«

»Falsch.«

Unschlüssig schob Tannenberg die Unterlippe vor und brummte nachdenklich. Plötzlich ging ein Ruck durch seinen Körper und sein Gesicht leuchtete auf. »Mein herzallerliebster holländischer Freund und Kollege Benny de Vries?«

»Nein, auch falsch.«

In Tannenbergs Gesicht machte sich Enttäuschung breit. »Schade. Dann verrat's mir halt. Oder soll ich aufstehen und selbst das Geheimnis lüften.«

Heiner nickte. »Ja, mach das mal.«

Tannenberg hievte sich geschwind in die Höhe

und eilte zur Hoftreppe. Er hatte gerade die ersten Stufen erklommen, als sich die Holztür öffnete und Eva Glück-Mankowski im Türrahmen erschien. Sie trug ein weites, farbenfrohes Baumwollkleid und braune Zehenstegpantoletten. Ihr wallendes rötliches Haar erinnerte an eine Löwenmähne. Mit einem Satz hechtete sie auf ihn zu, warf sich ihm an den Hals, drückte ihn fest an ihren wogenden Busen und knallte ihm geräuschvoll einen dicken Schmatzer auf die unrasierte Wange.

»Na, da staunt mein liebes Wölfchen jetzt aber Bauklötze, gell?«, rief sie freudig aus. Dann ließ sie den verdatterten Kriminalbeamten einfach stehen und stürmte auf seine Familienmitglieder zu, die sie von früher her kannte. »Hallöchen, meine Lieben, schön, euch endlich mal wiederzusehen.«

Die Begrüßung von Heiners Ehefrau Betty, die der Kriminalpsychologin nicht nur äußerlich ziemlich ähnelte, fiel besonders herzlich aus. »Und, du Arme, hältst du immer noch tapfer die Fahne der Frauenbewegung hoch?«

»Aber sicher doch«, lachte Betty. »Und zwar ebenso unverdrossen wie erfolglos.«

»Motto: Steter Tropfen höhlt den Stein.«

»Bei Granit dauert das allerdings verdammt lange.«

Johanna von Hoheneck klebte noch immer reglos auf ihrem Stuhl fest. Nach einer kurzen Unterbrechung hüpfte Emma wieder auf ihren Oberschenkeln herum und zerrte an ihrer Bluse, um sie zum

Weitermachen zu bewegen. Hannes Körper schien von der einen auf die andere Sekunde eingefroren zu sein. Nur die Augen bewegten sich hektisch und verfolgten gebannt den Aktionismus der ihr unbekannten Frau.

Tannenberg präsentierte Eva als diejenige Kollegin, die ihm in seinem ersten Fall als Kommissariatsleiter bis zum bitteren Ende tapfer zur Seite gestanden hatte. Die kurze Affäre mit ihr verschwieg er nicht nur wegen der Anwesenheit seiner Familie, sondern vor allem deshalb, weil ihm diese gemeinsame Nacht im Anschluss an ein feuchtfröhliches Gelage überaus peinlich war. Anschließend stellte er Johanna als seine Lebensgefährtin vor.

Einen Augenblick lang merkte man Eva eine gewisse Irritation an, die sie jedoch routiniert überspielte. »Glückwunsch, meine Liebe. Da haben Sie ja wirklich einen Volltreffer gelandet. Unser liebes Wölfchen hat zwar eine Menge Ecken und Kanten, aber manchmal kann er auch ausgesprochen nett sein, nicht wahr?« Demonstrativ bedachte sie ihn mit einem für alle sichtbaren, verschwörerischen Augenzwinkern.

Tannenberg spürte, wie seine Wangen glühten.

Erst jetzt schien die Kriminalpsychologin die kleine Emma zu registrieren.

»Dann ist das euer Kind?«, fragte sie verdutzt.

»Nein, nein, das ist meine Enkelin, Mariekes Tochter«, antwortete Heiner.

»Süß, die Kleine«, sagte Eva und strich Emma über den blonden Lockenschopf. »Richtig süß.«

»Was führt dich denn eigentlich zu uns?«, versuchte Tannenberg die delikate Situation zu entschärfen.

»Kannst du dir das wirklich nicht denken?« Eva Glück-Mankowski schob die Brauen zusammen und bedachte den Kriminalbeamten mit einem spöttischen Blick. »Jetzt enttäuschst du mich aber gewaltig.«

Tannenberg presste die Zähne so fest aufeinander, dass die Kaumuskeln wie kleine Höcker zutage traten.

»Weißt du, wenn man dich und deine Kollegen kennt, ist der Grund für meine Abordnung zu euch finstren Waldschraten nicht sonderlich schwer zu erraten. Ganz einfach: Ich soll euch begriffsstutzigen Provinz-Bullen mal wieder anständig Feuer unter'm Schwanz machen. Meint jedenfalls unser allseits so hochgeschätzter Herr Oberstaatsanwalt Dr. Hollerbach.«

»Ach, der Mistkerl steckt dahinter.«

»Genau, mein liebes Wölfchen.« Eva machte eine flatternde Geste und verkündete: »Ich muss jetzt leider wieder los, auspacken und so. Den Dienstkram klären wir morgen früh in aller Ruhe in deinem Büro. Übrigens wohne ich wie damals im Hotel am Stadtpark.« Mit einem kecken Seitenblick auf Hanne schob sie nach: »Kannst mich ja mal wieder besuchen kommen.«

6

Zum gleichen Zeitpunkt, als Tannenberg durch den überfallartigen Auftritt der Kriminalpsychologin nicht nur der allabendliche Weizenbiergenuss, sondern auch die gute Stimmung verdorben wurde, lag John auf der Lauer und wartete geduldig auf sein nächstes Opfer.

Nachdem er in der vergangenen Nacht in Ramstein den Freizeitsportler Ludwig Altherr mit einem gezielten Herzschuss niedergestreckt und anschließend im Sand verscharrt hatte, war er nach Kaiserslautern gefahren und hatte sein Auto auf dem Parkplatz am Warmfreibad abgestellt. Von hier aus musste er lediglich die Entersweilerstraße und die Bahngleise überqueren, schon hatte ihn der dichte Wald verschluckt.

Ein zehnminütiger Fußmarsch hatte ihn durch einen frühherbstlich kolorierten Mischwald zu seinem vorübergehenden Domizil geführt. Lange hatte er nach einem idealen Unterschlupf Ausschau gehalten, der ihm als geeignete Operationsbasis für seine Einsätze dienen konnte.

Das ehemalige Pumpenhäuschen befand sich inmitten eines verwilderten, nahezu unberührten Waldgebietes und bot somit die Ruhe und Abgeschiedenheit, die er für sein Vorhaben unbedingt benötigte. Es lag versteckt am Rande einer kleinen

Lichtung und grenzte mit der Rückfront an einen mit mächtigen Sandsteinfelsen gespickten Steilhang. Auf der mit dichtem Buschwerk zugewucherten, uneinsehbaren Seite hatte John bereits vor einigen Wochen den Maschendrahtzaun auseinandergeschnitten und anschließend problemlos das verrostete Schloss aufgehebelt. Er war in der Zwischenzeit noch zweimal hier gewesen, hatte das Dach mit kleinen Holzbrettern geflickt und eine Luftmatratze, einen gefüllten Benzinkanister sowie einigen Proviant deponiert.

Die unscheinbare Waldhütte war offensichtlich schon seit langer Zeit nicht mehr von einem Menschen betreten worden. Dafür hatte sich dort eine Marderfamilie eingenistet, die sich zunächst hartnäckig weigerte, ihren Unterschlupf zu verlassen. Erst als John mit Deospray anrückte, ließen sich die geruchsempfindlichen Tiere dauerhaft vertreiben.

Als er gestern Abend hier ankam, kroch ihm trotz dieser Maßnahme wieder dieser urtypische, strenge Mardergeruch in die Nase, den man diesen possierlichen Waldbewohnern gar nicht zutraute. Zudem roch es ziemlich klamm und moderig in dem feuchten Gemäuer.

Aber beides störte John nicht, da war er ganz andere Dinge gewohnt.

Gegen sechs Uhr weckte ihn ein Vogelkonzert. Als er die Augen öffnete, fühlte er sich wie erschlagen. Pulsierende Kopfschmerzen marterten ihn. Er fasste sich an die Schläfen und massierte sie mit den Fingerkuppen. Fürchterliche Albträume hatten ihn wieder einmal geplagt und ihn mehrmals in der Nacht schweißgebadet aufschrecken lassen.

»Flashbacks sind wie ein böser Fluch, der Sie ohne jegliche Vorwarnung immer und überall heimsuchen kann«, klangen ihm die Worte des Psychologen im Ohr, den er wegen seiner Albträume aufgesucht hatte. »Sie werden die Trauma auslösenden Situationen immer wieder aufs Neue durchleiden. Und zwar so intensiv, als ob sie im Hier und Jetzt stattfänden. Wie aus dem Nichts tauchen diese Gefühle von Panik und Hilflosigkeit plötzlich wieder auf und quälen sie in einer barbarischen Art und Weise.«

»Und was kann ich dagegen tun?«, hatte John verzweifelt gefragt.

»Wir werden uns gemeinsam auf einen langen, beschwerlichen Weg begeben. Sie werden große Geduld aufbringen und mir hundertprozentig vertrauen müssen.«

Ich traue niemandem, du Sesselfurzer, schimpfte er in Gedanken. Solchen Theoretikern wie dir schon gar nicht. Was hast du denn schon erlebt? Nichts, aber auch rein gar nichts im Vergleich zu mir! Meinen Weg gehe ich von jetzt an ganz alleine. Ich weiß inzwischen genau, wie ich mich selbst therapieren kann: Indem ich etwas Großes, etwas Einzigartiges leiste, etwas, das noch nie jemand vor mir geschafft hat.

Ich werde eine wahre Meisterleistung vollbringen!

Ich war der Beste!

Und ich werde euch allen beweisen, dass ich noch immer der Beste bin!

Er rollte seinen Schlafsack zusammen, ging nach draußen und sog in tiefen Zügen die erfrischend kühle Waldluft ein. Anschließend setzte er sich mit dem Rücken an die Hauswand und schrieb an seinem Tagebuch weiter. Darin hielt er all das fest, was ihn einmal unsterblich machen sollte. Mit jedem Wort, mit jeder Zeile wurde er ruhiger und die aufgeloderte Wut verflüchtigte sich.

Mit verklärtem Blick klappte er das Büchlein zu und verstaute es in seinem Rucksack. Dann nahm er den Lotussitz ein, schloss die Augen und rezitierte murmelnd eines der zahlreichen Zitate, die er in seinem Kopf gespeichert hatte und die ihn als treue Freunde auf seinem einsamen Weg begleiteten:

»Es war Morgen, und die neue Sonne flimmerte golden über dem Wellengekräusel der stillen See. Von einem Fischerboot, eine Meile vor der Küste, wurden die Netze ausgeworfen. Blitzschnell verbreitete sich die Nachricht in der Luft und lockte einen Schwarm Seemöwen an. Tausende flitzten hin und her und balgten sich kreischend um ein paar Brocken. Ein neuer Tag voller Geschäftigkeit hatte begonnen.

Nur ganz draußen, weit, weit von Boot und Küste entfernt, zog die Möwe Jonathan ganz allein ihre Kreise. In dreißig Meter Höhe senkte sie die Läufe, hob den Schnabel und versuchte schwebend eine ganz enge Kurve zu beschreiben. Die Wendung verringerte die Fluggeschwindigkeit; Jonathan hielt so lange durch, bis das Sausen der Zugluft um seinen Kopf nur noch ein leises Flüstern war und der Ozean unter ihm stillzustehen schien. In äußerster Konzentration machte er die Augen schmal, hielt den Atem an, erzwang noch ein … einziges … kleines … Stück … und dann sträubte sich das Gefieder, er sackte durch und kippte ab.

Niemals dürfen Seemöwen aufhören zu schweben oder zu fliegen, niemals dürfen sie absacken. Für eine Möwe bedeutet das Schmach und Schande.

Aber die Möwe Jonathan war kein gewöhnlicher Vogel.

Die meisten Möwen begnügen sich mit den einfachsten Grundbegriffen des Fliegens, sind zufrieden, von der Küste zum Futter und zurück zu kommen. Ihnen geht es nicht um die Kunst des Fliegens, sondern um das Futter. Jonathan aber war das Fressen unwichtig, er wollte fliegen, liebte es mehr als alles auf der Welt.«

Genau wie ich. Auch mir geht es um die Kunst – um die Kunst des Tötens, dachte John und wischte sich mit dem Handrücken Tränen aus den Augenwinkeln. Wie die Möwe Jonathan bin auch ich anders als all die anderen, bin einer, der dazu verdammt ist, seinen Weg alleine zu gehen. Egal, was die anderen davon halten.

Blinzelnd öffnete er die Augen. Dabei fiel sein Blick auf seinen linken Knöchel, wo sich eine auffällige Tätowierung auf der weißen Haut abzeichnete: Zwei bunte Skorpione, deren gebogene Leiber die Buchstaben ›a‹ und ›n‹ wie eine Klammer umschlossen. Die beiden spiegelbildlichen Skorpione waren so angeordnet, dass sich ihre Zangen und ihre giftigen Schwanzspitzen fast berührten. Die beiden Buchstaben standen als Abkürzung des lateinischen Terminus ›ars necandi‹ – die Kunst des Tötens.

John richtete seinen Oberkörper auf, faltete die Hände vor dem Bauchnabel und meditierte eine gute Stunde. Dann breitete er ein großes braunes Tuch vor sich aus, zerlegte darauf sein Gewehr in alle Einzelteile, ölte und reinigte es feinsäuberlich und baute es anschließend wieder zusammen.

Mit seinem Opel Astra fuhr er ins Bahnhofsparkhaus und verstaute seinen großen Wanderrucksack in einem Schließfach. Dort war die Waffe sicher deponiert. Im Auto oder in der alten Pumpstation ließ er sie nicht zurück. Zu groß war seine Angst, dass trotz aller Vorsichtsmaßnahmen jemand den Rucksack mitsamt seines brisanten Inhalts stehlen könnte. Danach schlenderte er in die Fußgängerzone, kaufte sich mehrere Zeitungen, setzte sich an der Stiftskirche in ein sonniges Straßencafé und frühstückte ausgiebig.

Während er die Zeitungsberichte über die von ihm begangenen beiden Attentate las, belauschte er die Gespräche der Caféhausgäste an den Nebentischen. Sie drehten sich fast ausschließlich um die mysteriöse Mordserie, die seit Samstag die Pfalz erschütterte.

Ab und an konnte er sich eines dezenten Schmunzelns nicht erwehren. Besonders amüsierte ihn eine ältere Frau, die ihren Begleiter fragte, ob der Mörder wohl noch einmal zuschlagen werde.

Ja, sicher doch, antwortete John im Stillen – und zwar schon heute Abend.

Nun saß er in Scharfschützenposition auf einem dicken Ast hoch oben in einer majestätischen Buche und lauerte auf sein nächstes Opfer. Von den Fußsohlen bis zu den Haarspitzen stand er unter Hochspannung. Jede Faser seines Körpers war auf die anstehende Aufgabe konzentriert: Auf den einen Schuss, der unbedingt ins Ziel treffen musste. Denn schon ein zweiter Schuss konnte ihn verraten und bedeutete gleichsam das frühzeitige Ende des von ihm zu absolvierenden Hochleistungs-Zehnkampfes.

Eines makabren Zehnkampfes, dessen Ziel einzig und allein darin bestand, in einem vorgegebenen Zeitrahmen zehn Menschen mit jeweils nur einem einzigen Schuss zu töten.

Ich muss es schaffen!

Und ich werde es schaffen!

Unwillkürlich erinnerte er sich an die Lieblingssätze seines Ausbilders, die dieser seinen Eliteschülern immer und immer wieder eingetrichtert hatte: »Die Kunst des Präzisionsschießens besteht darin, dass der Schütze gleichzeitig Waffe, Geschoss und Ziel sein muss. Das ist die Kunst der wahren Meister.«

Ich bin ein wahrer Meister!

Ich bin ein begnadeter Künstler!

Wie bei einer Meditation atmete er in tiefen Zügen ruhig ein – und aus, ein – und aus, ein – und aus. Hoch konzentriert näherte er sein Auge dem Zielfernrohr, während zeitgleich der rechte Zeigefinger den Abzugshahn berührte und leichten Druck auf ihn ausübte.

7

Sabrina Schauß hatte Bereitschaft. Sie saß an ihrem Schreibtisch und verfasste gerade einen Bericht über die Recherchen, die sie in Marcel Christmanns persönlichem Umfeld durchgeführt hatte. Ihr nachdenklicher Blick begleitete den Sekundenzeiger der Wanduhr bei seiner monotonen Tätigkeit, als das Telefon läutete.

Die Einsatzzentrale teilte ihr mit, dass gerade ein Spaziergänger angerufen und einen Leichenfund gemeldet habe. Wieder wurde der Tote auf einem Sportgelände entdeckt. Sofort informierte die junge Kommissarin ihren Chef. Auf seine Order hin machte sie Zörntleins Aufenthaltsort ausfindig, holte ihn in einem Restaurant in der Innenstadt ab und fuhr mit ihm in die Beethovenstraße, wo Tannenbergs Familie noch immer einträchtig beisammensaß.

Aufgrund der gebotenen Eile stellte Tannenberg Zörntlein nur mit wenigen Worten vor. Dabei registrierte er sehr wohl die Reaktionen seiner weiblichen Familienmitglieder, deren Augen sich an dem Clooney-Double gar nicht sattsehen konnten. Selbst seine Schwägerin hatte dieser Anblick offensichtlich geradezu verzaubert. Obwohl Betty doch stets betonte, dass für sie nur die inneren Werte eines Menschen zählten und Äußerlichkeiten sie nicht im Geringsten beeindrucken könnten.

Von wegen, dachte Tannenberg. Gott sei Dank ist Johannes glücklich verheiratet und hat vier Kinder. Sonst müsste ich jetzt ganz schön eifersüchtig auf ihn sein und Angst um Hanne haben. Demonstrativ drückte er seiner Lebensgefährtin einen dicken Abschiedskuss auf die Lippen. Damit dir Schönling ein für alle Mal klar ist, wer bei diesem traumhaften Geschöpf der Platzhirsch ist, grenzte er tonlos sein Revier ab.

Zörntlein schien seine Gedanken zu erraten, denn er bedachte ihn mit einem süffisanten Lächeln.

Der direkte Weg zu der am sogenannten ›Kniebrech‹ gelegenen Schießanlage des Polizeisportvereins führte über die Barbarossastraße und an der Jugendverkehrsschule vorbei. Etwa fünfzig Meter hinter der engen Eisenbahnunterführung stieß Tannenberg plötzlich ein merkwürdiges Grunzgeräusch aus.

»Was ist denn, Wolf?«, fragte Sabrina verdutzt.

»Ach, eigentlich nichts Besonderes«, gab ihr Chef zurück. »Mir ist nur gerade etwas aufgefallen.«

»Und was?«

»Na ja, früher war hier an dieser Stelle eine tiefe Bodenwelle. Die war richtig kriminell. Und jetzt ist sie mit Asphalt aufgefüllt – einfach weg. Da hab ich mir mal den Auspuff an meinem alten R 4 abgerissen.« Er seufzte. »Ich war schon ewig nicht mehr in dieser Gegend.«

Er drehte sich zu Zörntlein um, der auf der Rückbank des Dienstwagens saß. »In den Siebzigerjahren fanden hier oben Terroristenprozesse statt. Mehrere RAF-Mitglieder wurden angeklagt und zu lebenslänglichen Haftstrafen verurteilt. Damals war das gesamte Areal ein regelrechter Hochsicherheitsbereich«, erklärte Tannenberg, während das Zivilfahrzeug zum Stillstand kam.

Die Kriminalbeamten stiegen aus dem Mercedes-Kombi und gingen auf ein grün gestrichenes, zweiflügeliges Tor zu.

»Wirklich? Davon hab ich noch nie etwas gehört«, gestand Zörntlein.

»Doch, Johannes, ich weiß, man kann sich das heute kaum mehr vorstellen, aber Kaiserslautern war tatsächlich einmal ein Brennpunkt der Terrorszene. Und das schon lange vor dem sogenannten ›Deutschen Herbst‹. Du erinnerst dich: 1977 – die Schleyer-Entführung.«

Zörntlein nickte. »Ja, natürlich erinnere ich mich. Das war die Sache mit der Kaperung der Lufthansamaschine ›Landshut‹.«

»Richtig.«

»Die durch den Einsatz der GSG 9 unblutig beendet wurde«, entgegnete Zörntlein und fügte nach einer kurzen Pause einschränkend an: »Zumindest im Hinblick auf die Geiseln.«

»Genau. Sechs Jahre zuvor, also 1971, hat die RAF während eines Banküberfalls einen Polizeibeamten erschossen. Mitten in unserer Stadt – am helllichten Tag!« Wütend kickte Tannenberg einen Kieselstein in die Böschung. »Später hat man am Stadtrand eine konspirative Wohnung ausfindig gemacht, in der die Fingerabdrücke der meistgesuchten RAF-Mitglieder entdeckt wurden.«

»Interessant.«

»Ja, und was viele auch nicht mehr wissen: Zwei der RAF-Frauen sind in einem kleinen Ort hier in der Nähe aufgewachsen.«

»Siehst du, Wolf, und schon hätten wir unseren terroristischen Hintergrund«, behauptete Zörntlein. »Da bin ich vielleicht doch nicht ganz so überflüssig, wie ihr alle meint.«

Wolfram Tannenberg taxierte ihn mit einem skeptischen Blick. Ihm war nicht so ganz klar, ob sein neuer Kollege gerade einen Scherz machte oder ob seine Bemerkung ernst gemeint war.

Zörntlein beendete diese Irritation, indem er schmunzelnd nachschob: »Einen unmittelbaren Zusammenhang mit den Aktivitäten der RAF können wir sicherlich ausschließen, denn dafür liegen viel zu viele Jährchen dazwischen.«

Ohne die spektakulären Leichenfunde an der Jammerhalde, die er in einem seiner vorherigen Fälle aufklären musste, hätte der Leiter des K 1 dieser Aussage wahrscheinlich zugestimmt. Doch nach diesen Erfahrungen schien ihm nichts mehr unmöglich. Schließlich hatte der Täter damals späte Rache für ein im Dreißigjährigen Krieg verübtes Massaker genommen – und dieses lag mehr als 370 Jahre zurück.

Die Schießsportanlage des PSV Kaiserslautern wurde auf der östlichen und südlichen Seite von einem steil ansteigenden Hang begrenzt, der von dichten Büschen besäumt war. Hinter diesem Spalier ragten mächtige Buchen und Eichen in die Höhe. Ihr hellgelbes bis rötlichbraunes Laubwerk wurde von dem milden Licht einer untergehenden Herbstsonne in ein buntes Farbenmeer verwandelt.

Die Kriminalbeamten nahmen dieses ästhetische Naturschauspiel jedoch nicht wahr. Sie standen neben dem Leichnam eines 32 Jahre alten Mannes und wiegten fassungslos die Köpfe hin und her.

»Das ist doch der Kollege Sprengard von der Inspektion in der Gaustraße«, flüsterte Tannenberg.

»Ja, das ist er«, stimmte Mertel seufzend zu. Er und seine Mitarbeiter gingen bereits seit einer guten Viertelstunde ihrer akribischen Arbeit nach.

Polizeiobermeister Pascal Sprengard lag ausgestreckt auf dem Rücken. Er trug einen dunkelgrünen Trainingsanzug. An der Stelle seines Sweatshirts, an der das Emblem des Polizeisportvereins auf seiner Brust prangte, wies der Baumwollstoff ein Loch auf. Die Hände des Mordopfers lagen gefaltet auf dem Bauch und umschlossen eine 7,25 kg schwere Eisenkugel.

»Genau wie in Ramstein«, meinte Tannenberg.

»Bis auf die Kugel eben«, stellte der Kriminaltechniker lapidar fest.

»Kugelstoßen – die dritte Disziplin des Zehnkampfes«, murmelte Zörntlein, der regungslos auf den Leichnam starrte.

»Was für ein Wahnsinn«, keuchte Tannenberg.

»Wahnsinn ist das richtige Wort«, pflichtete ihm Mertel bei.

»Warum musste dieser verdammte Idiot unbedingt jetzt hierher kommen und Kugelstoßen trainieren?«, schimpfte Tannenberg. Er tippte sich mit den Fingern an die Stirn. »Ausgerechnet Kugelstoßen. Wo doch in jeder Zeitung zu lesen war, dass man genau das zurzeit nicht tun sollte.«

»Wegen der perversen Handlungslogik dieses Psychopathen«, ergänzte Sabrina mit belegter Stimme. Sie war blass und wirkte sehr betroffen. »Der zieht tatsächlich diesen menschenverachtenden Zehnkampf durch.«

Ihr Vorgesetzter ließ die Schultern sinken und nickte resigniert.

»Sehr wahrscheinlich wollte Sprengard gar nicht Kugelstoßen üben«, behauptete der Kriminaltechniker und machte eine ausladende Handbewegung. »Oder seht ihr hier irgendwo einen Abwurfkreis oder irgendwelche Einschlaglöcher? Ich denke, er ist zum Bogenschießen hierhergekommen.«

Während ihn seine Kollegen verdutzt anschauten, wies er mit dem Kinn zu einer Betonwand, an der ein Sportbogen und ein mit Pfeilen bestückter Köcher lehnten.

»Wenn das stimmt, was du behauptest, folgt daraus aber logischerweise, dass der Heckenschütze die Kugel mit hierher gebracht haben muss«, erklärte Tannenberg.

»Ja, Wolf, ich denke, davon können wir ausgehen.«

Er wies in östliche Richtung. »Zumal wir dort vorne am Hang Fußspuren entdeckt haben. Und zwar welche, die in beide Richtungen verlaufen. Willst du sie dir anschauen?«

»Ja, sicher«, erwiderte der Kommissariatsleiter und folgte Sabrina und dem Kriminaltechniker zu einem circa drei Meter hohen Steilhang, auf dem sich in dem weichen Untergrund deutliche Fußspuren abzeichneten. Die aufwärtsführenden Abdrücke waren fast waagrecht und sahen aus wie Treppenstufen. Einer von Mertels Mitarbeitern goss gerade Gips in eines der Trittlöcher.

»Welche Schuhgröße schätzt du?«, fragte Mertel.

»43–45«, gab der Spurensicherer zurück. »Grobes Profil, wie bei Wander- oder Trekkingschuhen.«

»Und wieder saß dieser Irre dort oben in irgendeinem Baum und hat in aller Ruhe auf sein nächstes Opfer gewartet. Und wieder konnten wir die Tat nicht verhindern. Verdammte Hacke!«

»Wie denn auch, Wolf? Bei dem Tempo, das der Kerl vorlegt, haben wir doch gar keine Chance«, sagte Mertel in resigniertem Ton.

»Aber warum ist er nicht direkt von hier verschwunden, nachdem er unseren Kollegen wie einen räudigen Hund abgeknallt hat?«, fragte Tannenberg. Er fletschte die Zähne und zischte durch die geschlossenen Zahnreihen: »Dieser elende Saukerl!«

Für ein paar Sekunden legte sich andächtige Stille über das Schießplatzgelände.

Doch dann wetterte Tannenberg weiter: »Dieser Typ muss völlig durchgeknallt sein. Warum geht er dieses Risiko ein und verduftet nicht sofort? Warum kommt er hier runter und legt in aller Seelenruhe dem armen Kollegen die Kugel auf den Bauch?«

»Na ja, er tut eben alles, um seinen perversen Zehnkampf-Plan zu verwirklichen«, bemerkte Sabrina.

»Und dann auch noch auf einem Schießplatz des Polizeisportvereins«, stieß Tannenberg kopfschüttelnd aus.

Anschließend trotteten die drei Kriminalbeamten zurück zum Leichnam des ermordeten Polizeibeamten.

»Möglicherweise holt er sich gerade durch diese Gefahrensituation den entscheidenden Kick«, spekulierte Zörntlein. Trotz der Entfernung hatte er jedes Wort mitgehört. Er seufzte tief auf, während sein Blick auch weiterhin auf dem Oberkörper des neuen Opfers ruhte.

»Jedes Mal, wenn ich vor einem ermordeten Kollegen stehe, wird mir klar, wie erschreckend schmal in unserem Beruf der Grat zwischen Leben und Tod ist«, fuhr Zörntlein sichtlich ergriffen fort.

»Das ist wahr, Johannes«, stimmte Tannenberg zu. Als solidarische Geste legte er dem BKA-Beamten die Hand auf die Schulter.

Von der Ferne her hörte man das anschwellende Sirenengeheul mehrerer Einsatzfahrzeuge, die offenbar auf der unterhalb des PSV-Sportplatzes gelegenen Entersweilerstraße stadtauswärts fuhren.

Zörntlein riss den Kopf um. »Was soll's, wir dürfen uns durch diese brutalen Verbrechen nicht in Lethargie stürzen lassen.« Er kratzte sich nachdenklich am Kopf. »Warum tut dieser Verrückte das? Warum begibt er sich unnötig in Gefahr?«

»Vielleicht ist der Täter tatsächlich ein Adrenalinjunkie, einer, der ganz scharf auf solche Grenzerfahrungen ist«, knüpfte Mertel an Zörntleins vorherige Bemerkung an.

»Oder das Gegenteil ist der Fall und er hat Drogen eingeworfen, die ihm die Angst nehmen. Vielleicht ist er deshalb so cool«, spekulierte der Leiter der Mordkommission. Er senkte den Kopf und strich sich ein paar Mal an der linken Braue entlang.

»Möglicherweise spielt ja auch dieser Ort hier eine entscheidende Rolle«, meinte Zörntlein.

Tannenberg warf die Stirn in Falten. »Inwiefern?«

»Na ja, es könnte doch sein, dass der Täter absichtlich seinen dritten Mord auf dem Gelände eines Polizeisportvereins verüben wollte.« Mit Blick auf den durch eine Betonwand abgetrennten Schießstand, schob der BKA-Beamte erläuternd nach: »Einem Verein, der eine Schützenabteilung hat.«

»Die auch zivilen Mitgliedern offensteht«, warf Mertel ein.

Zörntlein nickte. »Denkt doch mal an die zahlreichen Feuerwehrmänner, die Brände gelegt haben.«

»Du meinst, der Täter könnte Mitglied des PSV sein?«

»Warum nicht. Vielleicht ist er sogar einer von uns«, formulierte Mertel eine ebenso naheliegende wie erschreckende Schlussfolgerung. »Ein Polizist als Serienkiller. Das wäre natürlich ein Hammer!«

»Hmh«, brummte Sabrina skeptisch. »Ich weiß nicht. Ein durchgeknallter Sportschütze oder gar ein Polizeibeamter als Täter? Wo sollten die sich denn ein Spezialgewehr besorgt haben?«

»Ganz einfach, Sabrina. Wenn der Kollege zu einer SEK-Einheit gehört, ist diese Präzisionswaffe quasi sein Handwerkszeug.«

»Ja, schon, Wolf, aber der Täter müsste doch damit rechnen, dass er einer der Ersten wäre, die man überprüft.«

»Das ist richtig«, stimmte Tannenberg zu. »Sag mal, mit diesen Recherchen habe ich doch deinen Mann beauftragt. Hat er schon irgendetwas erfahren, das er noch nicht an mich weitergegeben hat?«

»Nein, natürlich nicht«, gab Sabrina in entschiedenem Ton zurück. »Warum sollte er dir wichtige Informationen vorenthalten?«, fragte sie pikiert. »Meines Wissens hat noch niemand auf seine Anfragen reagiert.«

»Dann soll er diesen Schnarchnasen mal anständig Druck machen. Am besten über den Hollerbach. Richte ihm das bitte aus.«

»Mach ich.« Sabrina presste ihre vollen Lippen zu einem dünnen Strich zusammen und legte sich eine

Haarsträhne hinters Ohr. »Es gibt da vielleicht noch eine andere mögliche Motivvariante«, sagte sie.

»Und welche?«, wollte Zörntlein wissen.

»Nehmen wir einmal an, der Täter hat es eigentlich nur auf eines der drei Opfer abgesehen und …«

»Und hat die beiden anderen quasi als Ablenkung von seinem eigentlichen Tatmotiv ermordet«, vollendete Mertel.

Tannenberg klatschte in die Hände. »Leute, das ist mir alles bei Weitem zu diffus und spekulativ. Wir sollten uns streng an die Fakten halten: Wieder hat dieser Irre auf einem Baum seinem Opfer aufgelauert. Wieder hat er es mit einem einzigen Präzisionsschuss getötet. Wieder hat er sich in aller Seelenruhe zu seinem Opfer begeben und ihm die Hände gefaltet.«

»Und wieder hat er am linken Bein seines Opfers einen Kabelbinder mit einem Kofferanhänger angebracht«, meldete sich Mertel zu Wort. Auf Tannenbergs suchenden Blick hin, fügte er hinzu: »Wir haben ihn bereits entfernt.« Mit einem Handzeichen signalisierte er einem Kollegen, ihm den Plastikbeutel mit dem entsprechenden Asservat zu zeigen.

»Perfekter Mord ist Leistungssport«, las der Leiter des K 1 vor.

»Hallo, Jungs«, ertönte in seinem Rücken plötzlich die markante Stimme des Rechtsmediziners. »Und Mädel natürlich«, schob dieser geschwind nach. »Pardon, Sabrina, ich wollte dich nicht …«

Dr. Schönthaler stockte, denn er hatte gerade einen ganz in Schwarz gekleideten, ihm unbekannten Mann entdeckt, der ihn an irgendjemanden erinnerte, er wusste nur nicht, an wen. Er zog die Stirnpartie in Falten und fragte: »Wer sind Sie denn? Irgendwie kommen Sie mir bekannt vor.«

»Nein, Rainer, er ist nicht George Clooney, sondern ...«

»Wer ist George Clooney?«, mimte der Pathologe den Unwissenden, obwohl ihm sein Gehirn bereits den Hinweis auf den Hollywoodstar eingespielt hatte.

Er wusste nicht, wieso, aber dieser Mensch war ihm auf Anhieb unsympathisch. Vielleicht lag es daran, dass der nobel gekleidete Mann solch einen unglaublich netten Eindruck erweckte. Derartige Zeitgenossen waren ihm von vornherein suspekt. Vielleicht rührte diese spontane Antipathie aber auch daher, dass dieser gestylte Frauentyp bezüglich seines edlen Outfits durchaus das Zeug hatte, dem stets mit Anzug und Fliege ausstaffierten Gerichtsmediziner die Show zu stehlen.

»Sie sind garantiert ein neuer Bestatter, oder?«, frotzelte er deshalb.

Tannenberg warf seinem Freund einen maßregelnden Blick zu. »Der liebe Kollege Zörntlein ist ein zur Interpol abgeordneter BKA-Experte in Sachen Terrorismus und Organisierte Kriminalität«, antwortete er geradezu ehrfürchtig. »Johannes ist erst seit ein paar Stunden bei uns.«

»Ich vergöttere Experten«, erklärte Dr. Schönthaler mit einem ironischen Unterton.

Ohne die von dem Clooney-Double entgegengestreckte Hand zu ergreifen, kniete er sich neben dem Leichnam nieder. Dr. Schönthaler war ziemlich verwundert darüber, dass sein alter Kumpel urplötzlich die seit vielen Jahren kultivierte, beiderseitige Aversion gegenüber Mitarbeitern des LKA und BKA abgelegt zu haben schien. Aber mehr noch irritierte ihn die Tatsache, dass er ihm diesen supersympathischen und superkompetenten Beamten mit dessen Vornamen präsentiert hatte.

»Eigentlich kann ich ja gleich wieder nach Hause fahren und weiteressen. Unser neuer Bestatter kann mir den Leichnam nachher in die Pathologie fahren. Ich nehme ihn mir dann morgen früh als Ersten vor«, brabbelte er, während er das Einschussloch inspizierte.

»Du machst doch gerade Scherze, oder?«, grollte Tannenberg. »Du musst natürlich noch heute Abend ran.«

»Schon wieder ein Volltreffer mitten ins Herz«, diagnostizierte der Pathologe, ohne auf Tannenbergs Bemerkung einzugehen. »Dieser Täter könnte sich wirklich mal etwas Neues einfallen lassen. Das wird ja allmählich langweilig.« Er grinste breit. »Obwohl, die Präzision, mit der dieser durchgeknallte Scharfschütze tötet, hat schon etwas Faszinierendes, das muss ich wirklich zugeben.«

Zörntlein meldete dezente Bedenken hinsichtlich dieses Wortgebrauchs an: »Na ja, ich weiß nicht recht, ob Faszination …«

Dr. Schönthaler ließ ihn jedoch nicht ausreden, sondern posaunte mit lauter Stimme: »Wobei, wenn ich mir's recht überlege, bringen diese Wiederholungen durchaus auch Vorteile mit sich. Ich kann nämlich einfach den Obduktionsbericht eines der ersten beiden Opfer kopieren. Steht ja sowieso immer das Gleiche drin.« Über seine Schulter hinweg feuerte er einen spöttischen Blick in Richtung seines alten Freundes ab. »Dann hast du auch das gewünschte Obduktionsergebnis in einer halben Stunde auf dem Schreibtisch.«

»Todeszeitpunkt?«, knurrte Tannenberg.

»Haben wir gleich, mein liebes Wölfchen«, flötete der Gerichtsmediziner, ohne ihn dabei anzuschauen. Mit dem Oberarm gab er Mertel einen kleinen Schubs. »Komm, Karl, hilf mir mal, unseren Sportkameraden zur Seite zu drehen.«

»Warte«, sagte der Kriminaltechniker und wandte sich an seinen Kollegen, der mit einer Kamera in der Hand neben ihm stand. »Hast du schon genug Fotos gemacht?«

Der in einen weißen Overall gehüllte Kriminalbeamte nickte, woraufhin Mertel die Eisenkugel vom Bauch des Opfers hob und sie vorsichtig in einen Plastikbeutel schob. »Verdammt schwer, dieses blöde Ding.«

Nachdem der Rechtsmediziner rektal die Körpertemperatur Pascal Sprengards gemessen hatte, verkündete er: »Vor circa einer bis eineinhalb Stunden hat sich dieser begnadete Kugelstoßer aus allen irdischen Sportarenen für immer verabschiedet. Wie tönt es aus des Volkes Mund sofort: Sport ist eben Mord.«

Tannenberg blies mit rollenden Augen die Backen auf. »Also ist der Tod heute Abend zwischen 18 und 18 Uhr 30 eingetreten.«

»Wieder mal eine logische Spitzenleistung von dir«, versetzte Dr. Schönthaler. Erst jetzt nahm er seinen Freund wieder direkt in Augenschein. Dabei registrierte er verwundert, dass Johannes Zörntlein offensichtlich verschwunden war. »Wo ist dieser aalglatte Lackaffe denn hin? Pomade in die Haare schmieren?«, frotzelte er.

»Vielleicht ist er aufs Klo«, wisperte Sabrina.

»Sag ich doch, zum Schminken«, gab der Pathologe zurück. »Was will dieser BKA-Fuzzi denn eigentlich hier?«

»Uns helfen«, erwiderte Tannenberg. »Warum verhältst du dich ihm gegenüber eigentlich so komisch? Was hast du denn gegen ihn?«

»Ich mag solche karrieregeilen Smiler-Typen einfach nicht. Der hat sich dieses gewinnende Dauerlächeln garantiert in seine Clooney-Verschnitt-Visage hineinoperieren lassen.«

»Mann, bist du gut drauf.«

Johannes Zörntlein bog um die Ecke und erstickte damit den kontroversen Dialog.

»Schönen Abend noch, die Herrschaften«, verabschiedete sich daraufhin Dr. Schönthaler und trottete aus dem PSV-Gelände.

»Wer hat den Toten überhaupt gefunden?«, wollte Tannenberg von Mertel wissen.

»Ein Spaziergänger, der hier oben regelmäßig seinen Hund ausführt.«

»Hat er irgendeine ungewöhnliche Beobachtung gemacht? Ein PKW oder eine sich auffällig verhaltende Person?«

Der Spurenexperte schüttelte den Kopf. »Nee, absolut nix.«

»Verflucht. Wir können noch nicht mal eine Hundertschaft den Wald durchkämmen lassen, weil es spätestens in einer halben Stunde dunkel ist.«

»Ja, das macht wohl erst morgen früh bei Tageslicht Sinn«, pflichtete ihm Mertel bei. »Wir suchen auf alle Fälle noch weiter nach verwertbaren Täterspuren. Vielleicht entdecken wir ja diesmal irgendeinen Hinweis auf diesen Mistkerl. Man soll die Hoffnung ja bekanntlich nie aufgeben.« Die Klangfärbung seiner Worte verwies darauf, dass er der aufwendigen nächtlichen Suchaktion nicht unbedingt optimistisch entgegenblickte.

Ebenso wie das Mordopfer verrichteten die beiden Streifenpolizisten, die als Erste am Tatort eingetroffen waren, ihren Dienst in der Polizeiinspektion in der Gaustraße. Deshalb wussten sie über die persönlichen Verhältnisse des Mordopfers recht gut Bescheid. Danach hatte Pascal Sprengard vor zwei Jahren geheiratet und lebte mit Frau und kleiner Tochter in Waldleiningen, einer kleinen Gemeinde südöstlich von Kaiserslautern.

8

Mit betretenen Mienen bestiegen Tannenberg, Sabrina und Johannes Zörntlein das Zivilfahrzeug. An der Abzweigung zur Velmannstraße entschied sich die junge Kommissarin spontan für die kürzere, allerdings schlechter ausgebaute Fahrstrecke nach Waldleiningen, die über die Entersweilerstraße führte.

Kurz hinter dem Stiftswalder Forsthaus entdeckte Tannenberg ein Verkehrsschild mit dem Warnhinweis ›Vorsicht Krötenwanderung‹. Gleich darauf tauchten die grauen Fangzäune im Scheinwerferlicht auf, mit denen die Kröten am verlustreichen Überqueren der Landstraße gehindert werden sollten. Schmunzelnd erinnerte er sich an das Gedicht, das sein Bruder am Sonntag beim Mittagessen präsentiert hatte. Doch als er an den Anlass dieser nächtlichen Autofahrt dachte, verflüchtigte sich sein Lächeln.

Nachdem sie den Hungerbrunnen passiert hatten, ging es die engen Serpentinen hinauf zum sogenannten Stall, wo die L 504 die bei Motorradfahrern sehr beliebte B 48 kreuzte. Sie überquerten die Bundesstraße und fuhren nun wieder bergabwärts. Da die merkwürdig nach oben gewölbte, holprige Straße den Charakter einer Stoßdämpfer-Teststrecke hatte, wurden sie heftig durchgeschüttelt.

Als die Kriminalbeamten in der Harzofenstraße eintrafen, schoben sich vom Leinbachtal her milchige

Nebelschwaden in den Ort hinein. Das Licht der Straßenlaternen kämpfte tapfer gegen die wabernden Dunstschleier an, doch es hatte keine Chance gegen die zähflüssige, trübe Masse, die das Walddorf zu ersticken drohte.

Melanie Sprengard, eine hagere Endzwanzigerin, öffnete die Haustür und blickte die Besucher verwundert an. Auf ihrem Arm trug sie einen knapp vier Monate alten, schlafenden Säugling.

»Bitte?«, hauchte die junge Mutter. Ihre rechte Hand umschloss den Hinterkopf des Babys, so als wolle sie es demonstrativ vor den Unbilden des Lebens beschützen.

Tannenberg zeigte ihr seufzend seinen Dienstausweis. »Guten Abend, Frau Sprengard. Mein Name ist Tannenberg. Das sind meine Kollegen Schauß und Zörntlein. Könnten wir bitte ins Haus gehen?«

Die junge Mutter erbleichte, ihre Hände zitterten. »Ist etwas mit Pascal? Ist ihm etwas passiert?«, keuchte sie mit weit aufgerissenen Augen.

»Kommen Sie, lassen Sie uns bitte reingehen.«

Fürsorglich legte Sabrina den Arm um die Schulter der Frau, drehte sie behutsam um hundertachtzig Grad und schob sie sanft an. Wie ein debiler Greis ließ sich Melanie Sprengard von der Kommissarin durch einen geräumigen Flur in ein modern eingerichtetes Wohnzimmer führen. Lethargisch legte sie ihr Baby in ein Reisebettchen und sank anschließend matt auf einen Couchsessel nieder.

»Was ist mit ihm?«, fragte sie mit dünner, unsicherer Stimme.

Tannenberg räusperte sich und schluckte hart. »Frau Sprengard, Sie müssen jetzt sehr stark sein.«

Ein todtrauriger, verzweifelter Blick flehte ihn an, um Gottes willen nicht das zu sagen, was er nun doch sagen musste.

Ich hasse diesen Scheiß-Job!, fluchte er im Stillen. Wie betend verhakte er die Hände ineinander und sagte: »Ich muss Ihnen leider mitteilen, dass Ihr Mann einem Verbrechen zum Opfer gefallen ist.«

Sprengards Ehefrau presste eine Hand vor den Mund. Die Muskeln in ihrem aschfahlen Gesicht zuckten, sie warf den Kopf wild hin und her. »Nein, nein«, schrie sie mit schmerzverzerrtem Gesicht und stieß Töne aus wie ein weidwundes Tier.

Den Kriminalbeamten jagten eiskalte Schauder den Rücken hinunter. Das Baby erwachte und plärrte aus vollem Halse.

»Haben Sie jemanden hier in der Nähe, der sich jetzt um Sie kümmern kann?«, fragte Sabrina voller Mitgefühl.

Die verzweifelte junge Mutter hatte die Frage offenbar nicht gehört, denn sie antwortete nicht, sondern schlurfte mit hängendem Kopf zu ihrer kleinen Tochter und nahm sie auf. Erst als Sabrina noch einmal das Gleiche fragte, reagierte sie.

»Meine Schwester … wohnt auf der … anderen Straßenseite«, gab sie schniefend zurück.

»Ich übernehme das«, sagte Zörntlein und verließ das Wohnzimmer.

Höchstens zwei Minuten später erschien eine etwa 35-jährige, ebenfalls ausgesprochen hagere Frau in Begleitung ihres Ehemanns.

An eine Befragung ist derzeit überhaupt nicht zu denken, schätzte Tannenberg die Lage ein. Die arme Frau steht unter Schock. Was soll sie uns auch schon Wichtiges sagen? Aufgrund der Tatumstände können wir nicht erwarten, dass sie uns irgendwelche Hinweise geben könnte. Nach dem aktuellen Stand der Dinge ist nicht von einer direkten Täter-Opfer-Beziehung auszugehen.

Der Heckenschütze hat sein Opfer sehr wahrscheinlich wieder willkürlich ausgewählt. Bestimmt hat er es vor dem Anschlag einige Zeit lang beobachtet. Das aber wohl eher oben auf dem Sportplatz und nicht dort, wo Sprengard gelebt und gearbeitet hat. Absolute Priorität hatte wohl der Ort, an dem er töten wollte. Nicht die Person – die war austauschbar.

Gegen 21 Uhr kehrten die drei Todesboten ins K 1 zurück. Tannenberg staunte nicht schlecht, denn Eva Glück-Mankowski saß hinter seinem Schreibtisch und stöberte in den Ermittlungsakten und Obduktionsergebnissen herum.

»Ich hoffe, es macht dir nichts aus, dass ich in dein Refugium eingedrungen bin«, empfing sie ihn mit einem schalkhaften Lächeln. Gleich darauf taxierte sie Zörntlein mit dem geübten Blick einer Jägerin.

»Wer, wer hat dir denn mein Zimmer aufgeschlossen?«, stammelte der Kommissariatsleiter, noch immer sichtlich verdattert. »Wieso bist du überhaupt hier? Ich dachte, du wolltest gleich in dein Hotel.«

»Hab mir's eben anders überlegt.«

Tannenberg wandte sich der jungen Beamtin an seiner Seite zu. »Hast du Eva in mein Büro gelassen?«

»Nein, Wolf, so etwas würde ich mir doch nie erlauben. Als ich vorhin weg ging, war Eva jedenfalls noch nicht hier.«

»Das war euer netter Kollege unten in der Eingangsloge«, sagte die Kriminalpsychologin, ohne ihre Augen von der beeindruckenden männlichen Erscheinung zu entfernen. »Sie sehen aus wie George Clooney.«

»Er ist es aber nicht«, blaffte Tannenberg, dem diese Ähnlichkeit allmählich auf den Geist zu gehen schien. Zum wiederholten Mal stellte er den Clooney-Verschnitt als den zu Interpol abgeordneten Ermittler des Bundeskriminalamtes vor. Er konnte seine eigenen Worte schon nicht mehr hören. »Sag mal, Johannes, nervt dich das eigentlich nicht?«

»Manchmal schon, aber meistens ist es eher lustig.«

Eva erhob sich und reichte Zörntlein die Hand. Was für ein Mann, was für ein fester Händedruck. Und wie der duftet, schwärmte sie in Gedanken. Anschließend begrüßte sie Sabrina mit Wangenküsschen. »Schätzchen, du siehst ja noch besser aus als früher. Whow!«

»Könnten wir uns jetzt bitte wieder den dienstlichen Angelegenheiten zuwenden, liebe Frau Kriminalpsychologin?«

»Klar doch, Wolf.« Ihr Gesicht nahm bedeutend ernstere Züge an. »Dein Kollege in der Loge hat mir vorhin erzählt, dass dieser Heckenschütze schon wieder zugeschlagen hat.«

Tannenberg nickte und berichtete ausführlich über den neuen Mordanschlag. Man konnte den Eindruck gewinnen, dass er die Ergebnisse deshalb so detailliert vortrug, um sich selbst noch einmal alle Einzelheiten ins Gedächtnis zu rufen.

»Auch noch ein Kollege«, seufzte Eva betroffen. Sie schluckte trocken. »Wir müssen so schnell wie möglich ein konkretes Täterprofil erstellen. Über die ersten beiden Attentate habe ich mir bereits einen Überblick verschafft.«

»Dann setzt euch am besten mal alle hin«, forderte Tannenberg, ging zur Tafel und schrieb den Namen des neuen Opfers unter den der anderen. Er legte den Kopf in den Nacken und stemmte die Arme auf die Hüftknochen. »Mir geht dieser Spruch einfach nicht mehr aus dem Kopf.«

»Welcher Spruch?«, wollte Zörntlein wissen.

»Perfekter Mord ist Leistungssport«, antwortete der Kommissariatsleiter. Er schüttelte mit zusammengepressten Lippen den Kopf. »Verdammt, verdammt, irgendetwas spukt da in meinem Hirn herum, irgendeine Querverbindung.«

Dr. Eva Glück-Mankowski schnippte mit den Fingern. »Ich glaube, ich weiß, was du meinst. In einem eurer Berichte meine ich vorhin gelesen zu haben, dass das erste Mordopfer in seinem Internet-Browser einen Favoriten gespeichert hat, bei dem es um perfekte Morde ging.«

»Ja, richtig, Eva. Das ist es«, rief Tannenberg freudig aus. »Wir müssen uns unbedingt diese Internetseite genauer anschauen. Vielleicht liegt dort in einem Chatroom, einem Forumsbeitrag oder in einem Link der Schlüssel zur Identifikation des Täters verborgen.«

»Steht in dem Bericht nicht auch drin, dass dein Kollege von der Spurensicherung das bereits getan hat?«, gab die Kriminalpsychologin zu bedenken.

»Das kann schon sein. Aber er hat bestimmt nicht so intensiv recherchiert, wie es erforderlich wäre.«

»Deine Euphorie in allen Ehren, mein lieber Wolf«, mischte sich Zörntlein ein. »Aber meinst du nicht, deine Hoffnungen sind ein wenig übertrieben? Ich kann mir nämlich nicht vorstellen, dass sich unser mysteriöser Heckenschütze im Internet seiner Taten brüstet. Das ist ein Perfektionist, der garantiert nicht solche primitiven Spuren legt. Wenn er ein Katz-und-Maus-Spielchen mit uns vorhat, wird er sich sicherlich etwas Perfideres für uns einfallen lassen.«

»Kann sein, kann aber auch nicht sein«, bemerkte Eva nebulös. »Die meisten Serienmörder suchen früher oder später die Öffentlichkeit. Weil sie mit ihren Verbrechen Aufsehen erregen und Angst verbreiten wollen. Oft legen sie Spuren aus, die immer konkreter werden und am Ende direkt auf sie hinweisen – bis sie schließlich von der Polizei gefasst werden. Viele von ihnen empfinden ihre Festnahme als große Erleichterung. Weil sie froh sind, dass alles vorbei ist. Gott sei Dank verhalten sie sich so«, sie malte mit den Fingern Gänsefüßchen in die Luft, »bescheuert. Denn wären sie nicht so extrovertiert veranlagt, käme man ihnen viel schwerer auf die Schliche – oder gar nicht.«

Eva stockte und zog tief Luft in ihre Lungen. In ihren ausströmenden Atem hinein sagte sie: »Leider finden sich in der Kriminalgeschichte auch einige Beispiele von Serienkillern, die im Gegensatz zu den anderen im Verborgenen gewirkt haben und nur durch Zufall oder eben überhaupt nicht aufgespürt werden konnten.«

»Und du hast das Gefühl, dass wir es hier mit einem Vertreter dieser introvertierten Spezies zu tun haben könnten?«, fragte der Leiter des K 1.

Die LKA-Profilerin saugte die Wangen ein und nickte mit düsterer Miene.

»Scheiße«, fluchte der Leiter des K 1.

»Was habt ihr denn bis jetzt an Fakten zusammengetragen?«, warf Eva Glück-Mankowski in die Runde.

»Wir haben bislang drei Opfer«, riss Tannenberg das Wort an sich. Er mochte es ganz und gar nicht, wenn sich in seinem eigenen Zuständigkeitsbereich irgendeine andere Person anschickte, ihm seine Leitungsposition streitig zu machen.

Mit einer energischen Armbewegung schnappte er sich seinen Bambusstock und wies damit auf die Anschlagtafel. »Einen 18-jährigen Schüler und Leistungssportler, einen 68-jährigen ehemaligen Lehrer, der für das Sportabzeichen trainiert hat, und einen 32-jährigen Polizeibeamten und Bogenschützen.«

»Damit ergibt sich folgendes Opferprofil«, verkündete die Kriminalpsychologin lauthals: »Männlich, in irgendeiner Form eine Affinität zum Sport. Allerdings scheint es der Täter nicht auf eine bestimmte Altersklasse abgesehen zu haben.« Sie nahm einen Filzstift und begann, ihre Erkenntnisse auf einem Kärtchen zu notieren.

Tannenberg war von Evas schneller Reaktion überrascht und verfolgte schweigend ihre Schreibbewegungen.

»Ich weiß nicht, ob wir wirklich ausschließen sollten, dass sein nächstes Opfer nicht auch eine Frau sein könnte. Das wäre meines Erachtens fahrlässig und würde nur die Frauen in falscher Sicherheit wiegen«, gab Sabrina zu bedenken.

»Stimmt schon«, murmelte ihr Chef.

»Wir gehen doch nach wie vor davon aus, dass der Täter vorhat, noch weitere Menschen zu töten, sehe ich das richtig?«, fuhr Sabrina Schauß fort.

Ausnahmsloses, zustimmendes Nicken.

»Vielleicht war es ja auch nur reiner Zufall, dass er bislang nur Männer und noch keine Frauen erschossen hat.«

»Begründung.«

»Die ist ganz einfach, Wolf. Frauen üben ihren Sport meist in einer Gruppe aus. Männer dagegen sind in dieser Hinsicht eher Einzelkämpfer.«

»Da ist schon was Wahres dran«, bestätigte Tannenberg erneut. »Wobei dies auf Marcel Christmann nicht zutrifft, denn der wurde mitten in einem Sportwettkampf ermordet.«

»Ah, Wolf, ich weiß nicht, ob wir diesen ersten Anschlag wirklich als Gegenargument gelten lassen sollten. Es könnte durchaus sein, dass der Täter diesen öffentlichen Ort absichtlich gewählt hat«, erwiderte die junge Kommissarin.

Eva Glück-Mankowski schlug die Beine übereinander und umfasste das Knie mit ihren kräftigen Händen. »Du meinst im Sinne einer Theaterbühne, auf der er uns die Ouvertüre zu seiner dramatischen Oper vorgeführt hat?«

Sabrina betrachtete die Profilerin mit einem anerkennenden Blick. »Ja, so könnte man das durchaus sehen, denke ich.«

»Dieser Wettkampf hatte also eurer Meinung nach für den Täter eine besondere, quasi symbolische Bedeutung?«

»Das ist nicht unwahrscheinlich, Wolf. Schließlich ist der 100-Meter-Lauf die Ouvertüre des Zehnkampfs. Und alle bisherigen Indizien deuten darauf hin, dass die Zehnkampf-Symbolik eine zentrale Rolle in diesem perversen Tötungs-Szenario spielt.«

Tannenberg breitete die Arme zu einer flehenden

Geste aus. »Verdammt noch mal. Ich verstehe nach wie vor den Sinn des Ganzen nicht.«

»Wir sollten den Sport durchaus als einen entscheidenden Faktor bei dieser Angelegenheit betrachten«, meinte Zörntlein. »Darum scheint sich alles zu drehen, denn die Opfer waren allesamt Sportler. Das ist die einzige Gemeinsamkeit, die alle drei Anschläge wie eine thematische Klammer umschließt. Ich vermute, dass der Täter irgendeine besondere Beziehung zum Sport besitzt. Vielleicht handelt es sich um ein psychisch massiv gestörtes Dopingopfer, das mit gravierenden Folgeschäden zu kämpfen hat und den Sport für seine Probleme verantwortlich macht.«

»Aha, George Clooney hat wohl ein paar Semester Psychologie studiert«, konnte sich Eva nicht verkneifen.

Zörntlein ignorierte den Einwurf und fuhr mit seinen Ausführungen fort: »Oder der Täter ist ein ehemaliger Leistungssportler, der sich von Funktionären oder Trainern nicht ausreichend berücksichtigt und wertgeschätzt sah. Vielleicht hat man ihn irgendwann wie eine heiße Kartoffel fallen lassen, ihn vom einen auf den anderen Tag rücksichtslos ausgemustert. Viele Leistungssportler stürzen nach Beendigung ihrer Karriere in ein tiefes Loch. Und zwar umso tiefer, je abrupter das Ende ihrer sportlichen Laufbahn eintrat.«

Der BKA-Experte legte eine kurze Pause ein, in der er sein Wasserglas mit einem großen Schluck leerte und es zwischen den Händen hin und her drehte. »Oder der Mann hat irgendeine körperliche Beeinträchtigung oder Behinderung, die in ihm den Hass auf alles Schöne und Sportliche erzeugt hat.«

»Dann müsste er Sie ja auch hassen«, schäkerte Eva. Sie machte eine wegwerfende Handbewegung. »Entschuldigung, das war wohl gerade ein ziemlich deplatzierter Beitrag. Nun wieder sachlich, Herr Zörntlein: Was Sie eben gesagt haben, hört sich aus kriminalpsychologischer Perspektive durchaus nachvollziehbar an.«

»Schön, dass wir uns einig sind, Eva. Ich darf Sie doch so nennen?«

»Sicher dürfen Sie das, George.« Der Kriminalpsychologin wurde abwechselnd heiß und kalt.

»Gut«, gab Johannes Zörntlein mit einem amüsierten Schmunzeln zurück. »Trotzdem sollten wir uns nicht auf diese eine Hypothese beschränken. Denn meines Erachtens können wir im gegenwärtigen Ermittlungsstadium überhaupt nichts ausschließen.«

»Sehe ich genauso«, stieß Tannenberg in dasselbe Horn.

»Der Sport ist nur einer der möglichen Erklärungsansätze für ein mögliches Tatmotiv. Ich persönlich erachte nach wie vor einen terroristischen Hintergrund als durchaus denkbar, wenn nicht sogar naheliegend, schließlich wurde das erste Attentat am 11. September verübt – dem Tag der verheerenden Islamisten-Anschläge auf das World-Trade-Center.«

»Nein«, wehrte Sabrina nicht nur verbal, sondern auch mit einer entsprechenden Geste ab. »Dafür fehlen uns doch alle Anhaltspunkte: Es existiert bislang weder ein Bekennerschreiben, noch gibt es Hinweise auf irgendwelche nationalistischen oder fundamentalistischen Motive.«

»Das stimmt nicht ganz, Sabrina«, korrigierte ihr Vorgesetzter. »Bei dem ermordeten Pensionär haben wir ein religiöses Zitat gefunden.«

»Ja, sicher, aber eines aus dem christlichen Kulturkreis. Und da sind religiöse Extremisten meines Wissens unbekannt.«

»Nein, das ist so nicht richtig«, wandte die Kriminalpsychologin ein. »Es gab in der Vergangenheit durchaus religiös motivierte Einzeltäter, die dem Wahn verfallen waren, vom lieben Gott den Auftrag zur Erfüllung einer todbringenden Mission erhalten zu haben. In den USA zum Beispiel existieren zahlreiche protestantische Erweckungsfundamentalisten und katholische Charismatiker, die sich eine radikale Re-Christianisierung der Welt zum Ziel gesetzt haben.«

»Leute, ich glaube, das bringt jetzt nichts mehr«, erklärte Tannenberg, während er mit den Fingern seine Haare durchfurchte. »Mir platzt gleich der Kopf. Wir drehen uns nur noch im Kreis herum. Wir haben immer noch zu wenige Fakten. Uns bleibt wohl nichts anderes übrig, als die weiteren Ergebnisse der Rechtsmedizin und der Kriminaltechnik abzuwarten.«

»Und die der Suchaktion der Hundertschaft, die morgen früh bei Sonnenaufgang das Waldgebiet durchkämmen wird«, ergänzte Sabrina Schauß. »Hoffentlich bringt uns das wenigstens weiter.«

Ächzend wie eine alte, windgeplagte pfälzische Eiche drückte sich Tannenberg von seinem Ledersessel in die Höhe. »Ja, hoffentlich. Du hast ja Bereitschaft. Wenn was ist, meldest du dich bitte gleich bei mir.«

»Sicher. Verzieht ihr euch mal in eure Betten.«

Eva gähnte hinter vorgehaltener Hand. »Gute Idee. Ich bin nämlich hundemüde.«

»Verständigst du bitte die Fahrbereitschaft«, bat Tannenberg die junge Kommissarin. »Sie soll Eva und Johannes in ihre Hotels fahren. Ich gehe die paar Meter in die Beethovenstraße zu Fuß.«

Während Sabrina den Telefonhörer aufnahm, wandte sich ihr Chef an den BKA-Experten: »Wo wohnst du denn eigentlich, Johannes?«

»In einem Hotel am Messeplatz.«

»Ach, das ist ja nur ein Katzensprung vom Fundort unseres letzten Opfers entfernt. Da hätte Sabrina dich vorhin ja gar nicht abholen müssen. In fünf Minuten wärst du dort gewesen.«

»Theoretisch schon, praktisch jedoch nicht«, erwiderte Zörntlein. »Denn erstens war ich zu diesem Zeitpunkt in einem Restaurant in der Innenstadt, und zweitens kenne ich mich hier in der Gegend überhaupt nicht aus.«

Tannenberg klopfte sich leicht an die Stirn: »Logo.«

9

Sabrinas Kriminaldauerdienst endete in ein paar Minuten. Obwohl die vergangene Nacht ohne besondere Vorkommnisse verlaufen war, hatte sie nur wenig geschlafen. Der aktuelle Fall hatte sie gedanklich nicht zur Ruhe kommen lassen. Nun fühlte sie sich wie gerädert.

Exakt um 7 Uhr 48 klingelte der Notrufapparat in der Zentrale. In abgehackten, hektisch ausgestoßenen Worten berichtete eine ältere Frau von einer spektakulären Entdeckung, die sie kurz zuvor gemacht hatte. Mit fliegenden Fingern hämmerte Sabrina die Telefonnummer ihres Vorgesetzten in die Tastatur.

Tannenberg saß gerade mit seiner Familie am Frühstückstisch. Kauend lauschte er dem, was ihm Sabrina zu berichten hatte.

»Verfluchter Sauhund«, fauchte er in den Hörer, als sie geendet hatte. Dabei verschluckte er sich. Hustend wies er seine Mitarbeiterin an, zuerst Eva und dann ihn abzuholen. Die Nennung dieses Vornamens hatte zur Folge, dass er sich beim Abschiedskuss mit Hannes Wange begnügen musste.

Etwa eine Viertelstunde später trafen die drei Kriminalbeamten vor dem Hotel am Messeplatz ein, wo Zörntlein sich einquartiert hatte. Tannenberg eilte zur Rezeption und fragte nach dem BKA-Terrorismusexperten. Ein freundlicher älterer Herr teilte ihm mit, dass der Gesuchte bereits in aller Herrgottsfrühe überraschend abgereist sei.

»Hat jemand von euch Zörntleins Handynummer?«, fragte er seine Kolleginnen, als er wieder ins Auto stieg.

»Nein«, kam es unisono zurück.

»Unser Hollywood-Vögelchen ist ausgeflogen. Ohne irgendeine Nachricht für uns zu hinterlassen. Versteh das mal einer, ich versteh's jedenfalls nicht.«

»Vielleicht ist etwas Schlimmes in seiner Familie passiert«, meinte die Kriminalpsychologin mit kummervoller Miene, »und er musste deshalb so hastig aufbrechen.«

»Hoffentlich nicht«, entgegnete Tannenberg in bangen Gedanken an seine eigene Familie, die ihm so unendlich viel bedeutete.

Kurz vor der Autobahnabfahrt Winnweiler meldete sich Johannes Zörntlein bei Tannenberg. Der BKA-Beamte teilte ihm mit, dass er wegen einer dringenden dienstlichen Angelegenheit nach Lyon in die Interpol-Zentrale zurückbeordert worden sei. Die Dauer seiner Exkursion sei gegenwärtig noch nicht absehbar. Noch bevor Tannenberg ihn über die aktuelle Entwicklung informieren konnte, wurde die Verbindung unterbrochen. Rückrufen konnte er Zörnlein nicht, weil die Nummer des Anrufers unterdrückt worden war.

Sie trafen am nordöstlichen Ortsrand der Gemeinde Rockenhausen ein, die am Fuße des Donnersbergmassivs lag. Den Ermittlern bot sich ein bizarrer Anblick: In einem kleinen Wäldchen hing über einer Wegschranke ein männlicher Leichnam – und zwar rücklings.

Der Rechtsmediziner und die Kriminaltechniker waren bereits vor Ort, ebenso zwei Streifenwagenbesatzungen, die den Zugang zum Fundort weiträumig abgesperrt hatten.

»Ist das nicht ein wunderschöner Morgen, meine Damen, mein Herr? Endlich mal wieder ein Morgengrauen, das seinen Namen auch wirklich verdient hat«, schmetterte Dr. Schönthaler den Ankömmlingen entgegen.

»Deinen Humor möchte ich manchmal auch haben«, brummelte Tannenberg zurück.

»Na, wo steckt denn dein neuer Busenfreund, dieser schwarz gewandete Schmalspur-Zorro?«, frotzelte der Gerichtsmediziner weiter. »Liegt dieser eitle Pfau etwa noch im Schönheitsschlaf? Oder lässt er sich gerade bei einem Visagisten schminken und die Augenbrauen zupfen?«

»Aber du musst schon zugeben, dass Johannes ganz schön schnuckelig ist«, sagte die Kriminalpsychologin, während ein süffisantes Lächeln ihre rot angemalten Lippen umspielte.

»Schnuckelig? Pah, dass ich nicht lache, der ist doch nichts als ein reines Kunstprodukt und bestimmt von oben bis unten geliftet.«

»Na und wenn schon«, ließ sich Eva nicht von ihrer Meinung abbringen. »Was hast du denn eigentlich gegen unseren süßen Johannes? Man meint ja gerade, du wärst eifersüchtig auf ihn.«

Dr. Schönthaler blies die Backen auf und stieß die Luft prustend aus. »Ich und eifersüchtig – auf diesen Lackaffen? Quatsch! Aber was soll ich denn schon von einem Dauersmiler halten, der ›Zorn‹ in seinem Namen trägt. Ich sage nur: Nomen est Omen!«

Dr. Schönthaler ging zwei Schritte auf seinen besten Freund zu. »Wolf, hast du eigentlich gewusst, dass das Zorro-Schwarz außer für Tod und Trauer ebenso für Sünde, Teufel und Weltverachtung steht?«

Auch diese neuerliche Provokation drang nicht in Tannenbergs Bewusstsein vor. Kopfschüttelnd starrte er auf einen etwa 40-jährigen, mit einem dunkelblauen Trainingsanzug und hellen Joggingschuhen bekleideten Mann. Ähnlich wie bei einer gymnastischen Brücke waren dessen Arme und Beine weit nach hinten überstreckt. Die Hände und Füße des Toten berührten den Boden. Der Mörder hatte sein Opfer so arrangiert, dass der circa 1,90 m große, schlanke Männerkörper wie eine austarierte Waage über dem rot-weiß gestreiften Metallrohr hing.

»Hochsprung – die vierte Disziplin des Zehnkampfs«, murmelte Tannenberg. »Das ist ja der reinste Horrortrip.«

»Ganz schön kreativ unser Sniper, das muss man ihm schon lassen. Wobei ich den Sportsfreund hier nicht im Fosbury-Flop hätte springen lassen«, gab Dr. Schönthaler eine weitere Kostprobe seines berühmtberüchtigten Pathologenhumors zum Besten. »Die alte Straddle-Technik hätte weit besser gepasst, findest du nicht auch, Wolf?«

Kommentarlos begab sich sein Freund auf die andere Seite der Schranke und inspizierte das Einschussloch auf der Brust des Toten. »Gleiche Tatausführung wie bei den anderen drei Attentaten: Tod durch präzisen Herzschuss.«

»Und schon wieder so ein komischer Spruch am Fußgelenk«, verkündete Mertel. Er reichte seinem Kollegen einen Kofferanhänger, der diesmal allerdings etwas größer war als die beiden vorherigen.

»Der Mensch ist ein Seil, geknüpft zwischen Tier und Übermensch – ein Seil über einem Abgrunde«, las Tannenberg vor.

»Also sprach Zarathustra«, fiel ihm der Rechtsmediziner ins Wort.

Tannenberg war sprachlos und blickte seinen Freund verdutzt an.

»Glotz nicht so blöd, lies einfach weiter«, blaffte sein Gegenüber. »Sonst merkt hier doch jeder, dass dein Gnaden-Abitur mit dem 3,8-Notenschnitt vollkommen berechtigt war. Du ungebildeter Banause. Los, lies weiter!«

Der Kriminalbeamte befolgte brav die Anweisung: »Also sprach Zarathustra: Es ist an der Zeit, dass der Mensch sich ein Ziel stecke. Es ist an der Zeit, dass der Mensch den Keim seiner höchsten Hoffnung pflanze. Noch ist sein Boden dazu reich genug. Aber dieser Boden wird einst arm und zahm sein, und kein hoher Baum wird mehr aus ihm wachsen können.

Ich sage euch: Man muss noch Chaos in sich haben, um einen tanzenden Stern gebären zu können. Friedrich Nietzsche.«

Dr. Schönthaler lachte auf: »Dass dieser Irre noch genügend Chaos in sich hat, das kann man nun wahrlich behaupten.«

»Hat die Frau, die ihn gefunden hat, irgendetwas Wichtiges beobachtet?«, fragte der Leiter des K 1 seinen Kollegen Mertel.

»Nein, absolut nichts. Der verfluchte Mistkerl hat hier irgendwo diesem ahnungslosen Jogger aufgelauert, ihn aus dem Hinterhalt abgeknallt und ist danach offenbar spurlos verschwunden. Wobei natürlich erst noch …«

»Diese feige Drecksau«, schimpfte Tannenberg und riss von einem tief herabhängenden Ast ein paar Blätter ab. Bebend vor Zorn knüllte er das bunte Herbstlaub zusammen und schleuderte es in Richtung eines Brennnesselgebüschs.

»Wer ist denn der Tote?«, fragte Sabrina Schauß.

»Ein Apotheker und Stadtrat, der hier in Rockenhausen wohnt und in Kirchheimbolanden eine Apotheke besitzt. Seine Frau war vorhin da. Sie ist zusammengebrochen und befindet sich in ärztlicher Behandlung.« Mit betretener Miene blickte der Kriminaltechniker auf den männlichen Leichnam. »Er ist Vater von drei kleinen Kindern.«

Sabrina kämpfte mit den Tränen. Heftig atmend lehnte sie sich an einen Baum. »Das ist alles so furchtbar. Wie können wir diesen, diesen …« Sie fand den gesuchten Begriff nicht und bediente sich eines Schimpfwortes, das ihr zuvor noch nie über die Lippen gekommen war: »Scheißkerl nur fassen, bevor er noch weitere Morde begeht?«

»Kollegen – die Zentrale für euch«, rief einer der Streifenpolizisten von der Absperrung her. »Dieser Sniper hat anscheinend schon wieder zugeschlagen.«

Nach einer Schrecksekunde spurteten die Ermittler zum Einsatzfahrzeug ihres Kollegen, wobei Sabrina, eigentlich die Sportlichste von allen, nur mit Abstand folgen konnte.

»Wo?«, schrie Tannenberg in den Hörer.

»Merzalben? Verdammt, das sind ja mindestens 50, 60 Kilometer von hier.«

Die drei eilten zu ihrem Dienstfahrzeug.

»Wolf, ich hab Kreislaufprobleme und bin total fertig. Ich glaube, ich kann jetzt kein Auto fahren.«

»Klar, Sabrina, ich hab ja ganz vergessen, dass du eine Nachtschicht hinter dir hast. Ich hätte dich gar nicht mitnehmen dürfen.«

»Doch, ich will dabei sein. Ich bin bestimmt auch gleich wieder fit.«

In geradezu halsbrecherischem Tempo raste Tannenberg über die A 63 bis zur Anschlussstelle Kaiserslautern-Centrum. Von dort aus nahm er die A 6 und wechselte kurz hinter Landstuhl auf die A 62. An der Abfahrt Thaleischweiler-Fröschen verließ er die Autobahn und jagte über die Landstraße nach Merzalben.

Gegen 10 Uhr 15 trafen die Kriminalbeamten an dem im nördlichsten Zipfel von Merzalben gelegenen Sportgelände des FC Gräfenstein ein. Bereits der erste Blick ins Stadion brachte die bittere Gewissheit, dass der Heckenschütze nun auch noch die fünfte Disziplin seines makabren Scharfschützen-Zehnkampfs absolviert hatte: Mitten auf der Ziellinie einer 400-Meter-Aschenbahn lag ein mit einem Präzisionsschuss getöteter Rentner. An seinem linken Fußgelenk war ein Kabelbinder mit einem ledernen Kofferanhänger angebracht.

›Wozu das, Jon? Warum in aller Welt?, fragte seine Mutter‹, stand darauf in blutroten Lettern zu lesen.

Unmittelbar nach dem Mordanschlag auf den Polizeibeamten Pascal Sprengard hatte Kriminaldirektor Eberle in Absprache mit dem Polizeipräsidenten und der Staatsanwaltschaft damit begonnen, eine Sonderkommission zusammenzustellen. Jeder verfügbare Kriminalbeamte des Polizeipräsidiums Westpfalz wurde per Dienstanweisung zur SOKO abgeordnet, deren Leitung Tannenberg übertragen wurde.

Das große Konferenzzimmer der Kriminalinspektion am Pfaffplatz wurde zum Lagezentrum erklärt und entsprechend eingerichtet. Die erste Zusammenkunft der neu gegründeten SOKO ›Sniper‹ war auf Mittwochmorgen, 9 Uhr, angesetzt worden. Doch wegen der dramatischen Ereignisse der letzten Stunden wurde die anberaumte Dienstbesprechung bis zum Eintreffen Tannenbergs und seiner Mitarbeiter zeitlich nach hinten verschoben.

Gegen 13 Uhr trat der Kaiserslauterer Polizeipräsident vor die etwa zwei Dutzend Kriminalbeamten, die sich im Konferenzzimmer eingefunden hatten. Selbstredend waren auch Vertreter der Staatsanwaltschaft zugegen.

»Liebe Kollegen, unsere ansonsten so beschauliche Pfalz wird gegenwärtig von einer Mordserie erschüttert, die meines Wissens in der deutschen Kriminalgeschichte nach ihresgleichen sucht.« Er befeuchtete die Lippen mit der Zungenspitze und räusperte sich. »Wir haben es offensichtlich mit einem eiskalten, skrupellosen Täter zu tun. Menschenleben scheinen ihm nicht das Geringste zu bedeuten. Er löscht sie mit leichter Hand aus, so als ob er einen Lichtschalter nach dem anderen ausknipsen würde.«

Mit einem bekümmerten Seitenblick auf Tannenberg ergänzte er: »Leider haben wir bislang noch keinen einzigen Anhaltspunkt, von einer heißen Spur ganz zu schweigen. Deshalb möchte ich Sie bitten, alles in Ihrer Macht Stehende zu tun, um diesem gemeingefährlichen Psychopathen so schnell wie möglich das Handwerk zu legen.«

Anschließend übergab er das Wort an den mit der Aufklärung dieser Verbrechen beauftragten SOKO-Leiter. Zuerst stellte Tannenberg seinen Kollegen die LKA-Profilerin vor, dann berichtete er in Kurzfassung über die beiden neuerlichen Mordanschläge.

»Die Identitäten der in Rockenhausen und Merzalben aufgefundenen Toten sind uns inzwischen bekannt«, verkündete er und notierte die Namen der Opfer unter die der anderen drei. »Es handelt sich dabei um den Apotheker Dr. Lars Kaufmann sowie um den Rentner Alfons Freiberg. Nach den vorläufigen Schätzungen unseres Rechtsmediziners wurden die beiden Männer gegen 7 Uhr beziehungsweise 9 Uhr heute Morgen jeweils mit einem einzigen Präzisionsschuss getötet.«

Er schrieb die mutmaßlichen Tatzeiten neben die Namen der betreffenden Mordopfer. Während er die Toten mit der Spitze seines Bambusstockes umkreiste, redete er weiter: »Diese fünf aus dem Hinterhalt ermordeten Personen weisen zwei zentrale Gemeinsamkeiten auf: Sie sind alle männlichen Geschlechts und wurden alle während einer sportlichen Betätigung ermordet. Der Täter muss die Gewohnheiten seiner Opfer detailliert ausspioniert haben, sonst hätte er seinen Plan wohl kaum so präzise und aus seiner Sicht so überaus erfolgreich durchführen können. Die beiden letzten Toten wurden hier an diesen Orten aufgefunden.«

Wolfram Tannenberg nahm einen dicken Filzstift zur Hand und malte zwei weitere Kreuze in die auf einer Tafel aufgezogene Landkarte. Ziemlich genau in der Mitte eines sich südlich der Entersweilerstraße erstreckenden und von der L 504 und dem Wohngebiet Betzenberg eingerahmten Waldgebietes zeichnete er einen roten Kreis.

»Heute Morgen haben die Kollegen der Polizeischule Enkenbach dieses großflächige Areal durchkämmt und genau hier an dieser markierten Stelle eine stillgelegte Pumpstation entdeckt. Sie dürfte dem Täter in den letzten Tagen als Unterschlupf gedient haben.

Von hier aus konnte er ohne große Mühe zu Fuß die beiden Tatorte ›Sportanlage im Schulzentrum Süd‹ und ›PSV-Sportgelände‹ erreichen. Allerdings werden sich dort wohl kaum noch Spuren sicherstellen lassen, denn dieses kleine Häuschen ist ausgerechnet letzte Nacht in Flammen aufgegangen. Damit können wir wohl auch alle Hoffnungen begraben, DNA-Material des Täters zu finden.«

»Du sagst, dass er zu Fuß unterwegs war. Aber um zu den anderen Tatorten zu gelangen, musste er sicherlich ein Auto benutzen«, gab Sabrina zu bedenken.

»Oder ein Motorrad«, ergänzte Tannenberg. »Vielleicht eine Geländemaschine.« Er schüttelte mit zusammengekniffenen Lippen den Kopf. »Obwohl, ich denke, ein Auto fällt weitaus weniger auf als ein Motorrad, und es bietet zudem genügend Platz für den Transport von Waffe, Schlafsack, Lebensmitteln et cetera .«

»Zwischenfrage«, meldete sich Susi Rimmel, die ansonsten ihren Dienst im K 2 verrichtete, per Handzeichen zu Wort: »Wenn ich richtig gerechnet habe, hat der Täter damit innerhalb von 5 Tagen 5 Morde begangen.«

Tannenberg nickte.

»Als alte Sportlerin klingelt es da natürlich bei mir: Nach der fünften Disziplin findet im Zehnkampf bekanntermaßen eine Zäsur statt. Können wir also darauf hoffen, dass der Täter jetzt eine Pause einlegen wird?«

»Hoffen dürfen wir«, antwortete Eva Glück-Mankowski, »aber sicher können wir natürlich nicht sein. Zumal in der Leichtathletik zwischen dem ersten und zweiten Wettkampfabschnitt kaum mehr als zwölf Stunden liegen.«

Die Psychologin führte ihre Hände im spitzen Winkel zusammen und legte die Zeigefingerkuppen für einen Augenblick an die Lippen. Dann öffnete sie ihre Hände wieder und seufzte: »Ich hoffe inständig, dass dieser Turbo-Sniper nicht sofort weitermacht, sondern die anderen Tatorte und Opfer erst noch ausspähen muss. Das würde uns wertvolle Zeit verschaffen.«

»Sagen Sie mal, Tannenberg, wo steckt denn eigentlich der Kollege Zörntlein?«, warf Dr. Hollerbach ein.

»Der wurde überraschend nach Lyon zurückbeordert«, erhielt er postwendend die Antwort.

»Merkwürdig, dass er uns gerade jetzt im Stich lässt«, versetzte der Oberstaatsanwalt mit geschürzten Lippen. »Wo er doch wegen dieses mysteriösen Snipers hier so dringend gebraucht wird.«

»Dort offenbar auch.«

»Apropos ›Sniper‹«, ergriff die Profilerin erneut das Wort. »Ich weiß nicht, inwieweit den Kollegen die sogenannten ›Beltway Sniper Attacks‹ ein Begriff sind, die sich im Frühherbst 2002 in den USA ereignet haben.«

Nach einer thesenartigen Kurzzusammenfassung dieser spektakulären Attentatsserie kam sie zum eigentlichen Kern der Sache: »Dieser Sniper hat an einem einzigen Tag an unterschiedlichen Orten fünf Menschen erschossen, drei davon innerhalb von nur einer Stunde. Und das wohlgemerkt an verschiedenen Plätzen.«

»Fünf Menschen – genau wie bei uns«, bemerkte Susi Rimmel. »Sehen Sie da einen direkten Zusammenhang? Vielleicht in der Art, dass unser Sniper diese Verbrechen nachahmen will, quasi unter Leistungssportaspekten.«

»Neuer Tötungsrekord, oder wie?«, machte sich Tannenberg über den Beitrag seiner Kollegin lustig – und handelte sich damit umgehend einen tadelnden Blick seines unmittelbaren Vorgesetzten ein. »Dann hätte unser Täter aber doch schneller als sein Vorbild sein müssen«, fügte er kleinlaut an.

»Wer von uns weiß denn schon, welches konkrete Ziel sich der Täter gesetzt hat«, konterte Eva. »Vielleicht besteht es ja darin, nicht gefasst zu werden. Das ist dem Beltway-Sniper nämlich nicht gelungen.«

»Ziel: Durchführung perfekter Verbrechen?«

»Warum denn nicht, Wolf?«

Tannenberg brummte nachdenklich. »Dazu würde der Spruch passen, den wir bei Sprengard gefunden haben: ›Perfekter Mord ist Leistungssport‹.«

»Siehst du«, sagte Eva mit emporgezogenen Augenbrauen. »Der perfekte Mord ist definiert als ein Verbrechen, das derart genial geplant ist, dass die Identität des Mörders für immer im Dunkeln bleibt. Darin liegt aber auch sogleich das Paradoxon des perfekten Verbrechens begründet. Denn ein perfekter Mord ist logischerweise nur dann ein perfekter Mord, wenn er als solcher erkannt wurde. Wenn aber jemand diesen als solchen erkennt, ist er eben nicht mehr perfekt.«

»Bitte nicht in akademische Diskurse abschweifen«, bat Eberle.

»Wie unser Täter hat der amerikanische Heckenschütze übrigens den Ermittlern ebenfalls ein religiöses Zitat zugespielt«, wechselte Eva das Thema.

Tannenberg verzog abschätzig den Mund. »In unserem Falle ist es aber nur *ein* religiöses Zitat, neben mehreren anderen. Das letzte stammt von Nietzsche und das andere …«

»Steht in der ›Möwe Jonathan‹«, fiel ihm Michael Schauß ins Wort. Er kramte in seiner Jacke und zog einen Zettel hervor. »Es stammt aus einem Buch von Richard Bach und trägt den Titel ›Die Möwe Jonathan‹.«

Er legte eine kleine Kunstpause ein, bevor er nach ein paar Sekunden weitersprach: »Das Buch ist reich bebildert und schildert den einsamen Weg einer Möwe, die sich zum Ziel gesetzt hat, sich Flugtechniken anzueignen, die noch keine andere Möwe vor ihr beherrscht hat. Mit anderen Worten:

Es ist die Geschichte eines Außenseiters, der sich zu Höherem berufen fühlt und nach Perfektion strebt. Seite 14 steht das angesprochene Zitat: Wozu das, Jon? Warum in aller Welt?, fragte seine Mutter. Es geht folgendermaßen weiter: Ist es denn wirklich so schwer, wie alle anderen zu sein? Warum überlässt du den Tiefflug nicht den Pelikanen und dem Albatros? Und so weiter und so fort.«

»Wie hast du das denn so schnell rausgekriegt?«, fragte Tannenberg, sichtlich beeindruckt.

»Sabrina hat mich angerufen und mir den Text durchgesagt. Den hab ich dann einfach in eine Internet-Suchmaschine eingegeben.«

»Aber wie passt das denn zusammen: eine friedfertige Möwe und ein brutaler Serienkiller.«

»Meines Wissens sind Möwen aggressive Raubvögel«, wandte Eva ein. »Du hast wohl gerade eine Möwe mit einer Taube verwechselt, nicht wahr, mein lieber Wolf?«

Tannenberg zog es vor zu schweigen.

Glücklicherweise war Michael Schauß noch nicht fertig und legte nach: »Ich habe in einer Zitatensammlung zu diesem Buch noch zwei weitere interessante Textstellen gefunden«, verkündete er. »Womöglich passen sie ebenfalls zu unserem unbekannten Heckenschützen. Jon, also die Möwe Jonathan, sagt an einer Stelle: ›Ich bin nirgends daheim. Ich gehöre zu keinem Schwarm. Ich bin ein Ausgestoßener.‹ Und an einer anderen: ›Wer einmal das Außerordentliche erfahren hat, kann sich nicht mehr an die Normen des Durchschnitts binden.‹«

»Ist das nicht hochinteressant, was der Kollege da entdeckt hat?«, lobte die Kriminalpsychologin. »Ich weiß nicht, ob ihr es schon bemerkt habt, aber wir setzen gerade Mosaiksteinchen für Mosaiksteinchen die Persönlichkeit des Snipers zusammen.«

»Rein hypothetisch«, konnte sich Tannenberg nicht verkneifen. An Schauß adressiert, sagte er: »Kennst du auch schon den Text des Nietzsche-Zitates?«

»Nein.«

»Dann ruf bei Mertel an, der soll ihn dir durchgeben. Drucke bitte alle vier Zitate aus und hänge sie neben die entsprechenden Opfer.«

Schauß nickte, erhob sich, setzte sich an einen der Schreibtische und telefonierte.

Dr. Eva Glück-Mankowski zog dem verdutzten SOKO-Leiter den Edding-Marker aus der Hand und malte das Wort ›Täterprofil‹ auf einen leeren Flipchartbogen. Darunter schrieb sie:

- männlich
- sportlich, Alter 25-50 Jahre
- Schuhgröße: 43-45
- Körpergröße: ca. 1,80 bis 1,90
- Einzeltäter/-gänger
- unverheiratet, keine Kinder
- intelligent, kreativ, diszipliniert
- ausgeprägte Gefühlskälte

- sucht Grenzerfahrungen
- Opferauswahl willkürlich
- Sport als Hintergrundfolie
- Ausgestoßener?
- Größenwahn?
- ausgebildeter Scharfschütze
- benutzt Spezialwaffe

»Wer bildet Scharfschützen aus?«, fragte der Polizeipräsident in die Runde.

»GSG 9, SEK, Bundespolizei, Spezialeinheiten von NATO und Bundeswehr, Geheimdienste et cetera«, gab Tannenberg wie auswendig gelernt zurück.

»Also haben wir es möglicherweise mit einem auf Staatskosten ausgebildeten Profikiller zu tun, der Tontaubenschießen auf Menschen veranstaltet.«

»Ja, danach sieht es zurzeit leider aus.«

Betretenes Schweigen legte sich wie ein schwarzes Tuch über die Anwesenden.

Eva brach die Stille. »Liebe Kolleginnen und Kollegen, bitte gestatten Sie mir ein paar Bemerkungen zu einem relativ neuen analytischen Verfahren, dem ›Geographic-Profiling‹. Mit dieser Methode wird versucht, das Lebenszentrum des Täters zu lokalisieren und aus den Orten der Anschläge heraus ein Tatmuster zu entwickeln. Damit ist es schon des Öfteren gelungen, die Schlinge um einen Serienmörder enger zu ziehen und ihn schließlich zu fassen. Bei über 90 Prozent dieser Straftaten befinden sich die Tatorte in einem Umkreis von weniger als 30 Kilometer um den Wohnort des Täters.« Sie brach ab und ließ ihren Blick über die gebannt lauschenden Kriminalbeamten schweifen. Dann fuhr sie fort:

»Ausgangspunkt des Geoprofiling-Verfahrens ist die These, dass Serientäter ähnlich agieren wie Raubtiere bei der Jagd. Im Mittelpunkt ihres verbrecherischen Handelns steht der Wohnort, quasi der ›sichere Bau‹ des Täters. Hier kennt er sich aus, fühlt sich sicher und geborgen. Um diesen ›Bau‹ herum existiert eine Pufferzone, ein Ring von wenigen Kilometern Durchmesser. Die Tatorte liegen fast immer außerhalb dieser Sicherheitszone.« Eva stützte die Arme auf den Tisch.

»Dort werden die Tatorte nach bestimmten Kriterien ausgewählt: Nach Gelegenheiten, wo der Täter ungestört töten kann, nach Fluchtmöglichkeiten und so weiter. Wenn ein Heckenschütze sich zum Beispiel im Verlauf seiner Attentate immer weiter von den ersten Tatorten entfernt, ist dies ein Indiz für ein gesteigertes Sicherheitsgefühl, das ihn dazu bringt, das bekannte Terrain zu verlassen.«

Wie der Taktstock eines Dirigenten stach Evas Finger auf die interessierte Zuhörerschar ein. »Und genau das ist die Chance zur Ergreifung des Täters, denn es hat sich gezeigt, dass dieses, nennen wir es einmal ›überhebliches‹, Verhalten dazu führt, dass er vermehrt Fehler begeht.«

»Die Tatorte Rockenhausen und Merzalben würden deine Hypothese unterstützen«, meinte Tannenberg, wobei man ihm nicht anmerkte, ob er auch tatsächlich bereit war, diesen Spekulationen Glauben zu schenken. Er stellte sich vor die aufgezogene Landkarte und zeigte auf das Zentrum der Pfalz. »Danach wäre sein Lebensmittelpunkt in Kaiserslautern zu vermuten.«

»Diese Schlussfolgerung liegt durchaus nahe«, bestätigte die Profilerin. »Zur Erhärtung dieser Hypothese müssen wir selbstverständlich erst noch die weiteren Ermittlungsergebnisse abwarten.«

»Aber das ist doch schon mal was«, freute sich Dr. Hollerbach. »Nun haben wir endlich eine Basis, von der aus …«

»Ach, du Scheiße«, stieß Tannenberg plötzlich hinter Evas Rücken aus. Er hatte die bisherigen Tatorte mit mehreren roten Linealstrichen verbunden. »Das gibt's doch gar nicht.«

»Was denn? Geh doch bitte mal zur Seite«, rief Sabrina.

Wolfram Tannenberg kam der Aufforderung nach. Mit angewinkeltem Arm fuhr er die aufgezeichneten Linien entlang. »Der Schnittpunkt der miteinander verbundenen Tatorte liegt haargenau in dem abgebrannten Pumpenhäuschen.«

Ein Raunen ging durch die Menge.

»Das kann kein Zufall sein«, behauptete Kriminaldirektor Eberle.

»Nein, sicherlich nicht«, stimmte Tannenberg zu. »Aus diesem plakativen Hinweis ergibt sich eine zentrale Frage: Warum hat der Täter seine Anschlagserie ausgerechnet in die Pfalz verlegt?«

»Sie haben eben doch selbst die Antwort gegeben, Kollege Tannenberg«, sagte Eberle. »Die Topologie dieser Verbrechen lässt vermuten, dass Kaiserslautern das Lebenszentrum des Täters ist. Eine logische Schlussfolgerung, die exakt zu dem passt, was uns Frau Dr. Glück-Mankowski über ›Geographic-Profiling‹ eröffnet hat, nicht wahr?«

Eva nickte.

»Bislang handelt es sich aber immer noch um eine Hypothese. Mein Gefühl sagt mir jedoch, dass da noch mehr ist.«

»Es geht hier nicht um Ihre Gefühle, mein lieber Tannenberg, sondern um begründete Vermutungen und Fakten«, schnauzte ihn der Oberstaatsanwalt von der Seite her an. »Meines Erachtens sollten wir unseren Ermittlungsfokus noch auf einige andere Fragen richten: Warum begeht unser Serienkiller diese Taten ausgerechnet jetzt und nicht erst in einem halben Jahr oder in zwei Jahren? Warum ausgerechnet jetzt? Dafür muss es doch einen triftigen Grund geben. Und weiter: Welche Ursachen könnten als Auslöser für seinen Amoklauf in Betracht kommen?«

»Serientäter funktionieren über viele Jahre hinweg in ihrem Beruf und privaten Umfeld perfekt wie ein Uhrwerk«, dozierte die Kriminalpsychologin. »Oft sogar zu perfekt, im Sinne von Überangepasstheit, Unterwürfigkeit. Sie leben völlig unauffällig unter uns, als netter Nachbar, guter Freund, liebenswerter Kollege. Aber lassen Sie sich davon nicht täuschen: Diese Menschen sind Wölfe im Schafspelz, denn urplötzlich verwandeln sich diese freundlichen, herzensguten Mitbürger zu gemeingefährlichen Bestien und tickenden Zeitbomben.«

»Aber aus welchem Grund geschieht denn diese plötzliche Wesensveränderung?«, wollte Sabrina wissen.

»Es handelt sich dabei nicht um eine Wesensveränderung, im Sinne einer Umprogrammierung, sondern um den Ausbruch einer bislang nur latent vorhandenen Persönlichkeitsdisposition. Irgendein Anlass wirkt als auslösender Impuls. Dadurch wird die heile Welt des Täters zerstört und er wird aus der Bahn geworfen.«

»Wodurch wird so etwas ausgelöst?«, ließ die junge Kommissarin nicht locker.

»Das kann alles Mögliche sein. Wir unterscheiden exogene und endogene Faktoren. Zur ersten Kategorie gehören Ereignisse außerhalb der Persönlichkeit des Täters, also zum Beispiel die Trennungsabsicht der Lebenspartnerin. Da sind schon die friedlichsten und völlig unauffälligen Familienväter zu Berserkern geworden. Oder Schüler, die wegen eines Schulverweises oder wegen schlechter Noten Amok gelaufen sind. Zu den endogenen Faktoren, die als Auslöser für solche Taten gemeinhin gelten, zählen Drogen – und natürlich auch Dopingmittel. Diesbezüglich gibt es ja zumindest bei dem ersten Toten gewisse Anhaltspunkte.«

Tannenberg, der sich von derartigen Spekulationen schon längst verabschiedet hatte, wischte die Bemerkung mit einer Geste beiseite. »Quatsch, dafür existieren inzwischen keinerlei Anhaltspunkte mehr.«

»Wieso?«, fragte Michael Schauß. »Die gerichtsmedizinischen Befunde liegen doch noch gar nicht vor.«

»Trotzdem ist da nichts dran«, beharrte sein Chef auf seiner Meinung. »Oder glaubst du etwa, dass Rentner, die Freizeitsport betreiben, sich dopen?«

»Eva, etwas verstehe ich einfach nicht«, hakte Sabrina mit gekrauster Stirn nach. »Einerseits tötet der Sniper seine Opfer aus beträchtlicher Entfernung. Die Vorteile dieser Strategie liegen ja auf der Hand: Die große Distanz gewährleistet Schutz vor Entdeckung und bietet gleichzeitig sehr gute Fluchtmöglichkeiten.« Sie streckte den Rücken durch.

»Aber andererseits verlässt er diese relativ sichere Deckung und begibt sich zu seinen Opfern, bringt Kabelbinder an, vergräbt eines im Sand, platziert einem anderen eine Kugel auf dem Bauch und legt wieder ein anderes mühevoll mit dem Rücken auf eine Schranke – nur damit es so aussieht, als ob der arme Mann einen Fosbury-Flop gesprungen sei.«

»Genau das ist der springende Punkt, meine Liebe: Wenn man dieses Verhalten vor dem Hintergrund des Zehnkampfs, dem Zentralbestandteil seiner Inszenierung, sieht, ergibt es durchaus einen Sinn: Denn nur auf diese Art und Weise kann der Täter sicherstellen, dass seine Message auch bei uns ankommt.«

»Und wie soll die deiner Meinung nach lauten?«,

fragte Tannenberg, der immer noch nicht überzeugt schien.

»Der Täter will uns Folgendes mitteilen«, entgegnete Eva: »Leute, alle mal aufgepasst: Hier ist ein genialer Verbrecher am Werk. Ich spiele ein fieses, dreistes Spielchen mit euch, tanze euch auf der Nase herum. Und ihr könnt mich nicht packen, weil ihr immer zu spät kommt. Das ist wahrscheinlich auch der Grund dafür, weshalb er diese Morde in diesen relativ kurzen Zeitabständen begeht.«

»Damit will er uns nicht zur Ruhe kommen lassen, uns permanent unter Druck setzen, indem er uns von einem Tatort zum anderen hetzt.«

»Nicht nur das, Wolf«, bestätigte die Profilerin. Sie nahm einen Bleistift und ließ ihn über die Fingerkuppen rollen. »Dieser Täter agiert in einer Art Rauschzustand, der mit Allmachtfantasien, Größenwahn und dem Mythos der Unverwundbarkeit einhergeht. Ich bin mir ziemlich sicher, dass er die letzten fünf Tage ununterbrochen unter Strom stand und kaum geschlafen hat.«

»Widerspricht das denn nicht deiner These, dass unser Sniper ausgesprochen cool ist?«

»Nein, Wolf, ganz und gar nicht. Denn während der Tatausführung agiert er bestimmt emotionslos und kontrolliert, aber vorher und nachher wohl eher weniger. Er ist ja so etwas wie ein Künstler und die können dir von Lampenfieber ein Lied singen, egal wie lange sie schon im Geschäft sind.«

»Zeit für ein kurzes Zwischenresümee«, mischte

sich der Polizeipräsident ein: »Der gesuchte Serienmörder hat bei Militär, Polizei oder Geheimdienst eine hervorragende Spezialausbildung genossen. Er geht äußerst gezielt und kaltblütig vor, er hat kein Mitleid mit seinen Opfern. Er fühlt sich sicher und überlegen, kennt keine Angst. In einem Wort vereinigen sich alle diese Attribute: Profi. Wir haben es mit einem Profikiller zu tun.«

»Trotz dieser erschreckenden Erkenntnis sind wir einen wichtigen Schritt vorangekommen«, sagte Kriminaldirektor Eberle, »denn wir wissen nun, mit welch einem Täterprofil wir es aller Wahrscheinlichkeit nach zu tun haben. Und wir wissen darüber hinaus, was dieser Sniper vorhat: Nach einer Pause von ungewisser Dauer fünf weitere Morde zu begehen. Wer von Ihnen kennt die chronologische Abfolge der Disziplinen des zweiten Wettkampftages?«

Schweigend schrieb Tannenberg auf einen leeren Papierbogen:

110 Meter Hürden
Diskuswerfen
Stabhochsprung
Speerwerfen
1500-Meter-Lauf

Nach einer kurzen Kaffee- und Zigarettenpause diskutierten die Kriminalisten weitere Ermittlungsansätze, tauschten Informationen aus, erstellten Dienstpläne, erteilten Arbeitsaufträge und legten eine Strategie bezüglich der Einbindung der Presse zur Erhöhung des Fahndungsdruckes fest.

Kurz vor 16 Uhr erschien der Leiter der kriminaltechnischen Abteilung, Hauptkommissar Karl Mertel, abgehetzt im Lagezentrum. Er wirkte, als ob er in den Kleidern geschlafen hätte – und das nur wenige Stunden. Sein helles Baumwollhemd erinnerte an einen Faltenrock und wies unter den Achseln tellergroße Schweißflecken auf. Die sandfarbene Hose schien in ihrem bisherigen Leben noch nie ein Bügeleisen gesehen zu haben. Stoppelbart, ungekämmte Haarmähne, eingefallene Wangen, zerzauste Brauen, graue Augenränder – mithin ein äußeres Erscheinungsbild, mit dem er jede Clochard-Aufnahmeprüfung mühelos bestanden hätte.

»Ich hab jetzt fast 24 Stunden durchgearbeitet«, stieß er hechelnd aus. Er stemmte die Arme in die Hüften und pumpte den Oberkörper auf. »Aber ich hab sie.«

»Was hast du?«, wollte Tannenberg wissen.

»Ich hab die DNA des Täters.«

Ein paar Sekunden lang war es mucksmäuschenstill im großen Konferenzzimmer. Das anschwellende Stimmengewirr erstickte Tannenberg, indem er sich mit einem wahren Urschrei Gehör verschaffte. »Ruhe, Leute!«, brüllte er. An Mertel gerichtet fügte er in normaler Lautstärke an: »Los, erzähl schon, Mann.«

Aus der Brusttasche seines Hemdes zog Mertel einen kleinformatigen, durchsichtigen Asservatenbeutel hervor und hielt ihn mit ausgestrecktem Arm seinen Kollegen entgegen. »Dieses Haar muss vom Täter stammen.«

»Wieso muss?«

»Weil es nicht vom Opfer stammt.«

»Jetzt mal schön der Reihe nach.«

»Okay, Wolf. Zwei dieser Kopfhaare habe ich gestern Abend unter der Eisenkugel entdeckt. Zuerst hatte ich natürlich angenommen, dass sie vom Opfer stammen. Aber die DNA-Analyse hat dies nicht bestätigt.«

»Und wie sind sie dann dorthin gekommen?«

»Genau weiß ich das selbstverständlich nicht. Aber ich habe es mir folgendermaßen zusammengereimt: Die Kugel war nicht nur angerostet, sondern auch feucht. Deshalb konnten die beiden Haare daran festkleben. Ich nehme an, dass die Kugel im Rucksack des Täters oder beim Herausnehmen mit den Haaren in Berührung gekommen ist. Oder vielleicht auch, als der Täter sich über den Leichnam gebeugt und die Kugel abgelegt hat. Vielleicht hat er dabei seine Kapuze abgezogen.«

»Ich weiß nicht, Karl, ob du da nicht zu euphorisch bist. Mir erscheint es eher unwahrscheinlich, dass der Täter solch einen dilettantischen Fehler begangen hat. Er überlässt doch sonst nichts dem Zufall. Deshalb hat er schließlich auch diese Waldhütte abgefackelt. Dadurch wollte er verhindern, dass wir Haare oder sonstiges DNA-Material von ihm entdecken.«

»Trotzdem könnten sich seine Haare unbemerkt

an der Kugel angeheftet haben. Jeder Mensch verliert pro Tag zwischen 60 und 100 Haare«, gab Mertel trotzig zurück, obwohl ihn Tannenbergs Einwurf merklich verunsichert hatte.

»Unter Umständen gibt es eine ganz andere Erklärung dafür«, versetzte Eva. »Nehmen wir einmal an, der Täter hat die Haare absichtlich so deponiert, dass die Kriminaltechnik sie garantiert finden wird. Vielleicht will er uns ja unbedingt diesen entscheidenden Hinweis geben, um den Reiz seines Katz-und-Maus-Spiels zu erhöhen. Im Sinne von: Ätsch – auch wenn ihr meine DNA habt, könnt ihr mich nicht kriegen.«

»Glaubst du wirklich, dass dieser Typ so hoch pokert?«, fragte Tannenberg.

»Warum denn nicht, Wolf. Serientäter neigen zu solchen irrationalen Verhaltensweisen. Denk nur mal an das, was ich vorhin als Paradoxon des perfekten Verbrechens bezeichnet habe«, erwiderte die Kriminalpsychologin: »Der Täter will anonym bleiben und perfekte Verbrechen begehen, aber gleichzeitig sucht er die Öffentlichkeit, die ihn dafür bewundern soll. Auch wir, seine Häscher, sollen offenkundig wissen, wer der geniale Täter ist, der uns an der Nase herumführt.«

Wieder war es ganz einfach: John nahm den alten Mann ins Visier, atmete ruhig aus und drückte ab. Das Töten von Menschen fiel ihm nicht schwer.

Es war Routine, denn Töten war sein Beruf.

Er blieb noch zwei, drei Minuten in seinem Versteck sitzen, dann baute er die Waffe auseinander. In vollen Zügen genoss er dieses unglaublich intensive Gefühl von Stärke und Macht. Es hatte sich bisher jedes Mal eingestellt, kurz nachdem er getötet hatte. Er war geradezu süchtig nach diesem Rauschzustand. Neben solch einem Euphorieschub machte sich große Erleichterung in ihm breit, denn mit dem fünften Mordanschlag hatte er den ersten Teil seines Plans erfüllt.

Ich bin unsichtbar, genial, unantastbar, prahlte er in Gedanken. Ich habe allen bewiesen, dass mir nichts passieren kann. Immer und überall kann ich zuschlagen und anschließend unerkannt verschwinden. Auch wenn mich jemand sehen sollte, spielt das keine Rolle. Wie soll man mich denn schon beschreiben: mittelgroße, kräftige Gestalt, grüne Klamotten und Gesichtsmaske – das war's! Und mein Auto: Eine Allerweltskarre mit falschen Nummernschildern!

Schon bald werden sie im Radio und Fernsehen darüber berichten und morgen früh werden alle Zeitungen voll damit sein. Jeder wird davon erfahren – jeder! Und jeder wird sich fragen, welch ein Teufelskerl wohl dahinterstecken mag.

Als er in den frühen Abendstunden schweißgebadet und zitternd in seiner Wohnung in Mannheim erwachte, wurde er von hämmernden Kopfschmerzen gemartert. Er schleppte sich ins Bad und warf mehrere Pillen ein. Mit Hilfe der Medikamente hatte er die extremen Stimmungsschwankungen einigermaßen im Griff. Überall in seiner Wohnung lagen Schlafmittel, Antidepressiva, Schmerztabletten, Tranquilizer und Aufputschmittel herum – treue Wegbegleiter durch ein Leben, das seit Sommer letzten Jahres kein Leben mehr war.

Plötzlich verspürte er einen Bärenhunger. Er trottete in die Küche, öffnete eine Dose Bohneneintopf und erhitzte den Inhalt. Das ging schnell und es sättigte für längere Zeit. Während er die Nahrung wie ein ausgehungertes Raubtier in sich hinein schlang, wurde ihm bewusst, dass er heute noch überhaupt nichts in sein Tagebuch geschrieben hatte. Er stopfte sich noch einmal den Mund voll, dann notierte er die Tagesereignisse in chronologischer Reihenfolge.

Was für eine logistische Meisterleistung!, lobte er sich selbst. Welch ein begnadeter Schütze!

Mit stolzgeschwellter Brust schlenderte er in sein Arbeitszimmer und betrachtete zufrieden die Landkarte, die er an der Wand aufgezogen hatte. Darauf hatte er alle zehn Anschlagsorte mit gelben Kreuzen markiert und durch zwei dicke feuerrote Linien zu einem Fadenkreuz miteinander verbunden. Es sah aus, als ob jemand die Pfalz mit einem Zielfernrohr ins Visier genommen hätte. Die Koordinaten trafen exakt dort aufeinander, wo sich das geografische Zentrum der Pfalz befand – und wo gestern Abend eine ehemalige Pumpstation den Flammen zum Opfer gefallen war.

Schmunzelnd ging er ans Fenster und öffnete es sperrangelweit.

Er nahm einen tiefen Atemzug.

Auf dem Balkon direkt unter seiner Wohnung wurde gegrillt.

Der Geruch von gebratenem Fleisch stieg ihm in die Nase.

Er roch sein eigenes, verbranntes Fleisch.

In Panik schlug er das Fenster zu und verriegelte es mit letzter Kraft.

10

»Deine Psychologin hat ja ganz schön viel Holz vor der Hütte«, begrüßte Jacob seinen Sohn. Er spreizte dabei die Finger so, als wolle er sich zwei Handbälle auf die Brust drücken. »Wie war die denn so …«, er brach ab, räusperte sich, »auf der Matratze?«

Tannenberg war dermaßen geschockt angesichts dieses sexistischen Auswurfs, dass er sekundenlang überhaupt keinen Ton herausbrachte.

»Du hast sie doch damals poussiert und auch mit ihr geschnackselt – oder?«, ließ der Senior nicht locker.

Seinem Sohn war diese Angelegenheit nach wie vor ausgesprochen peinlich. Und nun auch noch diese unverblümte Anspielung. Völlig perplex wich er dem lüsternen Blick seines biologischen Erzeugers aus, drehte ihm den Rücken zu und schlurfte zur Kaffeemaschine.

»Wo ist denn Mutter?«, versuchte er abzulenken.

»Im Garten, Blumen holen.«

Jacob deutete zur Küchentür, in der just in diesem Moment Johanna von Hoheneck auftauchte. In ihren Händen hielt sie einen farbenprächtigen Strauß Herbstastern. Ihre Schwiegermutter folgte ihr auf dem Fuße.

Wolfram Tannenberg warf seinem Vater einen hektischen Blick zu, der nur eines bedeuten konnte: Ich flehe dich an, halt den Schnabel!

Doch wie es der Teufel wollte, unterhielten sich die beiden Frauen ausgerechnet über dieses Thema. Als Hanne die gemütliche Wohnküche betrat, sagte sie über die Schulter zu Margot: »Du solltest besser auf deinen Mann aufpassen. Am Ende lacht er sich noch diese nymphomanische Psychologin an.«

»Ja, ja, wenn eine alte Scheuer brennt«, gab Margot betont gelassen zurück. Während ein süffisantes Lächeln ihren Mund umspielte, schaute sie hinüber zu ihrem Mann, der wie immer zeitungslesend am Küchentisch saß. »Weißt du, Johanna, Appetit kann er sich ruhig wo anders holen, aber gegessen wird zu Hause.«

»Da muss es aber auch schmecken«, grinste Jacob.

In seiner Verzweiflung stellte Tannenberg eine Frage, die er ansonsten mied wie der Teufel das Weihwasser: »Vater, steht heute Morgen etwas Interessantes über meinen neuen Fall in der Zeitung?«

Jacob reagierte wie gewünscht. Er zog die *Bildzeitung* vom Tisch, fuchtelte damit herum und spannte das Titelblatt vor seinem Kopf auf.

»Da steht's: ›Pfalzkiller – zwei neue Opfer‹«, zitierte er den klotzigen Aufmacher.

Tannenberg schnappte sich die Zeitung und las kopfschüttelnd den effekthascherisch aufbereiteten Artikel. Anschließend nahm er die *Pfälzische Allgemeine Zeitung* und faltete sie auseinander.

Auch die *PALZ* bombardierte den Leser mit ähnlich plakativen Überschriften wie die Boulevardpresse. Sie berichtete höchstens einen Deut weniger tränenreich und sensationslüstern über die zu beklagenden Mordopfer und die Tragödien, welche die Attentate in deren Familien ausgelöst hatten. Auf Seite drei des Lokalteils fand er endlich, wonach er suchte.

Das haben sie ja ganz genau so gemacht, wie wir es wollten, freute er sich im Stillen.

Auf dieser Zeitungsseite waren exakt die Informationen abgedruckt, um deren Veröffentlichung die Kriminalpolizei bei der Pressekonferenz am gestrigen Abend gebeten hatte. Einer inhaltlich stark auf das Wesentliche reduzierten Pfalzkarte konnte man die fünf Anschlagsorte und die jeweils errechneten Tatzeiten entnehmen. Mit Hilfe von angebrachten Pfeilen war es dem Leser möglich, den chronologischen Ablauf der Mordserie zu rekonstruieren.

Die an den Beinen der Opfer angebrachten Zitate wurden ebenfalls der Leserschaft präsentiert. Anhand konkreter Fragen wurde die Bevölkerung um tatkräftige Unterstützung bei der Tätersuche gebeten. Nicht fehlen durfte selbstverständlich der Hinweis auf eine Belohnung in Höhe von 50.000 Euro, die zur Ergreifung des Täters ausgesetzt worden war.

Auf der nächsten Seite fanden sich unter der Überschrift ›Eine Stadt sucht Deckung‹ zahlreiche Experten-Ratschläge zum adäquaten Verhalten angesichts der nach wie vor extremen Bedrohungslage. In diesem Zusammenhang wurde nochmals eindringlich vor sportlichen Betätigungen jedweder Art im Freien, besonders auf Sportanlagen mit uneinsehbarem Randbereich gewarnt.

Es folgten die Empfehlungen eines ehemaligen Scharfschützenausbilders zum Verhalten im Alltag, welche die *Washington Post* 2002 als Reaktion auf die ›Beltway-Sniper-Attacks‹ veröffentlicht hatte:

In unübersichtlichem Gelände die Laufrichtung abrupt ändern.

Gehen, wo es dunkel oder schattig ist.

Deckung suchen, notfalls ein Kissen vors Gesicht halten, sofern es unvermeidlich ist, stehen zu bleiben.

Beim Tanken hinknien, um das eigene Profil zu verkleinern, selbst wenn dies lächerlich aussieht.

Bei Schüssen auf den Boden werfen.

›Kissen vors Gesicht halten‹, ›beim Tanken hinknien‹ – Blödsinn, so etwas unmodifiziert zu übernehmen, dachte Tannenberg voller Wut. Unser Sniper hat es doch nicht auf Tankstellenbesucher abgesehen, sondern auf Sportler. ›Bei Schüssen auf den Boden werfen‹ – so ein hirnloser Quatsch! Wenn man einen Schuss hört, ist es doch schon viel zu spät. Dann kann man nur noch hoffen, dass man nicht getroffen wurde. Außerdem schießt dieser Typ immer nur einmal!, hätte er am liebsten lauthals geschrien, aber um Nachfragen seines Vaters zu vermeiden, schluckte er seinen Unmut stumm hinunter.

Die Reaktionen der Bürger auf diese Anschlagsserie füllte eine ganze Seite der *PALZ* aus. Der Tenor der Statements war eindeutig und mit Begriffen wie ›Angst‹, ›Verzweiflung‹, ›Fassungslosigkeit‹ treffend zu umschreiben. In den meisten Leserbriefen wurde scharfe Kritik an den Ermittlungsbehörden geäußert. Die Polizei sei nicht in der Lage, die vor Entsetzen und Panik gelähmte Bevölkerung effektiv zu schützen, wurde in mehreren Beiträgen behauptet.

Damit habt ihr durchaus recht, stimmte Tannenberg tonlos zu. Nur, was sollen wir denn machen? Wir können doch nicht hunderttausende Menschen vor einem Profikiller beschützen. Der kann doch genau in diesem Moment schon wieder zuschlagen, während ich hier Zeitung lese. Sollen wir denn jedem eine schusssichere Weste anziehen?

Er musste unwillkürlich an eine kleine Kontroverse zwischen Dr. Hollerbach und der Kriminalpsychologin denken. Im Vorfeld der anberaumten Pressekonferenz hatte Eva davor gewarnt, den Täter mit erhöhter Medienaufmerksamkeit zu belohnen und ihn so möglicherweise zu weiteren Verbrechen anzustacheln. Der Oberstaatsanwalt hatte sich persönlich angegriffen gefühlt und Eva barsch darauf hingewiesen, dass *er* der Herr des Verfahrens sei. Tannenberg hatte sich ins Fäustchen gelacht, war er doch normalerweise der Adressat solcher profilneurotischer Attacken.

Dabei war der Hohl, Hohl, Hollerbach damals unglaublich scharf auf sie. Doch er hatte nicht die geringste Chance gehabt, bei ihr zu landen. Ganz im Gegensatz zu mir, freute er sich in Gedanken.

»Gestern hat sich im Tchibo ein alter Knacker am Nebentisch in unser Gespräch eingemischt«, beendete Jacob die Selbstbeweihräucherung seines Sohnes. »Er hat gesagt, dass er im Krieg einige Scharfschützen kennengelernt hätte. Das seien ohne Ausnahme mordlüsterne, eiskalte Verbrecher gewesen. Das Totschießen von Menschen hätte ihnen richtig Spaß gemacht.«

»Dass solche abartigen Kreaturen sich überhaupt Menschen nennen dürfen, ist wirklich ein Skandal«, bemerkte Johanna, während sie die Herbstblumen in eine Vase steckte und wässerte.

»Und das Schlimmste daran ist, dass diesen feigen Hosenscheißern noch nicht mal was passiert. Die knallen aus dem sicheren Hinterhalt Soldaten ab und müssen kein bisschen Angst haben, dass sie dafür bestraft werden«, stimmte Jacob zu. »Weil das im Krieg alles legal ist.«

»Wir sind aber nicht im Krieg, Vater«, protestierte Tannenberg.

»Ihr nicht, euer Gegner aber schon. Der befindet sich nicht nur im Krieg mit euch, der hat sogar den Krieg im eigenen Kopf.«

Die Frühbesprechung der Sonderkommission ›Sniper‹ war von Tannenberg auf Punkt 9 Uhr angesetzt worden. Zu diesem Zeitpunkt steckte der zuständige SOKO-Leiter noch in einem Pulk aufdringlicher Journalisten fest, die auf dem Pfaffplatz in Wohnwägen übernachtet und ihn vor dem Eingang abgefangen hatten. Die spektakuläre Mordserie hatte inzwischen bundesweit Aufsehen erregt.

Mehrere Fernseh- und Rundfunkanstalten berichteten in regelmäßigen Abständen live aus Kaiserslautern, dem vermuteten Lebensmittelpunkt des Serienkillers. Nur mit Unterstützung seiner uniformierten Kollegen gelang es Tannenberg schließlich, den Belagerungsring zu durchbrechen und das Dienstgebäude der Kriminalinspektion zu betreten.

Schimpfend hastete er die Treppe hinauf. Im Flur des K 1 traf er auf Johannes Zörntlein, der an einem Getränkeautomaten herumhantierte.

Tannenberg runzelte die Stirn und zog das Kinn zum Hals. »Was machst du denn hier? Ich dachte, du bist in Lyon.«

»Da war ich auch«, gab der wie aus dem Ei gepellte BKA-Beamte zurück. »Allerdings nur für ein paar Stunden. Ich hatte befürchtet, dass es länger dauern würde. Aber eigentlich haben die Kollegen nur dringend meinen Safeschlüssel gebraucht. Den hatte ich leider vor meiner Abreise nach Köln vergessen weiterzugeben.«

»Und den konntest du nicht einfach per Boten hinschicken?«

Er lachte auf. »Doch schon, Wolf. Nur hätte ich mir meine rechte Hand abhacken und mitschicken müssen. In der Interpol-Zentrale läuft nämlich ohne biometrische Verfahren überhaupt nichts mehr. Meinen Safeschlüssel kann ich nur mit meinem Handabdruck, der von einem Spezial-Scanner eingelesen wird, auf jemand anderen umkodieren.«

Tannenberg boxte Zörntlein leicht auf die Schulter. »Na, dann komm mal mit rein. Bist du eben erst angekommen?«

»Ja«, antwortete der Terrorismusexperte. In weiser Vorausahnung dessen, was Tannenberg nun sagen wollte, kehrte er abwehrend die Handflächen nach außen: »Du brauchst mich jetzt nicht auf den neuesten Stand der Dinge zu bringen, das hat Eva bereits getan.« Mit einem Augenzwinkern schob er nach: »Ich wohne jetzt im selben Hotel wie sie. In dem anderen hat es mir eh nicht gefallen.«

»So«, gab der SOKO-Leiter einsilbig zurück und legte die Hand auf die Türklinke.

»Da bist du ja endlich«, fuhr ihn Dr. Schönthaler an. Als er Zörntlein erspähte, verengten sich seine Augen zu engen Schlitzen. »Wir können den ersehnten Ermittlungsdurchbruch vermelden und du hältst stundenlange Schwätzchen mit der Presse.«

»Erstmal einen wunderschönen guten Morgen, die Herrschaften – so viel Zeit muss sein, mein lieber Herr Rechtsmediziner«, erklärte Tannenberg mit einem überheblichen Unterton. Man merkte ihm deutlich die Erleichterung über Zörntleins Rückkehr an. Immer wieder bedachte er den BKA-Ermittler mit einem schmunzelnden Seitenblick.

Dr. Schönthaler dagegen kochte innerlich vor Wut. Der zieht diese Show doch bloß wegen diesem albernen Hollywood-Kasper ab. Na, warte, mein Junge, Rache ist süß!, polterte es in seinem Innern.

»Was heißt denn eigentlich ›Ermittlungsdurchbruch‹?«, wollte der SOKO-Leiter wissen. »Ist euch inzwischen etwa die Identität des Täters bekannt?«

»Ja.«

»Was?«, stieß Tannenberg zischend aus. Verdutzt schaute er in die Runde seiner Kollegen, die ihm mit zustimmenden Kopfbewegungen antworteten. »Wieso denn das? Sagt bloß, irgendwo ist seine DNA gespeichert.«

Karl Mertel erhob sich von seinem Stuhl und reichte Tannenberg einen Fahndungsaufruf des Bundeskriminalamtes. Bei dem Gesuchten handelte es sich demnach um den 37-jährigen Thomas Rettler, der jedoch noch mehrere andere Namen benutzte. Ihm wurde zur Last gelegt, vor etwa einem halben Jahr in Bonn einen Doppelmord an einem Rentnerehepaar begangen zu haben. Seitdem war er flüchtig. Das BKA vermutete, dass sich der dringend tatverdächtige Mann auch im europäischen Ausland aufhalten könnte.

Tannenbergs Augen huschten über den Text. »Dieser Rettler hat zuerst eine Einzelkämpferausbildung bei der Bundeswehr absolviert und ist dann zur Fremdenlegion. Er wird als ausgesprochen gewalttätig und rücksichtslos beschrieben. Das ist garantiert unser Sniper«, verkündete er strahlend.

»Aber wo ist sein Motiv?«, fragte der Kriminaltechniker.

»Sein Motiv? Ach, Karl, das kann uns doch im Moment völlig Schnuppe sein. Die Hauptsache ist doch wohl, dass wir seine Identität kennen.« Tannenberg ballte die rechte Faust, reckte sie in die Höhe und legte dem neben ihm stehenden BKA-Beamten den anderen Arm auf die Schulter.

»Endlich haben wir eine heiße Spur!«, jubilierte er. »Also, los, Leute, auf geht's: Großfahndung! Ich informiere die Staatsanwaltschaft.« Er schaute hinunter zum Pfaffplatz, wo die Übertragungswagen und Campingbusse der Journalisten standen. »Dann kann der Hollerbach den Journalisten höchstpersönlich die freudige Nachricht überbringen.«

Gegen 15 Uhr 30 stürmte Kommissar Schauß in das Büro seines Vorgesetzten, in dem sich zu diesem Zeitpunkt auch Johannes Zörntlein aufhielt. »In Alzey wurde vor ein paar Minuten in der Nähe eines Sportplatzes …«

»Oh nein, nicht schon wieder«, stöhnte Tannenberg auf.

»Die Leiche eines Mannes aufgefunden, der sich in seinem Auto mit einem Kopfschuss getötet hat«, vollendete Michael Schauß.

»Und was hat das mit unserem Fall zu tun?«

»Die Halterabfrage hat ergeben, dass dieses Auto

auf einen gewissen Thomas Rettler, wohnhaft in Alzey, zugelassen wurde.«

Tannenberg schnellte wie eine Sprungfeder in die Höhe. »Gib Mertel Bescheid, wir fahren sofort hin! Und ruf Eberle an, er soll mit den Alzeyer Kollegen abklären, dass wir die Wohnung zuerst besichtigen können. Die sollen ihm ja nicht mit irgendeinem Zuständigkeits-Gelaber kommen. Das ist unser Fall – basta!«

»Okay«, antwortete der junge Kommissar und verschwand in seinem Dienstzimmer.

Eine knappe Stunde später trafen die Kriminalbeamten vor einem mehrgeschossigen, verschachtelten Gebäudekomplex im Südwesten Alzeys ein. Sie wurden von ihren Kollegen erwartet, die bereits den Hausmeister aufgetrieben hatten. Eberle hatte inzwischen mit dem Leiter der zuständigen Kriminaldirektion eine entsprechende Vereinbarung getroffen, nach der den Mitgliedern der SOKO ›Sniper‹ als Erste der Zugang zur Wohnung des mutmaßlichen Serienmörders gewährt wurde.

Nachdem der Hausmeister die Tür geöffnet hatte, betraten die Kaiserslauterer Beamten sowie Johannes Zörntlein die Wohnung. Tannenberg nahm dem Hausmeister den Schlüssel aus der Hand, schob ihn zur Seite und verschloss vor den Augen seiner staunenden Alzeyer Kollegen die Tür von innen.

Das Zwei-Zimmer-Apartment war gespickt mit militaristischen Utensilien und erinnerte an ein Feldlager. Bereits im Flur kroch einem dieser eigenartige, muffige Geruch in die Nase, den jeder kennt, der schon einmal an einem Bundeswehr-Biwak teilgenommen hat. Im Wohnzimmer hing ein großes Tarnnetz von der Decke herab.

Die Wände waren regelrecht tapeziert mit Rambo-Postern, Abbildungen von Bodybuildern und gerahmten, großformatigen Fotos, auf denen neben allem möglichen Kriegsgerät auch verschiedene Gruppen von Söldnern in Kampfanzügen abgebildet waren. Meist waren diese martialischen Gestalten bis zu den Zähnen bewaffnet und ihre Gesichter mit Tarnfarben bemalt. Auf einigen der Fotos war der Kopf eines ausgesprochen grimmig dreinblickenden Mannes mit einem roten Kreis umrandet.

»Das dürfte wohl dieser Rettler sein«, sagte Tannenberg eher zu sich selbst.

»Scheint so«, stimmte Schauß, der das Fahndungsfoto des Bundeskriminalamtes ebenfalls noch in Erinnerung hatte, leise zu. Zur Kontrolle zog er das Fax aus seiner Jacke und verglich es mit den Wandfotos. »Ja, das ist zweifelsfrei der Mann.«

»Schaut euch das hier mal an«, rief Karl Mertel vom Flur her. »Das ist ja interessant.«

In einer winzigen Küche, in der sich ungespültes Geschirr, geöffnete Dosen und anderer Unrat stapelte, lag auf einem kleinen Resopaltisch eine Pfalzkarte. Auf ihr waren die fünf Anschlagsorte mit schwarzen Kreuzen markiert.

»So ein elender Saukerl«, fauchte Tannenberg mit gefletschten Zähnen. »Der Typ kann froh sein, dass er sich selbst das Licht ausgeblasen hat. Wenn ich den lebend in die Finger gekriegt hätte.«

»Dieser Rettler hat offensichtlich über die Medien mitbekommen, dass wir ihn enttarnt haben«, meinte Zörntlein, den Blick starr auf die Wanderkarte gerichtet. »Und dann hat er allem ein Ende gemacht, bevor wir ihn uns schnappen konnten.«

»Hätte ich in seiner Situation wahrscheinlich auch getan«, murmelte Schauß. »Bei dem, was ihn noch so alles erwartet hätte.«

Mertel entdeckte auf einer Ablage den Personalausweis des Toten. »Tja, dann können wir diesen Fall nun erfreulicherweise als gelöst betrachten und ad acta legen«, sagte er, während er das Dokument in die Höhe hielt.

»Wobei er sich wohl eher ohne unser Zutun gelöst hat«, erwiderte Tannenberg in ungewohnter Bescheidenheit. »Gott sei Dank.«

»Puh, bin ich froh, dass wir ihn endlich haben«, seufzte Michael Schauß und ließ sich auf einen verschlissenen Küchenstuhl niedersinken.

Tannenberg klopfte dem Spurensicherer auf die Schulter. »Nicht auszudenken, wenn uns Kommissar Zufall nicht wieder einmal hilfreich unter die Arme gegriffen hätte. Und zwar diesmal, indem er dich mit deinen Adleraugen die Haare unter der Kugel hat entdecken lassen. Dieser Wahnsinnige hätte garantiert noch weitere unschuldige Menschen ermordet, nur um seinen perversen Zehnkampf-Plan zu vollenden.«

»Vielleicht aber auch nicht, denn auf der Karte sind nur diejenigen fünf Orte eingezeichnet, an denen er bereits zugeschlagen hat«, gab Schauß zu bedenken.

»Wahrscheinlich wollte er nach dem letzten Anschlag erstmal eine Verschnaufpause einlegen. Bestimmt wollte er abwarten, bis der Fahndungsdruck nachgelassen hat, und anschließend in aller Ruhe die Vorbereitungen für die zweite Staffel treffen.«

Zörntlein hatte sich zwischenzeitlich ins Wohnzimmer begeben und in einem natooliv gespritzten Spind herumgestöbert. Mit einem Büchlein in der Hand kehrte er in die Küche zurück.

»Hier ist sein Tagebuch«, verkündete er. »Der letzte Eintrag, datiert mit heute, 14 Uhr, lautet: ›Nun wissen sie, dass ich der Sniper bin. Aber sie kriegen mich nicht. Schade, denn ich war eigentlich noch nicht fertig.‹«

»Da hörst du's, Michael«, sagte Tannenberg.

Er nahm das braune Büchlein entgegen und las kopfschüttelnd die Einträge der letzten Tage. Sie schilderten weitgehend den Kenntnisstand, den mittlerweile auch die Kriminalpolizei besaß.

»Hier liegen auch die beiden Bücher herum, aus denen die Zitate stammen: ›Die Möwe Jonathan‹ und ›Also sprach Zarathustra‹«, ertönte Mertels Stimme aus dem Wohnzimmer. Dann vernahm man ein Bohrgeräusch und anschließend ein helles Quietschen.

Neugierig kamen die anderen zu ihm.

»Einen Waffenschrank hat der Kerl auch«, sagte der Kriminaltechniker. »Die Tatwaffe scheint jedoch nicht darunter zu sein.« Mertel hielt ein Päckchen in die Höhe. »Dafür aber das hier: Kaliber 7.62, Scharfschützenmunition.« Danach trat er zur Seite, damit seine Kollegen den Inhalt des massiven Metallspindes genauer inspizieren konnten.

»Das war ein richtiger Waffennarr«, bemerkte Zörntlein mit Blick auf das Arsenal vor seinen Augen.

»Gedopt hat er anscheinend auch«, rief Schauß aus dem Badezimmer heraus. »Da stehen Unmengen Anabolika und alles mögliche andere Zeug rum.«

Wolfram Tannenbergs Blick schwebte hinüber an die gegenüberliegende Wand, wo mehrere Poster mit muskelbepackten, eingeölten Bodybuilder-Körpern hingen. »Passt alles haargenau zusammen. Wie hat der Professor so schön gesagt: Es existiert ein unmittelbarer kausaler Zusammenhang zwischen der Einnahme von Dopingmitteln und der Durchführung schwerer Gewaltverbrechen«, zitierte er den Doping-Experten, bei dem er vor ein paar Tagen telefonisch Informationen eingeholt hatte. »Dieses Teufelszeug kann extreme psychische Veränderungen auslösen.«

»Damit haben wir nun endlich eine schlüssige Erklärung für diesen ganzen Wahnsinn gefunden.«

»Richtig, Johannes, die haben wir. Kommt, Jungs, dann lasst uns mal schleunigst nach Hause fahren und die frohe Botschaft verkünden.«

Auf Anweisung seines Chefs steuerte Michael Schauß das Zivilfahrzeug direkt vor den Eingang der Kriminalinspektion am Pfaffplatz. Sofort scharte sich ein Pulk Journalisten um den Leiter der SOKO ›Sniper‹. Seine beiden Kollegen konnten dadurch unbehelligt ins Gebäudeinnere entfleuchen.

Tannenberg hatte Zörntlein vorgeschlagen, gemeinsam mit ihm vor die Presse zu treten und den überraschenden Ermittlungsdurchbruch zu verkünden, doch der BKA-Beamte lehnte dankend ab. »Dann muss ich nur wieder diesen Clooney-Quatsch über mich in der Zeitung lesen, und dazu hab ich zurzeit einfach keine Lust«, gab er als Begründung an.

Seit vielen Jahren kultivierte Tannenberg eine tiefsitzende Aversion gegenüber Journalisten und vermied deshalb normalerweise jeglichen Kontakt mit ihnen. Doch diesmal verhielt es sich völlig anders. Zum einen deshalb, weil er aufgrund der erfreulichen Wende in seinem aktuellen Fall derart von einer euphorischen Stimmung beseelt war, dass er seine Erleichterung über diesen völlig unerwarteten Ermittlungsdurchbruch am liebsten bereits während der Rückfahrt per Megafon lauthals herausgeschrien hätte. Und zum anderen, weil er sich dazu entschlossen hatte, seinem Erzkontrahenten, dem profilneurotischen Oberstaatsanwalt genüsslich in die Suppe zu spucken und ihm die Selbstdarstellungsshow gründlich zu verderben.

»Meine sehr verehrten Damen und Herren, ich freue mich, Ihnen und Ihren Zuhörern bzw. Zuschauern mitteilen zu können«, posaunte er in einer geradezu staatsmännischen Pose hinaus, »dass der Spuk ein Ende hat.«

Ein Raunen ging durch die Menge, die Mikrofone und Diktiergeräte schoben sich so nahe an seinen Mund heran, dass er mühelos hätte in sie hineinbeißen können. Da ihn die grellen Halogenscheinwerfer der Kameramänner stark blendeten, musste er seine Augen mit der Hand beschirmen.

»Der mutmaßliche Serientäter, der innerhalb von nur wenigen Tagen fünf Menschen aus dem Hinterhalt erschossen hat, war psychisch offenbar am Ende und hat heute Morgen Suizid verübt«, fuhr er im Blitzlichtgewitter fort. »Die Indizienlage spricht eindeutig für die Täterschaft dieses Mannes, bei dem es sich um einen ehemaligen Fremdenlegionär handelt.«

»Name?«, fragte eine junge Frau.

»Motiv?«, rief eine Männerstimme.

Mit einer abwehrenden Geste versuchte Tannenberg die Meute zu beschwichtigen. Doch die hatte Blut geleckt und war kaum mehr zu bändigen. Es kam zu einer Rangelei zwischen Fotografen und Kameraleuten, bei der er, obwohl er schützend seine Hände vor den Kopf hielt, ein Mikrofon überbekam.

»Haben Sie bitte Verständnis dafür, dass ich Ihnen zum gegenwärtigen Zeitpunkt aus ermittlungstaktischen Gründen keine weiteren Auskünfte geben kann«, schrie er, während er sich mit den Armen rudernd einen Weg durch die brodelnde Menge bahnte.

Die zumeist zwangsrekrutierten Mitarbeiter der SOKO ›Sniper‹ trauten ihren Ohren nicht, als Tannenberg mit den spektakulären Neuigkeiten aufwartete. Damit war eine aufreibende und arbeitsintensive Verbrecherjagd bereits beendet, bevor sie eigentlich richtig begonnen hatte. Die allseits befürchteten Überstunden fielen nun nicht mehr an, die gestrichenen oder verschobenen Freizeitaktivitäten konnten wieder ins Auge gefasst werden und die Ehepartner und Kinder der Beamten würden erleichtert aufatmen.

Selbstredend musste diese überaus positive Entwicklung gebührend gefeiert werden. Sie bestellten bei einem Pizzaservice Essen und einige Polizeibeamte besorgten im nahegelegenen Supermarkt Getränke.

Tannenberg zog sich eine Weile in sein Büro zurück. Er telefonierte zuerst mit Hanne und dann mit seiner Familie, die ebenfalls sehr erleichtert reagierte. Tobias sprang vor Freude fast an die Decke, denn nun konnte er bereits morgen wieder mit der intensiven Vorbereitung auf den am Samstag abgebrochenen Wettkampf beginnen.

Sein Ziel hatte sich trotz der dramatischen Ereignisse nicht verändert: Nach wie vor wollte er so bald wie möglich den uralten Zehnkampf-Pfalzrekord des ehemaligen FCK-Profis Hans-Peter Briegel knacken. Und wenn er sich etwas in den Kopf gesetzt hatte, gab er nicht eher Ruhe, bis er das erreichte, was er sich vorgenommen hatte. In dieser Beziehung stand er seinem Onkel Wolfram in nichts nach.

Johannes Zörntlein hatte sich zum Frischmachen in sein Hotel verabschiedet, kehrte aber in Begleitung der Kriminalpsychologin rechtzeitig zur Pizzalieferung wieder in die Dienststelle am Pfaffplatz zurück.

»Na, meine liebe Eva, das mit deinem Geo-Profiling-Schnickschnack war wohl doch nix«, konnte sich Tannenberg nicht zurückhalten, als die beiden im großen Konferenzzimmer erschienen. »Von wegen ›Lebensmittelpunkt Kaiserslautern‹ – alles Psychologen-Quark! Die Wohnung des Snipers befindet sich in Alzey – und Alzey liegt meines Wissens noch nicht einmal in der Pfalz.«

Selbstverständlich hatte es sich Tannenberg nicht nehmen lassen, höchstpersönlich seine Vorgesetzten und die Staatsanwaltschaft von dem Selbstmord Thomas Rettlers und der erdrückenden Indizienlage gegen ihn zu informieren. Vor einer Viertelstunde hatte Susi Rimmel den Fernseher im Konferenzzimmer eingeschaltet. Bei einem Nachrichtensender flimmerte nun schon zum dritten Mal das Interview mit dem SOKO-Leiter über die Mattscheibe. Dr. Hollerbach siedete innerlich vor Wut angesichts dieser provokativen Bilder, doch er versuchte zähneknirschend gute Miene zum bösen Spiel zu machen.

Tannenberg hatte sich gerade sein zweites Weizenbier eingeschenkt, als er zum Telefon gerufen wurde. »Ich verstehe Sie kaum«, schrie er in den Hörer. »Warten Sie bitte, ich lege das Gespräch in mein Büro.«

»So, da bin ich wieder«, sagte er, nachdem er in seinem Ledersessel Platz genommen hatte.

Eine leise, gedämpfte Männerstimme, der man anmerkte, dass sie der Sprecher mit irgendeinem Tuch oder ähnlichem zu verfremden bemühte, meldete sich erst mit einer zeitlichen Verzögerung.

»Sind Sie der Chef-Ermittler in dieser ›Sniper‹-Sache?«, fragte der Anrufer. Diese Worte waren ihm nur sehr zögerlich über die Lippen gekommen.

Tannenberg gewann den Eindruck, als ob der Mann am anderen Ende der Leitung nicht so recht wusste, wie er fortfahren sollte. »Ja, der bin ich. Und Sie?«, fragte er in freundlichem, ruhigem Ton. »Mit wem spreche ich denn bitte?«

Nach einer Pause, in der Tannenberg lediglich ein knackendes Geräusch hören konnte, antwortete der unbekannte Anrufer mit zitternder Stimme: »Mein Name tut vorläufig nichts zur Sache.«

»Nun gut«, entgegnete der Kriminalbeamte. »Was haben Sie denn auf dem Herzen?«

Lautes, mehrmaliges Schnaufen.

»Der Mann, von dem die Medien gerade berichten, ist nicht der Sniper«, kam es gepresst aus der Hörmuschel.

Tannenberg war so perplex, dass er unwillkürlich lachen musste.

»Das ist wirklich nicht zum Lachen, sondern eher zum Heulen«, sagte die Männerstimme.

»Entschuldigung. Aber wie kommen Sie denn auf so etwas?«

»Sie nehmen mich anscheinend nicht ernst«, beschwerte sich der Anrufer. »Aber das sollten Sie, denn ich kenne den richtigen Täter.« Es entstand eine Pause, in der am anderen Ende der Leitung schmatzende Geräusche und dazwischen schnelle Atemzüge hörbar wurden. »Und das bringt mich in Lebensgefahr.«

Wieder verstummte der Mann für ein paar Sekunden.

»Sind Sie noch da?«

»Ja«, kam es gehaucht zurück.

»Wie kommen Sie denn darauf, dass ein anderer Täter hinter der Mordserie stecken könnte?«, wiederholte Tannenberg seine Frage.

»Das kann und will ich Ihnen am Telefon nicht sagen. Wir müssen uns unbedingt treffen.«

»Wann und wo?«, gab der SOKO-Leiter zurück.

»Sofort. Sind Sie alleine in Ihrem Zimmer?«

Reflexartig blickte sich Tannenberg um. »Ja, ja, das bin ich.«

»Gut. Sie müssen mir versprechen, dass Sie niemandem auch nur die kleinste Andeutung über unser Treffen machen. Und Sie dürfen den Ort, den ich Ihnen jetzt gleich nennen werde, nicht laut wiederholen. Kann ich mich darauf verlassen?«

»Ja«, erwiderte der Leiter des K 1.

Er wusste nicht, warum, aber dieser Mensch machte ihn neugierig. Wie so oft gehorchte er seinem Bauchgefühl, mit dem er in der Vergangenheit schon sehr oft richtig gelegen hatte. »Sie werden sicherlich verstehen, dass ich, bevor ich mich in mein Auto setze und was weiß ich wohin fahre, Sie um ein konkretes Indiz für Ihre Vermutung bitten muss.«

»Es ist keine Vermutung, sondern es ist die sehr konkrete Befürchtung, dass der Serienmörder weitermachen wird.«

»Dann werden Sie nun doch bitte mal konkret.«

Der Mann räusperte sich und senkte die Stimme ab. »Ich kenne eine Person, die sich John nennt und Fan der Möwe Jonathan ist. Diesem Buch hat sie übrigens ihren Kampfnamen entliehen. Diese Person, deren richtiger Name ich allerdings nicht kenne, hat mir vor ein paar Wochen exakt die Textstelle gezeigt, die bei dem Toten gefunden wurde. Und außerdem die aus dem Zarathustra, die bei dem anderen Opfer entdeckt wurde.«

»Weiter!«

»Ich muss aufhören. Es ist zu gefährlich.«

»Mir reicht das aber noch nicht«, beharrte Tannenberg.

»Diese Person war lange Zeit bei mir in Therapie. Sie leidet an PTBS.«

»Woran?«

»An einer posttraumatischen Belastungsstörung.«

»Wo können wir uns treffen?«

»In Bingen. Und zwar direkt am Zusammenfluss von Nahe und Rhein, dem sogenannten ›Rhein-Nahe-Dreieck‹. Haben Sie ein Navigationsgerät im Auto?«

»Ja.«

»Geben Sie einfach ›Bingen, Museumstraße‹ ein. Ich warte dort auf Sie. Und bitte keinen Ton zu irgendjemandem. Versprochen?«

»Versprochen.«

Gedankenversunken kehrte der SOKO-Leiter ins große Konferenzzimmer zurück, in dem nach wie vor eine ausgelassene Stimmung herrschte und wo inzwischen auch zu lauter Musik getanzt wurde. Er schlenderte zu einem Tisch, an dem Zörntlein und Eva saßen. Sie hatten ihm den Rücken zugewandt und plauderten angeregt miteinander. Tannenberg trat hinter die beiden, ging in die Hocke und legte beiden seine Hände auf die Schultern.

Zwei Köpfe fuhren herum zu ihm.

»Entschuldigt, dass ich euch störe, aber ich muss dringend weg«, erklärte er. »Ich habe gerade einen sehr interessanten Anruf erhalten.«

»Von wem denn?«, fragte Zörntlein.

Tannenberg beugte sich ein wenig weiter nach vorne und flüsterte: »Von einem, der behauptet, dieser Rettler sei gar nicht der Täter. Er aber kenne den wahren Sniper. Der sei bei ihm in therapeutischer Behandlung gewesen. Behaltet das aber bitte für euch. Wahrscheinlich ist der Mann ja nur ein Spinner, der sich aufspielen will. Trotzdem möchte ich mir lieber Gewissheit verschaffen.«

»Und wer war der Anrufer?«, wollte Zörntlein wissen.

»Mehr kann ich dir dazu leider nicht sagen, Johannes, ich hab's dem Mann hoch und heilig versprochen«, wisperte Tannenberg und verschwand daraufhin still und leise aus dem K 1.

11

Während seiner rasanten Fahrt über die A 63 in Richtung Mainz ließ Tannenberg den Inhalt dieses seltsamen Telefongesprächs noch einige Male gedanklich Revue passieren. Je mehr er darüber nachdachte, umso unsinniger erschien ihm sein überhasteter Aktionismus, der ihn mitten in der Nacht über die Autobahn jagte.

Welche angeblichen Beweise hat mir denn der unbekannte Anrufer für die Täterschaft dieser ominösen anderen Person präsentiert?, fragte er sich. Er hat mir zwar die richtigen Titel der Bücher genannt, aus denen die Zitate stammen. Aber das sind Informationen, die er genauso gut den Medien entnommen haben kann.

Und dieses Gelaber darüber, dass der wahre Sniper bei ihm eine Psychotherapie durchgeführt hätte? Das kann frei erfunden sein.

Vielleicht ist das ja auch eine Falle, schoss ihm plötzlich eine Leuchtrakete durch den Kopf. – Quatsch, alter Junge, du siehst mal wieder Gespenster! Obwohl … Mist, meine Dienstwaffe liegt in der Schreibtischschublade.

Er drosselte die Geschwindigkeit, setzte den Blinker und verließ an der Ausfahrt ›Bornheim‹ die A 61, auf die er kurz zuvor am Alzeyer Kreuz gewechselt war.

»Wenn möglich bitte wenden«, forderte die blecherne Computerstimme des Navigationsgerätes. »Wenn möglich, bitte wenden.«

»Halt die Schnauze!«, zischte er wütend.

Verflucht und zugenäht, was mach ich denn jetzt bloß?, pochte es unter seiner Schädeldecke. Und wenn doch etwas Wahres an dieser verrückten Geschichte dran ist? Wenn wir den Täter wirklich noch nicht haben und er weitere Morde begeht? Dann würde ich mir lebenslang Vorwürfe machen.

Angestrengt grübelte er über dieses Thema nach. Dann fasste er einen Entschluss: Ach, was soll's, wenn ich schon mal hier bin, kann ich auch noch die restlichen Kilometer bis Bingen weiterfahren. Ist ja gar nicht mehr weit. Außerdem: Rhein-Nahe-Dreieck bei Nacht, das ist doch mal was anderes als immer nur Kaiserslautern bei Nacht.

Etwa zwanzig Minuten später meldete die mechanische Navigatorenstimme »Zielort erreicht.«

Tannenberg parkte seinen Dienstwagen in der Museumstraße, schaltete sein Handy aus und folgte zu Fuß der Beschilderung ›Rheinufer‹. Sie geleitete ihn über die Salzstraße auf direktem Wege zu der nur schummerig beleuchteten Rheinpromenade. Als er den dunklen, träge dahingleitenden Strom erblickte, der sich wie eine zähflüssige Lavamasse in Richtung des Mäuseturms bewegte, erinnerte er sich unwillkürlich an Bruchstücke eines Tucholsky-Gedichts:

›Es fließt ein Strom durch's deutsche Land,
drin spiegeln sich Schlösser und Zinnen.
Alle Romantik hat hier ihr Revier,
und je lauter das Rheinlied, je kälter das Bier.
Es reimt sich der Rhein,
auf Schein und auf Sein‹.

Vielleicht ist wirklich alles nur Schein und dieser angebliche Therapeut hat sich nur einen üblen Scherz mit mir erlaubt. Mit flackerndem Blick inspizierte er die nähere Umgebung. Außer zwei älteren Frauen, die von riesigen Schirmen geschützt ihre Vierbeiner ausführten, konnte er weit und breit kein weiteres menschliches Lebewesen erspähen. Vielleicht sitzt der Kerl hier irgendwo in seinem Auto und lacht sich ins Fäustchen, während ich mir einen abfriere, schimpfte er im Stillen.

Das Wetter gebärdete sich zunehmend ungastlicher. Ein paar Kilometer vor den Stadttoren Bingens hatte es angefangen zu regnen. Und nun kam auch noch ein unangenehmer, schneidender Wind auf, der Tannenberg die Wassertröpfchen ins Genick wehte. Er hatte das Gefühl, als ob man ihn mit kleinen Nadeln pieksen würde. Ein kalter Schauder lief ihm den Rücken hinunter. Er schlug den Kragen seiner Lederjacke hoch, zog die Schultern empor und schüttelte sich.

»Brrr, was für ein elendes Scheiß-Spiel«, knurrte er.

Er passierte einen Anleger, an dem ein Ausflugsschiff der Rheinflotte scheinbar mühelos der starken Strömung trotzte. Einsam tuckerte ein schwer beladenes Lastschiff stromabwärts. Auf der hessischen Seite des Flusses verlief eine Bundesstraße, die jedoch zu dieser späten Abendstunde nur noch wenig frequentiert war.

Endlich erreichte er den Zusammenfluss von Nahe und Rhein. Irgendetwas zog ihn magisch zum Wasser hin. Da die Nahe in einem schrägen Winkel in den Rhein mündet, war diese Stelle der Uferpromenade weitgehend von Wassermassen umgeben. Er fühlte sich wie auf der Bugspitze eines Schiffes.

Er nahm einen flachen Kieselstein und warf ihn so geschickt, dass er ein paar Mal über die Wasseroberfläche hüpfte und anschließend in den trüben Fluten versank. Tannenberg schloss die Augen und lauschte eine Weile dem melodischen Plätschern, dann schöpfte er tief Atem, dehnte seinen übermüdeten, steifen Körper und drehte sich schließlich um.

Erschrocken fuhr er zusammen. Vor ihm stand ein Bär von einem Mann. Er war knapp zwei Meter groß, wog schätzungsweise 120 Kilogramm und erinnerte ihn nicht zuletzt aufgrund seines dichten schwarzen Vollbartes unweigerlich an Bud Spencer. Während der circa 50 Jahre alte Mann aufgrund seiner äußeren Erscheinung wie der sprichwörtliche Fels in der Brandung wirkte, so erweckte sein graues, von wilden Zuckungen malträtiertes Gesicht unweigerlich den Eindruck eines Angstneurotikers kurz vor dem psychischen Kollaps.

»Herr Tannenberg?«

»Ja, der bin ich.«

»Sind Sie sicher, dass Ihnen niemand hierher gefolgt ist?«, wisperte der Mann, während er sich hektisch nach allen Seiten umblickte.

»Ja, ja, das hätte ich garantiert bemerkt«, erwiderte Tannenberg, obwohl er bis zu diesem Zeitpunkt nicht einen einzigen Gedanken an diese Möglichkeit verschwendet hatte. »Wer sollte mir denn auch hierher gefolgt sein?«

»Da kämen einige in Frage«, antwortete der Hüne geheimnisvoll. »Gestatten Sie mir bitte, mich zu vergewissern, dass Sie kein Aufnahmegerät am Körper tragen.«

»Aufnahmegerät?«, wiederholte Tannenberg mit verdutzter Miene. Wie in Trance hob er widerstandslos die Arme und ließ sich seinen Körper von dem ihm völlig unbekannten Mann abtasten.

»Sie sind offensichtlich sauber. Gut, danke.«

»Ich komme mir gerade vor wie in einem Agententhriller«, versuchte der Kriminalbeamte die ebenso groteske wie angespannte Situation ein wenig aufzuheitern.

»Das ist es auch«, gab der Mann mit ernstem Gesichtsausdruck lapidar zurück. »Kommen Sie, wir gehen zu meinem Auto.«

Tannenberg folgte der riesenhaften Gestalt zu einem schwarzen 5-er BMW älterer Bauart und nahm auf dem Beifahrersitz Platz.

»Schnallen Sie sich bitte an. Wir fahren raus aus

der Stadt und suchen uns ein Plätzchen, wo wir uns ungestört unterhalten können.«

Während der angebliche Therapeut mit ängstlichen Blicken den Rückspiegel im Auge behielt, steuerte er seinen Wagen über die Nahebrücke zur B 9 und von dort aus in ein abseits der Bundesstraße gelegenes Waldgebiet. Allmählich wurde Tannenberg schon ein wenig mulmig zumute.

Der verhält sich ja gerade so, als ob er mich gleich vergewaltigen will, dachte er. »Sie werden mir ja jetzt hoffentlich nicht an die Wäsche gehen wollen, mein unbekannter Freund, oder täusche ich mich da?«

Der mit Jeans, hellbraunem Hemd und einem beigefarbenen Pullunder bekleidete Mann antwortete nicht, sondern brachte den BMW zum Stillstand. Er löschte das Fahrlicht, schaltete den Motor aus und ließ die Seitenscheibe herunter. Einen Augenblick lang war es stockfinster im Auto. Gleich darauf glimmte die Innenbeleuchtung auf und ein fahler, gelblicher Lichtschein fiel auf das Armaturenbrett.

Der Fahrer legte den Zeigefinger auf die Lippen und zischte in seinen ausströmenden Atem hinein »Psscht.« Angestrengt lauschte er hinaus in die Dunkelheit. Doch außer den gruseligen Schreien eines Waldkauzes und entferntem Straßenverkehr hörte man nichts. Ein Schwall herbwürziger, feuchter Waldluft drang in den Innenraum des Fahrzeugs und erfüllte ihn mit einem erdigen Duft. Das Seitenfenster fuhr nach oben und rastete mit einem satten Geräusch ein.

»So, jetzt kann man uns von außen fast nicht mehr hören.«

Der Typ hat Verfolgungswahn, dachte Tannenberg bei sich.

»Es scheint uns niemand gefolgt zu sein«, konstatierte der Mann sichtlich erleichtert. »Gott sei Dank«, seufzte er und blies dabei die Backen wie ein Kugelfisch auf. »Aber sicherheitshalber mache ich lieber das Licht aus.«

»Es könnte uns ja ein Scharfschütze beobachten«, lachte Tannenberg, der seinen Gesprächspartner noch immer nicht einschätzen konnte.

»Darüber sollten Sie in Anbetracht der Opfer keine Scherze machen.«

»Sie haben recht, Pardon.«

Es dauerte ein paar Sekunden, bis sich ihre Augen an die Dunkelheit gewöhnt hatten. Da das Auto mitten auf einem breiten Fahrweg stand, war es nicht völlig finster, sondern die astfreie Schneise über ihnen gab den Blick auf ein schwarzgraues Gewölk frei. Ab und an riss die Wolkendecke sogar auf und fahles Mondlicht beschien den schwarzen BMW.

»Sie machen's aber wirklich spannend, mein Freund. Nun lassen Sie bitte endlich Ihre angeblich so hochbrisanten Informationen raus«, forderte der SOKO-Leiter. »Ich muss schon gestehen, dass ich allmählich etwas ungeduldig werde.«

»Dafür habe ich durchaus Verständnis, das können Sie mir glauben. Aber diese Vorsichtsmaßnahmen sind unbedingt erforderlich. Denn wenn jemand davon erfährt, dass ich mich mit Ihnen getroffen habe und was ich Ihnen gleich erzählen werde …«

Er stockte und schluckte trocken. Bevor er weitersprach, trank er einen großen Schluck Wasser. Er hatte alle Mühe, seine aufsteigenden Emotionen im Zaum zu halten. Er griff Tannenbergs Hand und drückte sie fest. »Ich habe eine Heidenangst.« Er schniefte, zückte ein Taschentuch und schnäuzte sich trompetenartig die Nase. »Vor allem um meine Familie.«

Tannenberg atmete erleichtert auf, als sich die schweißnasse, eiskalte Pranke von seiner Hand wieder entfernte. Er schwieg, weil er hoffte, dadurch den Familienvater zum Weitersprechen zu bringen. Doch der wiegte nur stumm den Kopf hin und her. Mit zusammengekniffenen Augen nagte er am Ballen seines Zeigefingers herum und knetete das stark behaarte Kinn.

»Ich weiß einfach nicht mehr, was ich tun soll«, stöhnte er. »Wenn ich Ihnen sage, was ich weiß, komme ich in Teufels Küche. Die braten mich am Spieß, wenn sie das spitzkriegen.«

»So weit muss es doch gar nicht erst kommen. Ich sage Ihnen hundertprozentige Diskretion zu. Auf mein Wort können Sie sich wirklich verlassen«, versprach der SOKO-Leiter, der nach wie vor felsenfest davon überzeugt war, mit Thomas Rettler den richtigen Täter identifiziert zu haben.

Der BMW-Fahrer gab ein höhnisches Grunzgeräusch von sich. »Sie haben gut reden. Nicht genug, dass ich meine Schweigepflicht und meinen Diensteid breche, den Ehrenkodex meines Berufsstandes verletze, einen Geheimnisverrat begehe, der zur sofortigen Kündigung und Ächtung führen wird, und und und … Mit alldem könnte ich zur Not sogar noch leben. Aber wenn die Wind davon bekommen, ist mein Leben keinen Pfifferling mehr wert. Und zudem gefährde ich meine Familie. Das ist das Schrecklichste an der ganzen Sache. Was würden Sie an meiner Stelle tun?«

Diese Frage versetzte Tannenberg einen kräftigen Schlag in die Magengrube. Er dachte an die Entführung der kleinen Emma vor etwa zwei Jahren, während der er alles, aber auch *alles* getan hätte, um das Leben des Mädchens zu retten und seine Familie vor Unheil zu bewahren.

Der Kriminalbeamte seufzte tief. »Ich weiß es nicht.«

Bei dem potenziellen Informanten löste diese Antwort Erstaunen aus. Mit solch einer verständnisvollen, ehrlichen Antwort hatte er offenbar nicht gerechnet.

»Was für ein bescheuertes Dilemma!«, fluchte er. »Wenn ich Ihnen nichts sage, muss ich damit rechnen, dass ich für den Tod weiterer unschuldiger Menschen mitverantwortlich bin.« Sein Atem beschleunigte sich. »Und damit kann ich genauso wenig leben.«

Wie lange soll denn dieser Eiertanz noch weitergehen?, fragte sich Tannenberg und entschloss sich kurzerhand zu einem Strategiewechsel: »Ich denke, Sie sollten jetzt endlich die Katze aus dem Sack lassen. Wenn Sie das nicht tun, werde ich Sie offiziell vorladen und dann bekommen Ihre Vorgesetzten garantiert etwas davon mit. Von der Presse ganz zu schweigen.«

Die Gesichtszüge des Mannes erstarrten. »Sie wollen mir drohen?«, keuchte er. »Eben haben Sie mir noch absolute Diskretion zugesichert.«

Damit hast du natürlich recht, stimmte Tannenberg insgeheim zu. »Nein, ich möchte Ihnen nicht drohen«, versuchte er zu beschwichtigen. »Ich möchte Sie nur dazu bringen, mir endlich zu sagen, wer nach Ihrer Meinung der richtige Sniper sein soll. Nennen Sie mir einfach seinen Namen und dann nehmen wir uns diesen Herrn mal anständig zur Brust. Mehr brauchen Sie gar nicht zu tun.«

»Ich kann Ihnen seinen Namen nicht sagen, weil ich ihn nicht kenne. Ich weiß nur, dass er sich John nennt. Nach dieser Möwe Jonathan.«

»Scheiß Möwen, diese Viecher konnte ich noch nie ausstehen«, fauchte Tannenberg. Er klatschte in die Hände, worauf sein Nebenmann zusammenzuckte. »Mensch, kapieren Sie's noch immer nicht? Falls Sie mit dem, was Sie behaupten, tatsächlich recht haben sollten, wäre dies ein absolutes Horrorszenario. Das würde nämlich nichts anderes bedeuten, als dass dieser Psychopath immer noch frei herumläuft.«

Von wegen, der liegt friedlich beim Doc auf der Pritsche und freut sich aufs Formalin, grinste der

Kriminalbeamte in sich hinein. Trotzdem spielte er weiter sein Spielchen mit dem vermeintlichen Top-Informanten:

»Wahrscheinlich bereitet der Sniper gerade den zweiten Durchgang seines perversen Tontaubenschießens vor, während meine Kollegen in Kaiserslautern nichts ahnend die Ergreifung des mutmaßlichen Täters feiern«, erhöhte Tannenberg den Druck auf seinen Nebenmann. »Und das wiederum hätte zur Folge, dass Sie schon bald den Tod von fünf weiteren Menschen auf dem Gewissen haben werden. Sie allein!«

»Auf dem Gewissen …«, wisperte der angebliche Therapeut.

»Also, reden Sie endlich!«

Der beleibte Mann fixierte Tannenberg mit einem traurigen Blick, doch der ließ sich nicht beeindrucken. Er rammte der bärenhaften Gestalt die Schulter in die Seite und forderte in scharfem Ton: »Los, geben Sie sich einen Ruck und erzählen Sie mir, was Sie wissen.«

Nach einem langen Stoßseufzer packte der Fahrer mit beiden Händen das Lenkrad und richtete seinen Oberkörper auf. Anschließend streckte er Tannenberg die rechte Hand hin. »Also gut: Mein Name ist Dr. Helmut Kronenberger. Ich bin Oberstabsarzt und Psychologe am Bundeswehr-Krankenhaus in Koblenz.«

Tannenberg verspürte den spontanen Impuls, die Hacken zusammenzuschlagen und während eines militärischen Grußes den eigenen Rang und Namen hinauszuschreien, doch er ersparte sich und seinem Nebenmann diese Albernheit. Zumal der Herr auf dem Fahrersitz im Gegensatz zu ihm noch immer nicht zum Scherzen aufgelegt zu sein schien. Nervös knibbelte Kronenberger an seinen Fingern herum. Offenbar wusste er nicht so recht, womit er beginnen sollte.

Der Leiter der SOKO ›Sniper‹ kannte diese Startschwierigkeiten aus vielen Verhörsituationen. »Nur Mut, Herr Oberstabsarzt. Fangen Sie einfach mal an zu erzählen. Ich frage nach, wenn ich etwas genauer wissen möchte«, erklärte er mit ruhiger, verständnisvoller Stimme.

»Also gut.« Nach einem tiefen, leidgetränkten Atemzug gebar der Bundeswehr-Offizier nun endlich das, was ihn seit Tagen bedrückte: »Wie Sie sicherlich wissen, behandeln wir Soldaten, die bei den Auslandseinsätzen unserer Streitkräfte Verletzungen und Verwundungen erlitten haben. Darüber hinaus kümmern wir uns selbstverständlich auch um die psychischen Folgeschäden.«

»Therapie von Kriegstraumata.«

»Ja, unter anderem. Das ist mein Spezialgebiet.«

»Und was hat das mit diesem ominösen John zu tun?«, fragte Tannenberg.

»Wie ich schon am Telefon angedeutet habe, war John einer meiner Patienten.«

»Was heißt ›war‹?«

Kronenberger atmete schwer. Er faltete die Hände

so, dass die Daumen ein Kreuz bildeten. »John hat vor etwa zwei Monaten die Therapie plötzlich eigenmächtig abgebrochen.«

»Weshalb denn das?«

»Er hat mich angerufen und mir lapidar mitgeteilt, dass ich ihm bei der Bewältigung seiner Probleme nicht mehr weiterhelfen könne und er sich nun selbst therapieren werde. Er habe dazu einen Plan entwickelt und werde von nun an den steinigen Weg alleine gehen. Übrigens hat er mich zwei Wochen später nochmals angerufen und behauptet, er werde observiert und bedroht. Deshalb versuche er sofort unterzutauchen.«

Der Psychologe seufzte tief. »Diese Elitesoldaten verstehen nämlich keinen Spaß, müssen Sie wissen. Ihr Ehrenkodex lautet: ›Auf Verrat steht Tod‹. Für Alleingänge gibt es nicht das geringste Verständnis: ›Das Individuum stirbt, das Team überlebt‹, wird ihnen vom ersten Tag an eingetrichtert.«

»Man meint ja gerade, Sie seien selbst dabei gewesen.«

»War ich auch, zumindest habe ich die Spezialausbildung durchlaufen. Darum weiß ich nur zu gut, wovon ich rede. Aber ich war nicht hart genug.« Er stockte, suchte offenbar nach einem bestimmten Wort. »Besser gesagt, ich war nicht verrückt genug für diesen Job. Deshalb habe ich umgesattelt und kümmere mich seitdem als Therapeut um unsere armen Jungs. Viele von ihnen kehren irgendwann traumatisiert von ihren Einsätzen zurück. Einsätze, die unser aller Freiheit schützen und bewahren.«

»Unsere Freiheit, die am Hindukusch verteidigt wird.«

»Richtig. Das ist auch mehr als notwendig, denn heutzutage liegen die Orte der Verbrechensvorbereitung weit entfernt von den Orten der Attentate.«

Tannenberg brummte.

»Aber zurück zu meinem Arbeitsgebiet: Die schrecklichen Erlebnisse bei den Kampfeinsätzen haben aus unseren Soldaten häufig gebrochene Männer gemacht. Sie finden sich oftmals im normalen Leben nicht mehr zurecht.« Er rückte seine randlose Brille gerade. »Am allerschlimmsten ist für diese Elitesoldaten übrigens die Tatsache, dass sie ausgemustert wurden, weil sie nicht mehr belastbar sind und als nicht mehr einsatztauglich definiert werden.« Der Psychologe kam immer mehr in Fahrt.

»Dieses persönlichkeitszerstörende Gefühl, nicht mehr dazuzugehören, wertlos zu sein, treibt nicht wenige von ihnen in den Selbstmord. Urplötzlich stehen sie vor den Trümmern ihres Lebens, sind beziehungsunfähig, unglücklich, fühlen sich innerlich bedroht. Und irgendwann schlägt diese Unsicherheit, diese Angst und dieses ständige Gefühl der Bedrohung in Aggression und Gewalt um – gegen sich selbst oder gegen andere.«

»Dann wurde dieser John wohl auch ausgemustert.«

»So ist es. Und ich kann Ihnen versichern, dass

er darunter gelitten hat wie ein Hund. Deswegen war die Therapie ja auch so eminent wichtig für ihn. Wir waren auf einem richtig guten, Erfolg versprechenden Weg. Und dann bricht er die Therapie einfach ab, von dem einen auf den anderen Tag. Ich habe seine Entscheidung sehr bedauert, denn Patienten mit solchen fürchterlichen Schicksalsschlägen wachsen einem richtig ans Herz. John ist im Grunde seines Herzens nämlich ein sensibler, gutmütiger Mensch.«

»Mir kommen vor Mitgefühl wirklich gleich die Tränen«, höhnte der Kriminalbeamte. »Wenn Sie mit Ihrer Behauptung recht haben sollten, was ich ehrlich gesagt immer noch bezweifle, wäre dieser Typ ein skrupelloser Serienkiller. Sie reden ja gerade so, als ob es sich bei solch einem Verbrecher um ein missbrauchtes Kind handeln würde. Und dann bringen Sie auch noch großes Verständnis für ihn auf – das geht mir eindeutig zu weit, kann ich da nur sagen!«, ließ Tannenberg seiner Empörung freien Lauf.

Kronenberger schwieg.

»Also, Sie sind mir vielleicht ein komischer Kauz«, setzte Tannenberg noch eins drauf. Sein lang gezogenes Grunzen hätte jedem Wildschwein zur Ehre gereicht. »Sich selbst therapieren? Was soll das überhaupt heißen?«

Der Psychologe schaute seinen Beifahrer verwundert an. »Aber das liegt doch auf der Hand. Er will sich durch diese Mordserie von seinem Trauma befreien.«

Tannenbergs Kinnlade fiel herab. Mit offenem Mund stierte er den Oberstabsarzt an. »Serienmord als Therapie?«

»Ja, so verrückt es für einen Laien auch klingen mag, aber aus psychologischer Sicht besteht durchaus die Möglichkeit, dass er damit Erfolg haben könnte.«

»Das glaube ich nicht.«

Nickend stieß Dr. Kronenberger einen Schwall Luft durch die Nase. »Es ist aber so, ob es uns nun passt oder nicht.« Mit den Fingern der linken Hand durchfurchte er seine Naturlocken.

»Aber das ist doch nicht normal.«

»Diese Elitesoldaten sind auch nicht normal, jedenfalls nicht nach bürgerlichen Maßstäben. Diese jungen Männer werden aus Abenteuerlust zur Bundeswehr oder zur Fremdenlegion getrieben. Dort absolvieren sie eine knallharte Spezialausbildung, die sie zu Kampfmaschinen umfunktioniert. Nur die besten, tapfersten und zähesten werden für die Eliteeinheiten ausgewählt.« Der Psychologe zupfte seufzend an seinem Ohrläppchen.

»In ihren späteren, meist streng geheimen Einsätzen, sogenannten ›High-Risk-Operations‹, blicken sie tagtäglich dem Tod ins Auge. Diese Jungs sind Adrenalin-Junkies, gierig nach Extremsituationen. Dabei spielt Macht und deren Ausübung eine zentrale Rolle. Sie besitzen die Macht, Menschen zu töten, und das verschafft ihnen triumphale Rauschzustände, die sie so oft wie möglich wiederholen wollen. Sie sind Drogensüchtige, immer auf der Suche nach dem nächsten Kick.«

»Verstehe ich das richtig: Bei diesen Typen ist es üblich, dass ein Mord emotionale Hochstimmung in ihnen auslöst?«

»Ja, so ist es. Dieses Gefühl haben sie mir gegenüber schon oft geäußert. Durch ihre – wie sie selbst meinen – kühnen, mutigen, genialen Taten treten sie aus der Masse hervor und können endlich beweisen, was in ihnen steckt. Dabei sind gerade die Heckenschützen, zu denen auch John gehörte, eigentlich ausgesprochen feige, heimtückische Mörder. Denn sie töten aus einer sicheren Deckung heraus und können meist vom Feind nicht gesehen oder erreicht werden.«

»Das ist ja wirklich starker Tobak, was Sie mir da gerade präsentieren.«

»Ich weiß, aber es ist leider die Realität.«

»Eine Realität, von der die breite Öffentlichkeit nichts weiß.«

»Nichts wissen will, würde ich behaupten. Man möchte zwar vor dem internationalen Terrorismus wirkungsvoll geschützt werden, aber bitte mit Friedenstäubchen und Blumensträußen in den Gewehrläufen. Nicht mit illegalen Kampfeinsätzen, die in der Praxis ja nichts anderes sind als Vernichtungseinsätze zur Eliminierung von Feinden, die unsere Freiheit, unsere Kultur und unseren Wohlstand bedrohen. Auch mit Hilfe von Scharfschützen, die zu nichts anderem als zum Töten ausgebildet wurden.«

Einige Sekunden lang wanderte das Schweigen zwischen den beiden Männern hin und her.

»Aber was spielt sich im Kopf eines solchen Elitesoldaten ab, der aus einem Hinterhalt heraus andere Menschen tötet?«, wollte Tannenberg mit belegter Stimme wissen. »Was geht in einem Heckenschützen vor, wenn er auf der Lauer liegt, um aus sicherer Entfernung einen Menschen zu liquidieren? Wie kann er damit nur weiterleben?«

»Die Empfindungen in diesen Extremsituationen und deren Auswirkungen auf die Psyche des jeweiligen Kämpfers sind sicherlich von Person zu Person verschieden. Aber sie lassen sich mit den Symptomen, die ich Ihnen eben geschildert habe, einigermaßen umreißen. Wobei ich das Gefühl hatte, dass John stärker als andere darunter gelitten hat, dass man ihn wie eine heiße Kartoffel hat fallen lassen. Vielleicht will er mit diesem Amoklauf allen beweisen, dass er der beste Scharfschütze weit und breit ist und man ihn völlig zu Unrecht ausgemustert hat.«

»Nun mal langsam und der Reihe nach. Was wissen Sie Konkretes über diesen Mann? Wo wohnt er, hat er Familie, wie sieht er aus?« Tannenberg schürzte die Lippen. »Wieso kennen Sie eigentlich seinen Namen nicht, wenn er doch ihr Patient war?«

»Ich kann alle diese Fragen zusammenfassend beantworten: Ich weiß deshalb weder den richtigen Namen noch andere personenbezogene Dinge von John, weil diese Person, die ich zu therapieren versucht habe, offiziell überhaupt nicht existiert.«

Tannenberg bemerkte erst jetzt, dass er immer noch angegurtet war. Er befreite sich von seinem Sicherheitsgurt und lehnte sich mit dem Rücken an die Beifahrertür. So konnte er den Psychologen besser ins Visier nehmen, ohne andauernd den Kopf bis zum Anschlag zu ihm hindrehen zu müssen, was ihm bereits Genickschmerzen verursachte.

»Sie erwarten jetzt nicht von mir, dass ich Ihnen gedanklich folgen kann«, sagte er.

Ein kurzes Schmunzeln huschte über Kronenbergers Gesicht, doch gleich darauf verfinsterte sich seine Miene wieder. »Genau darin besteht ja mein Problem. Bei John handelt es sich eben nicht um einen gewöhnlichen Soldaten. Wenn er dies wäre, hätte ich selbstverständlich seine persönlichen Daten in meiner Akte stehen.«

Der Bundeswehr-Psychologe presste so fest die Zahnreihen aufeinander, dass seine Zähne knirschten als kleine Erhebungen unter der Wangenhaut abzeichneten. »Aber von John habe ich nichts, rein gar nichts. Was sehr dafür spricht, dass er in streng-geheimer Mission agiert hat.« Er warf die Stirn in Falten und korrigierte sich: »Obwohl, etwas weiß ich doch von ihm. Er hat eine auffällige Tätowierung am Bein: zwei bunte Skorpione. Die hab ich einmal kurz gesehen. Aber sonst nichts. Ja, ich weiß noch nicht einmal, wie er aussieht.«

»Was? Wieso denn das? Ich dachte, Sie …«

»Er trug stets eine Gesichtsmaske«, schnitt ihm der Oberstabsarzt das Wort ab. »Außerdem wurde er bei jeder Sitzung von einem Mann begleitet, der streng darauf geachtet hat, dass er sie nicht abnahm.«

»Von wem wurde er begleitet?«

Ein bitteres Lachen erklang. »Keine Ahnung. Der andere war ebenfalls maskiert.« Kronenberger blickte sich ängstlich nach allen Seiten um, doch im Wald und auf dem Forstweg war es nach wie vor ruhig und friedlich. »Vielleicht einer vom MAD, vom BND oder von sonst wem«, schob er nach.

»Ist so etwas beim Militär üblich?«

Dr. Kronenberger kicherte. »Gott behüte, nein. Wo kämen wir denn da hin. Wie im Zivilbereich ist die Klienten/Therapeuten-Beziehung auch bei uns eine duale und unterliegt dem Siegel der strengsten Verschwiegenheit.«

»Aber in Ihrem Fall war ein anderer mit dabei.«

»Ja, und der ist sofort eingeschritten, wenn John dazu ansetzte, etwas zu sagen, was er offensichtlich nicht sagen sollte.«

»Das glaube ich alles einfach nicht«, versetzte Tannenberg. »Warum haben Sie dieses Kasperletheater denn überhaupt mitgemacht?«

»Weil es einen entsprechenden Befehl dazu gab. – Und weil ich ein Experte für solche schwierigen Fälle bin«, ergänzte er nach einer kleinen Pause. »Stark traumatisierte Patienten wie John benötigen dringend professionelle Hilfe. Menschen wie er sind die bemitleidenswertesten Geschöpfe, die ich kenne.«

»Also, wenn dieser John wirklich der gesuchte Serienkiller wäre, würde sich mein Mitleid wohl eher auf seine unschuldigen Opfer richten«, wandte Tannenberg ein.

»Selbstverständlich«, pflichtete ihm Kronenberger kleinlaut bei.

Das ist mir alles viel zu chaotisch, dachte Tannenberg, während er nachdenklich mit der Zunge seine spröden Lippen befeuchtete. So kommen wir nicht weiter. Ich will alles über diesen John wissen, auch wenn er höchstwahrscheinlich nicht der Sniper ist, denn der hat in Alzey Selbstmord begangen. Genug Zeit dafür habe ich ja. Wann bietet sich einem denn sonst noch die Gelegenheit, aus erster Hand interne Dinge über strenggeheime Einsätze von Bundeswehr-Spezialeinheiten zu erfahren. Und neugierig war ich ja schon immer.

»Dann erzählen Sie mir mal am besten die ganze Geschichte, von Anfang an«, bat er sein Gegenüber.

Der Oberstabsarzt trank an seiner Wasserflasche und hielt sie Tannenberg hin, der jedoch dankend ablehnte. Nach einem kräftigen Räuspern legte er los: »Es begann damit, dass ich eines Morgens angerufen wurde und man mir mitteilte, dass ich mich für einen dringenden Notfall bereithalten solle. Etwa zwei Stunden später wurde ich abgeholt und in einem rundum verschlossenen Kastenwagen zu irgendeiner ehemaligen Kaserne oder einem stillgelegten Flugplatz gebracht. Dort erwarteten mich in einem Kellerraum zwei maskierte Männer.«

»John und sein Begleiter.«

»Richtig.«

»Aber weshalb dieses Agententhriller-Gedöns?«

»Weil John offenbar Mitglied einer Kommandoeinheit war, die ganz besonders geheime Aufträge erledigte.« Kronenberger legte eine Besinnungspause ein. »Ich denke, es macht jetzt keinen Sinn, alle Einzelheiten chronologisch aufzuzählen. Das wäre so, als ob ich Ihnen ein Puzzlesteinchen nach dem anderen beschreiben würde. Ich berichte Ihnen lieber über das fertige Bild, wie ich es mir im Laufe der Zeit zusammengesetzt habe.«

»Sehr gute Idee«, lobte der SOKO-Leiter, der aufgrund seiner Erfahrungen mit Eva wusste, dass Psychologen nicht selten zu ausschweifenden Vorträgen neigten.

»John wurde während eines Einsatzes seiner Eliteeinheit …« Der Oberstabsarzt unterbrach seine Rede und schaute mit flackerndem Blick durch die Frontscheibe. Mit abgesenkter Stimme fuhr er anschließend fort: »Ich denke, es handelte sich um einen illegalen oder zumindest halblegalen Einsatz, der irgendwo im Ausland, vielleicht in Südamerika, Afrika, Afghanistan oder Irak stattgefunden hat.«

»Das würde auch diese merkwürdige Geheimhaltung und diese Maskerade erklären«, bemerkte der Kriminalbeamte.

»So ist es. John durfte mir seinen Einsatzort nicht mitteilen. Na ja, jedenfalls wurde er dort während einer Aktion gefangen genommen, verschleppt und gefoltert. Erst Wochen später konnten ihn seine

Kameraden befreien. Er muss in dieser Zeit ein wahres Martyrium durchlitten haben. Als sie ihn endlich fanden, war er bis auf die Knochen abgemagert, mit Brandwunden übersät und völlig apathisch.

Er wurde ausgeflogen und irgendwo medizinisch behandelt. Es dauerte einige Zeit, bis er körperlich einigermaßen wiederhergestellt war. In seiner Seele haben diese Misshandlungen jedoch gravierende Spuren hinterlassen, die nicht einfach mit Wundpflastern überklebt werden konnten. Sein Begleiter hat mich irgendwann einmal angerufen und mir mitgeteilt, dass John bereits mehrere Suizidversuche hinter sich habe und ich derjenige sei, auf den sich nun alle Hoffnungen richteten.«

»Weil Sie ein ausgewiesener Experte für Trauma-Bewältigungen sind«, versetzte Tannenberg, um den Redefluss des Psychologen weiter in Gang zu halten.

»Ja, aus diesem Grund kam man auf mich zu. Sie müssen wissen, dass sich diese bedauernswerten Patienten lebenslang mit sogenannten Flashbacks herumplagen müssen.«

»Was sind Flashbacks?«

»Folteropfer schleppen in ihrem Unterbewusstsein Bilder und Erinnerungen mit sich herum, die psychotische Reaktualisierungsattacken auslösen können.« Tannenbergs verständnislose Mimik nötigte ihn zu einer weiteren Erläuterung. »Dabei erleben diese Patienten, besser gesagt erleiden sie die Trauma auslösenden Situationen stets wieder aufs Neue und zwar so, als ob diese sich gerade ereignen würden.« Der Psychologe war in seinem Element.

»Diese armen Menschen sind dann Teil des damaligen Geschehens, sie durchleiden Höllenqualen, die nicht selten zum totalen psychischen Kollaps, manchmal sogar zu komatösen Syndromen führen. Diese Situationen kommen überfallartig und können zum Beispiel durch einen Schrei oder den Anblick von Blut ausgelöst werden.«

»Wahnsinn«, seufzte Tannenberg.

»Vor Kurzem hat sich ein ehemaliger Elitesoldat in einem Restaurant während des Essens auf den Boden geworfen und panisch losgeschrien. Und warum?« Die Frage schwebte ein paar Sekunden durch den Innenraum des Autos. »Nur weil einige arabisch aussehende Gäste das Restaurant betreten hatten. Manch einer verspürt während dieser extremen seelischen Qualen sogar den Drang, auf der Stelle töten zu wollen. Von daher hatten die Leute in diesem Restaurant großes Glück.«

»Aber wie passt es zusammen, dass einer im Krieg ein Foltertrauma erlitten hat und, anstatt nie mehr eine Waffe anzufassen, zum Mörder wird?«

»Ich weiß, dieses Phänomen erscheint einem zunächst unbegreiflich, aber ich versichere Ihnen, in diesem Bereich haben wir es mit einem sehr breiten Spektrum an möglichen Reaktionsweisen zu tun. Seitdem die Ergebnisse von groß angelegten Forschungsstudien über Veteranen des Vietnamkrieges vorliegen, wissen wir das. Die Bandbreite reicht von

Suizid, Drogen- und Alkoholtod bis hin zu religiösem Eiferertum und der Durchführung von Gewaltverbrechen.«

Der Oberstabsarzt legte die Hand auf seine Stirn und schüttelte den Kopf. »Was rede ich denn da eigentlich für nebensächliches Zeug. Ich habe ja etwas ganz Entscheidendes vergessen: John wurde in einem Sportstadion gefangen gehalten und gefoltert. Seine Peiniger haben dort für einen Zehnkampf-Wettbewerb trainiert.« Er lupfte die Schultern. »Vielleicht für irgendwelche Militärmeisterschaften.«

Tannenbergs Herzschlag raste plötzlich wie ein wild gewordener Elektromotor: »Was? Sind Sie da ganz sicher?«

»Ja, das war ein zentraler Bestandteil seines Martyriums. Diese Folterknechte haben ihn mit einer glühenden Eisenkugel gequält, mit einem angespitzten Speer malträtiert, Diskus-Zielwerfen auf ihn veranstaltet, das Drahtseil des Hammers als Leiter für Elektroschocks benutzt, ihn nackt über eine Hürde gelegt und ausgepeitscht.«

Im Hirn des SOKO-Leiters spielten sich chaotische Szenen ab. Er atmete tief durch und presste sich dabei die Finger auf die Schläfen. »Und Sie glauben, dass seine Selbsttherapie darin besteht, sich an Orte zu begeben, die bei der Entstehung seines Traumas eine entscheidende Rolle gespielt haben? So etwas wie eine Konfrontationstherapie?«

Kronenberger hatte den Kopf gesenkt und nickte stumm.

»Meinen Sie das wirklich?«, hakte Tannenberg mit anschwellender Stimme nach.

»Ja«, gab der Trauma-Therapeut seufzend zurück.

»Was ist denn mit Ihnen? Warum sind Sie denn plötzlich so geknickt?«

Der Oberstabsarzt stöhnte leidend auf. »In unserer letzten Sitzung haben wir genau darüber gesprochen.« Als er den Kopf hob, sah Tannenberg, dass in seinen Augen Tränen schimmerten. Er hämmerte mit dem Zeigefinger auf seine Brust. »Ich selbst habe ihm diese Wahnidee in den Kopf gesetzt, indem ich ihm einen Ausblick auf den weiteren Fortgang der Therapie gegeben habe: Besuch von Sportplätzen und Wettkämpfen, bis hin zum Training mit denjenigen Geräten, mit denen er bis aufs Blut gequält wurde.«

Dr. Kronenberger hob seine Hände zu einer entschuldigenden Geste. »Aber ich konnte doch nicht ahnen, dass er meine Äußerungen auf diese grausame Art und Weise umsetzen würde. Trotzdem bin ich für diese Mordserie verantwortlich«, schniefte er.

Tannenberg tätschelte ihm tröstend den Oberschenkel. »Quatsch, mit so etwas konnte doch niemand rechnen.«

»Doch, ich hätte das tun müssen«, erwiderte der Oberstabsarzt und putzte sich geräuschvoll die Nase.

Junge, lass dich nicht von ihm einlullen, meldete sich Tannenbergs innere Stimme wie stets unaufgefordert zu Wort. Sein Puls hatte sich inzwischen wieder einigermaßen normalisiert. Du befindest dich gerade auf dem besten Weg, die Faktenlage zu vernachlässigen und dem Hirngespinst eines angstneurotischen Psychologen zu folgen. Du kennst doch diese Psychos, die haben schließlich alle einen Schuss. Die müssten doch die ersten sein, die sich auf ihre eigene Couch legen! Objektiv betrachtet spricht bis jetzt nichts, aber auch rein gar nichts dafür, dass dieser Thomas Rettler nicht der gesuchte Sniper ist – basta!

»Martern Sie sich doch nicht weiter mit diesen abstrusen Gedanken. Ich kann es nur immer wiederholen: Bis zum gegenwärtigen Zeitpunkt lässt sich Ihre Hypothese mit keinem Indiz untermauern«, verpackte Tannenberg seine kritischen Gedanken.

Wie aus dem Nichts tauchte in seinem Hirn eine neue Erklärungsvariante auf: Es könnte doch sein, dass Rettler von dieser Geschichte Kenntnis besaß, überlegte er. Vielleicht gehörte er zum Kreis der Eingeweihten. Ja, vielleicht war er sogar selbst dieser unbekannte Begleiter. Vielleicht hat er das Folterschicksal dieses John als Hintergrundfolie für seine eigene Mordserie benutzt. Aber weshalb? Welches Motiv könnte ihn angetrieben haben?

»Kennen Sie einen gewissen Thomas Rettler?«, fragte er den Offizier.

»Nein. Wer soll das sein?«

»Haben Sie diesen Namen wirklich noch nie zuvor gehört?«

Wortlos schüttelte Kronenberger den Kopf.

Blödhammel, beschimpfte sich Tannenberg in Gedanken. Woher sollte er denn diesen Namen kennen? Wenn Rettler wirklich zu dieser Eliteeinheit gehörte, wird er wohl ebenfalls auf strikte Anonymität geachtet haben. »Rettler ist der dringend Tatverdächtige, der heute Morgen Suizid begangen hat.«

»In den Nachrichten haben sie den Namen nicht genannt, sondern nur von einem ehemaligen Söldner gesprochen.«

»Das stimmt. Ich kann guten Gewissens behaupten, dass die Indizienlage gegen ihn mehr als erdrückend ist.«

Dr. Kronenberger strich nachdenklich über seinen buschigen Schnurrbart. »Das würde ja heißen, dass John gar nicht der Täter sein kann.« Er rieb sich so fest über die Stirn, als wolle er diese Erkenntnis gewaltsam in seinen Kopf hineindrücken. »Aber das wäre doch der totale Zufall. Und an Zufälle glaube ich nicht. Die Folterungen in einem Sportstadion …«

Das Gesicht des Psychologen verzog sich zu einer furchterregenden Grimasse. Beschwörend riss er die Hände empor und fuchtelte mit ihnen vor dem Kopf herum. Dann sprach er weiter: »Die von Zehnkämpfern durchgeführt wurden. Dann diese Zitate. Und zwar nicht irgendwelche aus diesen beiden Büchern, sondern genau diejenigen, die John bei unseren Sitzungen wiederholt zitiert hat. Das kann doch alles kein Zufall sein.«

»Muss es ja auch nicht«, entgegnete Tannenberg

lächelnd. Großzügigerweise räumte er Kronenberger ein paar Sekunden für eine Nachfrage ein. Doch der ließ die Zeit ungenutzt verstreichen. »Es gibt eine ganz einfache Erklärung, mit der sich die scheinbaren Gegensätze miteinander verbinden lassen.«

»Und welche?«, reagierte Kronenberger nun endlich.

»Wenn *unser* Täter detaillierte Kenntnis vom Inhalt der therapeutischen Sitzungen mit *Ihrem* John hatte, kann er dieses Insiderwissen als Background für sein perverses Tontaubenschießen verwendet haben. Aus welchen Gründen auch immer. Vielleicht war er sogar sein Begleiter.«

Dr. Kronenberger ging ein Licht auf. Sein Kopf zuckte fast unmerklich zurück und er erwachte aus düsterer Stimmung. »Sicher, das klingt durchaus plausibel. Daran habe ich noch gar nicht gedacht.« Sein Gesicht leuchtete auf. »Ich war wohl aus Angst völlig blockiert. Dann wären alle meine Sorgen ja auf einmal wie weggeblasen.«

»So ist es. Und ich werde selbstverständlich niemandem etwas von unserem nächtlichen Treffen erzählen. Da können Sie ganz unbesorgt sein.«

»Wunderbar.« Zutiefst erleichtert schnaufte der Oberstabsarzt ein paar Mal kräftig durch. »Damit fällt mir wirklich ein großer Stein vom Herzen.«

»Ja, mein lieber Herr Dr. Kronenberger, manchmal verrennt man sich ganz gewaltig in eine Sackgasse.« Schmunzelnd fügte Tannenberg an: »Passiert mir auch manchmal. Aber bitte nicht weitersagen.«

»Nein, nein, darauf können Sie sich verlassen«, gab der Oberstabsarzt schmunzelnd zurück. Er schaltete die Innenraumbeleuchtung ein. »Wenn ich mir's recht überlege, existiert sogar noch eine weitere Möglichkeit: John und dieser Rettler könnten auch ein und dieselbe Person sein.«

Nun reagierte Tannenberg seinerseits verdutzt. »Darüber muss ich mal in aller Ruhe während der Heimfahrt nachdenken.« Er gähnte, rieb sich die Augen und warf anschließend einen Blick auf die fahl beleuchtete Uhr im Armaturenbrett. »Es ist ja auch ganz schön spät geworden. – Aber wissen Sie was, eigentlich spielt das alles zurzeit keine große Rolle. Die Hauptsache ist, der Täter ist nicht mehr in der Lage, seine Mordserie fortzusetzen.«

»Ja, das ist das Wichtigste«, stimmte der Oberstabsarzt zu, startete den Motor und legte den ersten Gang ein.

Ein peitschenartiger Knall zerschnitt die friedliche Stille. Die Frontscheibe splitterte. Das Projektil traf Kronenberger direkt über der Nasenwurzel in die Stirn. Der Kopf wurde durch die enorme Wucht des Projektileinschlags nach hinten gerissen, doch gleich darauf schleuderte er wieder nach vorne. Sekundenbruchteile später rutschte Kronenbergers Fuß vom Kupplungspedal und katapultierte seinen Oberkörper erneut abrupt nach hinten.

Genau in dem Moment, als das Auto einen Satz nach vorne machte, ertönte ein zweites Schussgeräusch. Wieder durchschlug die Kugel die Windschutzscheibe, diesmal allerdings auf Tannenbergs Seite. Die ruckartige Bewegung des Autos sorgte dafür, dass die Kugel nur knapp ihr Ziel verfehlte. Reflexartig duckte sich Tannenberg und öffnete die Beifahrertür.

Dann ließ er sich von seinem Sitz fallen, drehte sich geschwind auf den Bauch und robbte in bester Bundeswehrmanier von dem Fahrzeug weg in ein dichtes Brennnesselgestrüpp, das ihm ausreichenden Sichtschutz bot. Kronenbergers Wagen wurde weiter beschossen. Der Tank explodierte und der BMW ging in Flammen auf. Tannenberg war unterdessen weitergerobbt und kauerte nun etwa zwanzig Meter von dem brennenden Auto entfernt hinter einem Felsbrocken. Mit zitternden Fingern schaltete er sein Handy ein und tippte die Notrufnummer der Polizei in die Tastatur.

12

Als die Rettungskräfte im Wald eintrafen, verharrte Wolfram Tannenberg noch immer in Sitzposition hinter dem Felsen. Sein apathischer Blick war die ganze Zeit über starr auf das brennende Auto gerichtet. Er stand unter Schock und war nicht ansprechbar. Erst nachdem ihm der Notarzt ein kreislaufstabilisierendes Mittel gespritzt hatte, wurde er allmählich wieder Herr seiner Sinne.

Noch ein wenig benommen schwankte er hinüber zu dem ausgebrannten Auto. Im gleißenden Scheinwerferlicht stieg von dem dampfenden Wrack des 5er-BMWs weißer Rauch in die Höhe. Es sah gespenstisch aus. Tannenberg schleppte sich zur weit geöffneten Fahrertür.

Bei dem grausigen Anblick stockte ihm der Atem: Auf dem Drahtgeflecht des Autositzes lagen die sterblichen Überreste des Mannes, mit dem er die letzte Stunde verbracht hatte. Der Kopf des verkohlten Leichnams haftete an dem nur noch aus einem dünnen Metallring bestehenden Lenkrad. Tannenberg wurde schwarz vor Augen. Der Feuerwehrmann, der neben ihm stand, stützte ihn und führte ihn zum Notarztwagen. Er setzte sich auf die Pritsche und vergrub sein aschgraues Gesicht in den Händen.

»Wir bringen Sie jetzt ins Krankenhaus«, schlug

der Mediziner vor. »Dort können Sie sich ausruhen und von Ihrem Schock erholen.«

»Kommt gar nicht in Frage«, keuchte Tannenberg. »Ich muss sofort zurück nach Kaiserslautern.«

»Nichts da. Sie können jetzt kein Auto fahren.«

»Wollen *Sie* mir das etwa verbieten?«, höhnte Tannenberg und zückte mit fahriger Hand seinen Dienstausweis. Da seine energische Miene keinerlei Widerspruch duldete, winkte der Notarzt ab und bestieg grummelnd den Notarztwagen.

Den Streifenpolizisten gegenüber machte Tannenberg lediglich die ihm bekannten Angaben zur Person des Toten. Den Inhalt des Gesprächs sowie der Anlass seiner nächtlichen Exkursion behielt er einstweilen für sich. Auf die drängenden Nachfragen hin versprach er den uniformierten Beamten, so bald wie möglich mit seinen Binger Kripo-Kollegen Kontakt aufzunehmen und diese ausführlich zu informieren. Danach ließ er sich von einem der Streifenwagen zu seinem am Rhein-Nahe-Dreieck abgestellten Dienst-Mercedes bringen und fuhr nach Hause.

Gegen zwei Uhr betrat er seine Wohnung. Obwohl er eigentlich hätte hundemüde sein müssen, war er innerlich derart aufgewühlt, dass er sich jetzt nicht einfach ins Bett legen und schlafen konnte. Er ging zum Kühlschrank, entnahm ihm eine Flasche Hefeweizen und eine angeschnittene Zitrone. Er hatte sich gerade hingesetzt und sein Bier eingeschenkt, als Johanna von Hoheneck in der Küche auftauchte. Gähnend legte sie ihm von hinten die Arme um den Hals und drückte ihm einen Kuss auf die Wange.

»Da bist du ja endlich. Wo hast du denn so lange gesteckt?«, fragte sie mit verschlafener Stimme.

Tannenberg antwortete nicht, sondern trank in einem Zug das halbe Glas leer.

»Wir haben im Garten ein bisschen deinen Erfolg gefeiert«, sprach Hanne unterdessen im Flüsterton weiter.

»Es gibt nichts zu feiern«, entgegnete ihr Lebensgefährte in ein bitteres Lachen hinein. Kopfschüttelnd wischte er sich den Schaum von den Lippen. »Von wegen *mein* Erfolg. *Ich* hab alles vermasselt.«

Während Hanne mit bekümmerter Miene auf dem gegenüberliegenden Stuhl Platz nahm, tippte sich der Kriminalbeamte anklagend auf die Brust. »*Ich* bin für den Tod eines Top-Informanten verantwortlich. Ich, nur ich allein. Ich hab den armen Mann auf dem Gewissen, einen Familienvater.«

Entsetzt starrte Hanne in sein fahles, ausgemergeltes Gesicht.

Tannenberg konnte seine Gefühle nicht länger zurückhalten. Dicke Tränen schossen aus seinen geröteten Augen. Er zog die Nase hoch, stützte die Ellenbogen auf den Küchentisch und hämmerte mit den Fäusten an seine Stirn. »Weil ich elender Hornochse ihn nicht ernst genommen habe«, wimmerte er.

Wie ein Wasserfall redete er sich seinen mit Selbstvorwürfen gespickten Kummer von der Seele. Johanna hörte geduldig zu und streichelte ab und an seine eiskalten, zitternden Hände. Sie waren mit weiß aufgequollenen Brennnessel-Bläschen übersät.

Als er geendet hatte, sagte sie: »Ich kann mir nicht vorstellen, dass dir jemand nach Bingen gefolgt ist, Wolf. Das erscheint mir ziemlich unwahrscheinlich. Ich vermute eher, dass dieser Oberstabsarzt irgendjemandem von eurem Treffen und seinen Vermutungen über diesen John erzählt hat. Offenbar genau dem falschen.«

»Ja, das ist durchaus möglich«, erwiderte Tannenberg mit dankbarem Blick. »Diese Erklärung ist viel naheliegender als meine. Denn wer sollte mir denn gefolgt sein? Die einzigen beiden, die etwas davon wussten, sind Johannes und Eva.«

Als Hanne diesen Frauennamen hörte, versetzte er ihr einen Stich ins Herz und ihre blauen Augen verengten sich zu schmalen Schlitzen. Was er nur an dieser Nymphomanin gefunden hat, dachte sie. Oder vielleicht immer noch findet?

»Bitte sag meiner Familie nichts von dem Anschlag heute Nacht«, fuhr ihr Lebensgefährte unterdessen fort. »Ich möchte sie nicht beunruhigen. Mir ist schließlich nichts passiert.«

»Das war aber haarscharf.«

»Tja, Unkraut vergeht eben nicht so schnell«, bemerkte er mit betretener Miene und leerte sein Weizenbierglas.

Kurz nach 7 Uhr warf Tannenberg einen Blick in das große Konferenzzimmer der Kriminalinspektion am Pfaffplatz. Es sah dort genauso aus, wie er befürchtet hatte: Überall standen oder lagen Flaschen herum und überquellende Aschenbecher verbreiteten den für einen militanten Nichtraucher wie ihn schier unerträglichen Gestank nach kaltem Rauch. Angewidert riss er die Fenster auf und verzog sich in sein Büro.

Von dort aus beorderte er per Rundruf alle Mitglieder der SOKO ›Sniper‹ zu seiner Dienststelle. Zudem verständigte er Dr. Schönthaler, Kriminaldirektor Eberle und den ranghöchsten Vertreter der Kaiserslauterer Staatsanwaltschaft, ohne allerdings detailliertere Informationen an sie preiszugeben.

Da zwischenzeitlich eine Putzkolonne das Konferenzzimmer auf Vordermann gebracht hatte, erinnerte etwa eine Stunde später kaum mehr etwas an das nächtliche Gelage. Die meisten seiner Kollegen erweckten einen ziemlich mitgenommenen Eindruck. Müde, verkaterte Gesichter blickten ihm alles andere als diensteifrig entgegen. Doch dies änderte sich schlagartig, als er ihnen von den dramatischen Ereignissen seiner nächtlichen Exkursion berichtete.

»Dazu würde haargenau die Nachricht passen, die ich gerade bei der Fahrt hierher im Radio gehört habe«, sagte Susi Rimmel.

»Du meinst das mit dem Skandal im Verteidigungsministerium?«, warf Meier III dazwischen.

»Ja.«

»Los, Susi, erzähl!«, forderte Tannenberg, den an diesem Morgen die aktuellen Tagesnachrichten noch nicht erreicht hatten.

»Das Verteidigungsministerium hat einen brisanten Datenverlust zugegeben. Angeblich aufgrund einer technischen Panne wurden sämtliche Geheimdienstberichte über die Auslandseinsätze der Bundeswehr vernichtet. Damit sind natürlich auch die Datenbestände über die Einsätze von Spezialeinheiten unwiederbringlich verloren.«

»Was? Also, wenn das ein Zufall ist, fresse ich einen Besen«, meinte Tannenberg.

»Da haben wohl einige Leute richtiggehend Panik bekommen«, bemerkte der Rechtsmediziner. »Die haben anscheinend befürchtet, dass dein Informant sein Wissen über diese illegalen Aktivitäten ausplaudern könnte. Und damit man ihnen nicht auf die Schliche kommen kann, vernichten die Geheimdienste mal schnell alle diesbezüglichen Datensätze. Gar nicht so unklug von ihnen, oder?«

Anstelle einer Erwiderung fasste sein bester Freund die Kriminalpsychologin scharf ins Auge. »Was hältst du eigentlich von Kronenbergers ominöser Selbsttherapie-These?«

Eva ließ einen tiefen Seufzer verlauten. »Also ich muss ihm aus fachwissenschaftlicher Sicht leider zustimmen. Zumindest, was die *möglichen* Auswirkungen einer solchen«, sie malte Gänsefüßchen in die Luft, »Selbsttherapie betrifft. Natürlich kann man nicht von einem Automatismus ausgehen, aber es kann schon sein, dass der Täter durch diese Konfrontationstherapie das Auftreten dieser fürchterlichen Flashbacks zumindest minimiert. Er ist wahrscheinlich dem Wahn verfallen, dass er durch diese Mordserie zwangsläufig seinen Seelenfrieden wiederherstellen kann.«

»Aber das ist doch totaler Blödsinn«, mischte sich Kriminalhauptmeister Geiger ein. »Dafür belasten ihn doch dann die Morde, die er begangen hat.«

»Mir scheint, du hast mal wieder nicht richtig zugehört«, rüffelte Tannenberg. »Der Sniper ist eine Tötungsmaschine, ein Berufskiller. Das Töten von Menschen ist für ihn nichts anderes, als wenn du beim Angeln den Fischen mit der Kneifzange den Kopf zertrümmerst. Oder träumst du etwa nachts von ihnen?«

»Nee, Chef, das ist mir noch nie passiert.«

»Na, siehst du.«

»Man sollte in diesem Zusammenhang übrigens den sportlichen Ehrgeiz des Täters nicht unterschätzen. Dieser spielt unter Umständen eine gewichtige Rolle in diesem ganzen Horrorszenario«, ignorierte Eva Glück-Mankowski das Scharmützel ihrer beiden Kollegen. »Er hat es auf einem der Kofferanhänger selbst beschrieben: ›Perfekter Mord ist Leistungssport.‹ Anscheinend will er uns mit seinem perversen Zehnkampf beweisen, dass er der Beste ist – ein bei Elitesoldaten sicherlich weit verbreitetes Syndrom.«

Geigers Gehirn arbeitete unter Hochdruck. Dieses Forum bot ihm die Chance, mit Geistesblitzen zu glänzen. Damit konnte er seine Vorgesetzten davon überzeugen, ihn endlich zum Kommissariatslehrgang zuzulassen.

»Chef, was halten Sie denn davon, wenn ich behaupte, dass …«, er legte eine kleine Pause ein, um dem nun Folgenden eine größere Bedeutung zu verleihen, »dieser John und Thomas Rettler ein und dieselbe Person sind.«

Während ihn sein Vorgesetzter ins Visier nahm, richteten sich die verdutzten Blicke der anderen ebenfalls auf ihn. »Und wie soll ein Toter heute Nacht auf uns geschossen haben, du Pfeife?«

Armin Geiger lief rot an. »Das kann auch ein anderer gewesen sein.«

»Noch einer? Glaubst du denn, die hetzen uns alle ihre Scharfschützen auf den Hals?«

»Hat Kronenberger denn seinen Patienten nicht ein wenig genauer beschrieben?«, wollte Sabrina Schauß wissen. »Du hast vorhin nur gesagt, dass er und sein Begleiter immer eine Gesichtsmaske getragen hätten. Ist ihm denn nichts anderes an diesem John aufgefallen: Figur, Größe, Verstümmelungen, Narben? Waren seine Bewegungen irgendwie beeinträchtigt usw.? Wenn er wochenlang gefoltert wurde, müsste er doch solche besonderen Merkmale aufweisen.«

Tannenberg wiegte den Kopf hin und her. »Nein, darüber hat er nichts erwähnt.«

»Hmh, komisch«, bemerkte die junge Kommissarin und schenkte sich Wasser in ihr Glas.

»Doch, halt, da war was«, fuhr Tannenberg mit lauter Stimme fort. »Ist mir eben erst wieder eingefallen. Kronenberger hat gesagt, dass ihm an John doch etwas Besonderes aufgefallen sei. Und zwar eine Tätowierung: irgendwelche bunten Skorpione.«

Eva erbleichte, ihr gesamter Körper begann zu beben. Mit zittrigen Bewegungen führte sie eine Hand zum Mund und schloss die Augen.

»Was?«, hauchte sie durch die Zwischenräume ihrer Finger.

Währenddessen lief vor ihrem geistigen Auge eine Szene ab, die sich vor knapp zwölf Stunden hier in diesem Raum ereignet hatte. Sie blickte hinüber zu dem Tisch, an dem sie und Johannes Zörntlein gestern Abend gefeiert hatten.

Tannenberg berichtete den beiden von dem mysteriösen Informantenanruf und verließ anschließend das Konferenzzimmer. Der dicht neben Eva sitzende BKA-Experte schob seinen Stuhl zurück und schlug die Beine übereinander. Dann stellte er das oben liegende Bein ein wenig aus und kratzte sich unterhalb der Wade. Während er gedankenversunken das fröhliche Treiben der SOKO-Mitarbeiter zu beobachten schien, wanderten seine Finger zum Fuß hinab. Er schob die schwarze Socke über den Knöchel und legte dadurch eine farbenprächtige Tätowierung frei. Sie bestand aus zwei Skorpionen, deren Schwänze und Zangen sich fast berührten und die Buchstaben ›a‹ und ›n‹ umschlossen.

»Wofür stehen denn diese beiden Buchstaben?«, fragte Eva neugierig.

»Wie?«, gab Zörntlein verständnislos zurück.

Eva zeigte auf die Stelle. »Die Tätowierung da an deinem Bein.«

Irritiert zog Johannes die Socke hoch. »Ach die. Die bedeutet nichts weiter, sie ist nur ein Relikt aus meiner wilden Jugendzeit.«

»Das sind garantiert die Initialen einer tollen Frau, nicht wahr, mein Lieber?« Mit feurigem Blick ergänzte sie in Zörntleins Schweigen hinein. »Du musst wissen: Ich mag wilde, geheimnisvolle Männer.«

Kurz darauf hatte sich Johannes Zörntlein von ihr verabschiedet und das K 1 verlassen.

»Er hat gesagt, dass er noch in der Nacht zurück nach Lyon fahren werde. Für ihn gäbe es hier schließlich nichts mehr zu tun. Seine jüngste Tochter habe am nächsten Tag Geburtstag und er wolle sie beim Frühstück überraschen«, beendete sie ihren Rückblick auf den gestrigen Abend.

Dr. Schönthaler schoss in die Höhe und stapfte wie Rumpelstilzchen durch den zum Lagezentrum umfunktionierten Konferenzraum. »Ich hab's gewusst! Ich hab die ganze Zeit über gespürt, dass dieser Typ nicht koscher ist. Aber ihr habt euch ja von diesem Schönling blenden lassen«, polterte er wild gestikulierend los.

»Mein lieber Johannes hier, mein lieber Johannes dort«, blökte er und baute sich vor seinem besten Freund auf. »Du hast dich wie ein dummer Schuljunge aufgeführt, der sich zum ersten Mal verknallt hat«, warf er ihm an den Kopf.

Als Tannenberg die Stimme erheben wollte, schrie er ihn brutal nieder. »Halt jetzt ja den Schnabel! Überleg dir besser mal, wie du deinen Kopf aus dieser Scheiße herausziehen kannst.« Mit der flachen Hand klatschte er sich auf die Stirn. »Wie kann man nur so naiv sein.«

»Jetzt beruhigen Sie sich doch bitte«, mischte sich der Oberstaatsanwalt ein.

Aber Dr. Schönthaler war nicht mehr zu bremsen. »Sie haben's gerade nötig«, pflaumte er ihn an. »Wer hat ihn denn angefordert, diesen angeblichen Super-BKA-Experten? Sie, sonst niemand.«

»Ich hab ihn ja gar nicht angefordert«, protestierte Dr. Hollerbach. »Er hat sich mir angeboten. Eine nette Amtshilfe des BKAs eben, wie ich sie schon des Öfteren erfahren durfte.«

»Sie haben sich also nichts weiter dabei gedacht?«

»Nein, weshalb denn auch? Ich weiß ehrlich gesagt nicht, wieso Sie sich dermaßen echauffieren. Ihre Behauptungen in Bezug auf Kriminaldirektor Zörntlein sind gegenwärtig nichts als reine Spekulationen. Sie können doch einen Kollegen nicht in dieser Art und Weise öffentlich diffamieren. Welche Fakten wollen Sie denn für Ihre haltlosen Anschuldigungen ins Feld führen, Herr Gerichtsmediziner?«, gebärdete sich Dr. Hollerbach auf einmal bedeutend angriffslustiger.

»Ich ruf ihn jetzt einfach an«, erklärte Tannenberg, der inzwischen den ersten Schock über den verbalen Amoklauf seines alten Freundes einigermaßen verdaut hatte. »Dann werden wir ja sehen, was an deinen abstrusen Unterstellungen dran ist.« Mit einem Scheibenwischergruß verbunden, fügte er an: »Du hast doch einen Sprung in der Schüssel.«

»Und was ist mit dieser Tätowierung?«

»Wer weiß, wie viele junge Leute so eine besitzen. Vielleicht ist es ja noch nicht einmal die gleiche, sondern ein anderes Motiv«, erwiderte Tannenberg und tippte auf die eingespeicherte Nummer Zörntleins.

»The person you are calling is not available«, verkündete eine mechanische Stimme.

»Sein Handy ist ausgeschaltet.«

»Na also, dann hab ich wohl doch recht.«

»Doc, du bist einfach viel zu vorschnell mit deinen Schlussfolgerungen. Was beweist das schon? Wahrscheinlich sitzt er gerade am Geburtstagstisch seiner kleinen Tochter und will einfach nicht gestört werden«, wandte die Kriminalpsychologin ein.

»Warum seid ihr denn alle bloß so verdammt naiv? Was ist zum Beispiel mit dieser auffälligen Namensähnlichkeit zwischen Johannes und John. Das kann doch kein Zufall sein. Das ist ein Wink mit dem Zaunpfahl! Wenn das kein eindeutiger Hinweis ist. Gesteht es euch doch endlich ein: Der hat euch allesamt verarscht, mit euch gespielt, euch ausgeforscht. Und ihr seid ihm alle auf den Leim gegangen.«

»Dürfte ich den werten Herrschaften einen konstruktiven Vorschlag unterbreiten«, schaltete sich Mertel in ungewohnt gestelzter Form in das Gespräch ein. Nachdem er sich die wortlose Zustimmung Kriminaldirektor Eberles eingeholt hatte, fuhr er fort: »Nehmen wir doch einfach mal zum Spaß an, dass Zörntlein tatsächlich der Sniper ist. Okay?«

Zustimmendes Nicken, bis auf Tannenberg, der störrisch die Arme vor der Brust verschränkte und ausgesprochen feindselig dreinblickte.

Mertel ging zur Pinnwand, auf der die jeweiligen Tatzeiten neben den Namen der Ermordeten notiert waren.

»Als die ersten beiden Opfer getötet wurden, war Zörntlein angeblich noch in Köln bei diesem Interpol-Kongress«, sagte er. »Sie, Herr Oberstaatsanwalt, haben ihn uns erst am Dienstag präsentiert. Das ist doch richtig, nicht wahr?«

»Ja, das ist richtig. Er ist irgendwann morgens in meinem Büro aufgetaucht.«

»Also hat er kein Alibi für diese beiden Morde«, stellte der Kriminaltechniker nüchtern fest. Er wies mit einem Zeigestock auf den Namen ›Pascal Sprengard‹. »Wo war Zörntlein zu dem Zeitpunkt, als unser Kollege im PSV-Sportgelände erschossen wurde?«

»Ich hatte an diesem Abend Bereitschaft und habe ihn nach dem Anruf der Zentrale gegen 19 Uhr 30 in einem Restaurant in der Innenstadt abgeholt«, entgegnete Sabrina Schauß.

»War er da gerade beim Essen?«

Sabrina dachte kurz nach, dann antwortete sie kopfschüttelnd: »Nein. Wenn ich mich richtig erinnere, hatte er noch nicht einmal bestellt.«

»Sprengards Tod ist nach den Berechnungen unseres Docs um circa 18 Uhr 30 eingetreten.«

»Plus minus eine halbe Stunde«, berichtigte der Rechtsmediziner.

»Okay. Auch dann hätte Zörntlein genügend Zeit gehabt, um nach dem Anschlag in die Stadt zu fahren und sich in ein Restaurant zu setzen.« Mertel zog das Kinn zum Hals. »Ist er eigentlich mit dem Auto nach Kaiserslautern gekommen?«

Diese Frage konnte niemand beantworten, denn keiner der Anwesenden hatte ihn bislang mit einem eigenen PKW gesehen.

»Ist auch egal«, meinte der Kriminaltechniker. »Von seinem Hotel am Messeplatz aus sind es zu Fuß kaum mehr als fünf Minuten in die Innenstadt.«

»Oder er hat ein Taxi benutzt«, bemerkte Geiger.

Mertel ging nicht darauf ein, sondern widmete sich einem anderen Thema: »So, und nun zu den beiden Morden am Mittwoch in Rockenhausen und in Merzalben.«

»Da war Johannes in Lyon«, meldete sich Tannenberg zu Wort.

»Angeblich«, warf Dr. Schönthaler mit starker Betonung der zweiten Silbe ein.

»Bisheriges Fazit: Zörntlein besitzt für diese Tatzeitpunkte kein Alibi«, resümierte der Spurenexperte.

»Einspruch. Das kann alles Zufall sein.«

»Du klammerst dich wohl gerade an deinen allerletzten Strohhalm, mein liebes Wölfchen«, spottete der Rechtsmediziner.

Mertel bog den dünnen Bambusstab, bis er fast zu bersten drohte. Dann schlug er sich damit leicht auf den Oberschenkel. »Aber das ist noch nicht alles.«

»Ja, was denn noch?«, stöhnte Tannenberg.

»Da wären noch diese beiden Haare, die ich auf Sprengards Bauch unter der Eisenkugel gefunden habe.«

»Und was ist mit denen?«

Karl Mertel schloss einen Moment die Augen und versuchte sich die Ereignisse zur Sicherheit noch einmal bildlich ins Gedächtnis zu rufen. »Wolf, erinnerst du dich noch daran, dass du, ich und Sabrina zu dem Hang gelaufen sind, an dem die Fußabdrücke sehr deutlich zu erkennen waren? Die eine Spur den Hang hinauf, die anderen Spur herunter.«

»Ja, klar.«

Er reckte bedeutungsvoll den Zeigefinger in die Höhe. »Und wo war da Zörntlein?« Er wartete nicht Tannenbergs Reaktion ab, sondern schob sogleich nach: »Ich sag dir's: Er ist bei Sprengards Leichnam zurückgeblieben. Und genau in diesen zwei, drei Minuten war er völlig unbeobachtet und hätte ganz leicht Thomas Rettlers Haare unter der Kugel deponieren können.«

»Und wo soll er sich die besorgt haben?«

»Das ist jetzt nicht unbedingt die entscheidende Frage, Wolf. Viel interessanter ist die, warum er das getan hat.«

»Die Erklärung dafür liegt ja wohl auf der Hand«, meldete sich Michael Schauß zu Wort: »Weil er den Tatverdacht damit auf diesen ehemaligen Söldner lenken konnte«, er stieß geräuschvoll Luft durch die Nase, »der sich dann zufälligerweise einer Befragung durch Suizid entzogen hat. Schon wieder so ein merkwürdiger Zufall. Allmählich sind mir das bedeutend zu viele.«

Während es dem SOKO-Leiter offensichtlich die Sprache verschlagen hatte, setzte Mertel zum Finale an: »Aber das ist immer noch nicht alles, Wolf. Denn meines Erachtens hat er und kein anderer dich und den Bundeswehr-Psychologen im Wald beschossen. Nur er hat von eurem geplanten Treffen gewusst.« Ein dezentes Schmunzeln huschte über seine Lippen, während er die Kriminalpsychologin in Augenschein nahm. »Sieht man einmal von Eva ab. Zörntlein muss dir von hier aus gefolgt und …«

»Kronenberger kann doch auch selbst seinem Mörder von unserer Verabredung erzählt haben«, protestierte Tannenberg.

Mertel wischte den Einwand mit einer energischen Handbewegung beiseite. »Quatsch. Jetzt schau endlich der Realität ins Auge, Mann!«

»Ich denke, es ist an der Zeit, ausführliche Informationen über diesen ominösen Herrn Zörntlein einzuholen«, mischte sich Kriminaldirektor Eberle ein. »Wir benötigen dringend Gewissheit über seine wahre Identität. Wer von Ihnen erledigt das?«

Sabrina und Michael Schauß hoben gleichzeitig die Hände.

»Gut, dann stellen Sie beide umgehend Nachforschungen bei Interpol und beim BKA an. Und danach sehen wir weiter.« Er wandte sich an die gesamte Ermittlertruppe. »Hat zufällig jemand von Ihnen ein Foto von diesem Herrn geschossen?«

Allseitiges Kopfschütteln.

»Wir können denen ja ein Foto von diesem Clooney faxen«, schlug der Rechtsmediziner grinsend vor.

Tannenberg war regelrecht paralysiert von den vorgetragenen, stichhaltigen Argumenten. Soll mich meine Menschenkenntnis wirklich derart getrogen haben?, quälten ihn selbstkritische Gedanken. Er ist so sympathisch und bescheiden bei uns aufgetreten, ganz anders als diese üblichen arroganten BKA-Säcke. Verflucht, das kann doch einfach nicht sein. Es muss eine andere Erklärung für alles geben.

»Aber warum sollte er sich solch einem Risiko aussetzen und sich ausgerechnet in die Höhle des Löwen begeben? Dorthin, wo man alles daran setzt, um ihn zu finden«, fragte der Leiter des K 1. »Das ist doch völlig irrational.«

»Nein, mein Lieber, das ist geradezu genial«, retournierte Dr. Schönthaler.

»Wieso übrigens Risiko?« fragte Michael Schauß. »Gerade hier bei uns war er am sichersten. Er war im Zentrum der Jäger, ja, er war sogar selbst einer von ihnen, hat sich quasi selbst gejagt. Er war top informiert über alle unsere Ermittlungsschritte und konnte falsche Fährten für uns auslegen. Denk nur mal an diese komische Terrorismus-Theorie, auf die er uns immer wieder hinstoßen wollte.«

»Außerdem war gerade das wohl der absolute Kick für ihn, der Thrill-Faktor seines Hochrisiko-Spiels«, beteiligte sich Eva nun wieder an der Diskussion. Sie seufzte leidend. »Trotzdem kann ich's immer noch nicht glauben.«

»Kannst du nicht oder willst du nicht?«, frotzelte der Rechtsmediziner. »Du bist doch auch total auf diesen geleckten Womanizer abgefahren.«

Wie überall in der Stadt gab es natürlich auch am Frühstückstisch der alten Tannenbergs an diesem Freitagmorgen nur ein einziges Gesprächsthema: Die ebenso überraschende wie erfreuliche Nachricht über den Suizid des gesuchten Serienmörders, der seit vergangenem Samstag die ganze Region in Angst und Schrecken versetzt hatte.

Unter der Überschrift ›Die Pfalz atmet auf‹ hatte die *Pfälzische Allgemeine Zeitung* eine Sonderbeilage veröffentlicht, in welcher der Leiter der SOKO ›Sniper‹ gleich in mehreren Artikeln in den höchsten Tönen gelobt wurde. Das Einzige, was Margot ein wenig die gute Laune verdarb, war die Tatsache, dass ihr jüngster Sohn bereits zu früher Stunde das Haus verlassen hatte.

Obwohl ihr geliebter Wolfi wieder einmal versucht hatte, sich an der elterlichen Parterretür vorbeizuschleichen, hatten ihn die knarzenden Stufen der Holztreppe verraten und Margot konnte ihn im Treppenhaus stellen. Aber trotz eindringlicher Belehrung, dass er nicht ohne Frühstück zur Arbeit gehen könne, musste sie ihn ziehen lassen. Noch nicht einmal ein zur Feier des Tages frischgebackenen Hefezopf konnte ihn umstimmten.

»Ich bin so stolz auf dich, Wolfi«, sagte sie und drückte ihn ganz fest an sich. Doch ihr Sohn ließ die Berührung nur widerwillig über sich ergehen und verließ eilig das Haus. Mit betretener Miene stand die alte Dame noch eine Weile vor ihrer Wohnungstür und grübelte über sein absonderliches, reserviertes Verhalten nach.

Er müsste sich doch unheimlich freuen, dass nun alles vorbei ist, sagte sie tonlos zu sich selbst. Wolfi ist manchmal schon ziemlich merkwürdig, vor allem morgens. So ein alter Muffelkopf. Genau wie sein Vater. Die arme Johanna.

Vom Innenhof her vernahm sie plötzlich Stimmen, die sie aus ihren trüben Gedanken rissen. Sie wandte sich um. Tobias, Marieke und Emma begrüßten sie fröhlich und folgten ihr in die großelterliche Wohnung. Marieke musste wegen ihres Labor-Praktikums bereits um 8 Uhr an der Uni sein und brachte deshalb die kleine Emma zu ihrer Urgroßmutter. Wie immer tapste Emma erst einmal zu Kurt und ließ sich von dem bärigen Mischlingshund zur Begrüßung die raue Zunge über die Wange ziehen. Dann legte sie sich zu ihm in den überdimensionalen Hundekorb und schmuste ausgiebig mit ihm.

Tobias musste heute erst zur 3. Unterrichtsstunde im Rittersberg-Gymnasium erscheinen, trotzdem hatte er sich den Wecker auf 6 Uhr 30 gestellt. Als ambitionierter Sportler wollte er die wiedergewonnene Freiheit so bald wie möglich zum Training nutzen. Der wegen der tragischen Ereignisse abgebrochene Zehnkampf würde schließlich irgendwann nachgeholt werden. Und darauf musste er sich intensiv vorbereiten, denn an seinem Ziel hatte sich nach wie vor nichts geändert: Er wollte den uralten Zehnkampf-Pfalzrekord brechen, den der ehemalige FCK-Profi Hans-Peter Briegel noch immer hielt. Für den Fall, dass er dies tatsächlich schaffte, hatte er sich fest vorgenommen, den Erfolg seinem ermordeten Sportkameraden Marcel Christmann zu widmen.

Marieke hatte ihm bereits gestern Abend ihren Motorroller versprochen. Nach einem leichten Frühstück schnappte sich Tobias seinen Helm und knatterte über die Bremerstraße zu dem am Waldrand gelegenen Sportgelände. Auf der Fahrt dorthin beschäftigten sich seine Gedanken mit den dramatischen Ereignissen am letzten Samstag, dem 11. September.

Der Irre muss schon auf einem Baum gesessen sein und auf uns gelauert haben. Und keiner hat etwas davon mitgekriegt, überlegte er. Wie denn auch?

An so etwas hätte ich noch nicht einmal im Traum gedacht. Er hätte genauso gut mich treffen können. Der arme Marcel.

Tobias Tannenberg stellte den Scooter auf dem Parkplatz ab und trottete mit hängendem Kopf ins Stadion. Nachdem er seine Spikes angezogen hatte, lief er sich ein paar Minuten warm. Dann führte er einige Steigerungsläufe durch. Zum Abschluss joggte er zum Startblock. Mit dem Rücken zur 100-Meter-Bahn dehnte er die Beinmuskulatur. Er blickte hinüber zu der mächtigen Buche, von der aus der tödliche Schuss auf Marcel Christmann abgegeben wurde.

Er hatte sein eigenes, verbranntes Fleisch gerochen.
Er hatte die glühende Speerspitze gesehen.
Er hatte die unerträglichen Schmerzen gespürt.
Er hatte seine Schreie gehört, sein Betteln, sein Flehen.
Er hatte keine Luft mehr bekommen.
Er hatte Panik, an der eigenen Angst zu ersticken.
Er hatte das Gelächter seiner Peiniger gehört.
Er hatte den eigenen Urin und Kot gerochen.
Er hatte ihre brutalen, zynischen Gesichter gesehen.
Er hatte sein eigenes Blut geschmeckt.

Er hatte das Klacken des Schlosses gehört. Er hatte die Verzweiflung gespürt, die ihn im Genick packte, wenn die Tür aufging und sie wiederkamen.
Er hatte die pulsierenden Fragen in seinem Kopf gehört: Womit werden sie mich diesmal foltern? Werden sie mich jetzt töten?
Er hatte den nassen, kalten Beton gespürt, auf den er sich jedes Mal kauerte, wenn sie mit ihm fertig waren und sie ihn mit einem eiskalten, schneidenden Wasserstrahl abspritzten.

Und immer und immer wieder war dasselbe Bild auf seiner inneren Leinwand aufgetaucht: Er sitzt im Startblock, die Füße mit Draht auf den Abdruckplatten festgebunden. Stromstöße jagen in seine Fußsohlen, erschüttern ihn bis ins Mark hinein. Sie werden immer stärker, immer qualvoller. Die Muskelzuckungen werden immer schlimmer, das Herz rast immer schneller. Verzweifelt versucht er sich abzudrücken, zu fliehen. Doch er kommt einfach nicht los.

Dieses Lachen, dieses sadistische Lachen.

Seitdem war er nicht mehr der alte John.

Der alte John war vor einem Jahr in diesem Sportstadion gestorben.

Und der neue John hatte keine Freunde mehr, keine Familie, keinen Job.

Der neue John feierte auch keine Feste mehr, mied

Menschen und war ständig in Angst, die Kontrolle zu verlieren und auszurasten.

Der neue John war fertig mit sich und der Welt.

Das Einzige, was ihn noch am Leben hielt, war der unbändige Wille, seinen finalen Kampfeinsatz erfolgreich zu Ende zu bringen. Mit diesem letzten Aufbäumen wollte er sich ein Denkmal setzen und allen beweisen, dass er der Beste war.

Die körperlichen Symptome ließen sich mit Medikamenten zumindest einigermaßen im Zaum halten. Aber gegen den Krieg im Kopf gab es kein wirksames Mittel. Er hatte alles Mögliche ausprobiert, doch nichts hatte geholfen. Die endlosen therapeutischen Sitzungen schon gar nicht. Irgendwann hatte er keine Lust mehr dazu und suchte stattdessen Trost und Hilfe in der Welt der Bücher.

Lange Jahre hatte er überhaupt nicht mehr gelesen, doch dann auf einmal las er wie ein Besessener. Besonders Friedrich Nietzsche hatte es ihm angetan. Er fühlte eine tiefe Verbundenheit mit ihm. Auch er war ein Ausgestoßener, einer, der gezwungen wurde, seinen eigenen Weg zu gehen. Sie waren Brüder im Geiste, Weggefährten hinauf zu Gipfeln, die nur wenige Menschen erklimmen konnten. Sie waren wahrhaft freie Geister, einsam, anders als alle anderen.

Genau wie die Möwe Jonathan.

Seine verstorbene Mutter hatte ihm oft daraus vorgelesen. In seiner Kindheit besaß dieses schmale

Büchlein regelrechten Kultstatus, besonders unter den sogenannten ›Alternativen‹, zu denen auch seine Mutter zählte. Sie lebten damals in einem alten, idyllisch gelegenen Haus auf dem Lande. Aber irgendwann wurde ihm dieses beschauliche, selbstgenügsame Leben zu langweilig.

Die pazifistischen Eltern traf fast der Schlag, als ihnen ihr gerade volljährig gewordener Sohn eröffnete, dass er die Schule abgebrochen habe und als Zeitsoldat bei der Bundeswehr angenommen worden sei. Die Eltern hatten sich nur wenige Monate danach getrennt. Zu seinem Vater brach daraufhin der Kontakt völlig ab. Bei seiner Mutter meldete er sich ab und an. Die Nachricht von ihrem Unfalltod traf ihn mitten während eines Kosovo-Einsatzes.

Als John gegen 6 Uhr ›Die Möwe Jonathan‹ zur Hand nahm und ein wenig darin schmökerte, dachte er an seine Mutter. Ein wohliges Gefühl der Wärme und Geborgenheit breitete sich in ihm aus. Er wünschte sich zurück in diese unbekümmerte, friedliche, glückliche Zeit. Er seufzte tief und wischte sich mit dem Handrücken Tränen von den Wangen.

Er legte das Buch beiseite und griff zu Nietzsches Hauptwerk ›Also sprach Zarathustra‹. An der zweiten, mit Klebezetteln markierten Stelle schlug er das gelbe Reclambändchen auf. Zwischen den Seiten steckte ein bedruckter Zettel. Schmunzelnd schob er ihn in einen schwarzen Kofferanhänger und verstaute diesen zusammen mit einigen Kabelbindern in seinem Rucksack. Nachdem er noch ein paar

Zeilen in sein Tagebuch geschrieben hatte, packte er seine Sachen und machte sich auf den Weg zu neuen Taten.

Bereits eine halbe Stunde nachdem Kriminaldirektor Eberle den ungewöhnlichen Ermittlungsauftrag erteilt hatte, lagen die ersten Rechercheergebnisse bezüglich der Identität eines gewissen Johannes Zörntlein vor: Weder beim Bundeskriminalamt in Wiesbaden noch bei der Interpolzentrale in Lyon war eine Person dieses Namens bekannt.

13

John stellte den silbergrauen Opel Astra auf dem Bahnhofsparkplatz ab. In dieser Region, in der ein Opelwerk zu den größten Arbeitgebern zählte, fiel sein Auto mit dem gestohlenen KL-Kennzeichen garantiert niemandem auf. Die Waffe hatte er wie üblich in seinem Wanderrucksack versteckt. Er war hoch konzentriert und dank seines bewährten Medikamentencocktails ruhig und gelassen.

Er wanderte nicht auf direktem Weg zu der schon vor Monaten ausspionierten und präparierten Buche, sondern näherte sich seinem Zielort über eine Schleife, die ihn durch eine fast unberührte, herbstliche Waldlandschaft führte.

Welche wunderschönen Farben, was für ein herrlicher, klarer Tag mit optimalen Sichtverhältnissen, dachte er und sog in einem tiefen Zug die kühle, würzige Luft ein.

»Wem Gott will rechte Gunst erweisen, den schickt er in die weite Welt. Dem will er seine Wunder weisen, in Berg und Wald und Strom und Feld«, intonierte er mit heiterer, aber abgesenkter Stimme.

Als er von Weitem das Sportgelände erspähte, schlug er einen Haken und verließ den Wanderpfad. In vorsichtigem Storchenschritt watete er die letzten einhundert Meter durch unwegsames Gelände zu seinem schon vor Wochen auserkorenen Zielort.

Er bewegte sich nahezu geräuschlos vorwärts: Nicht ein einziger Ast knackte und das bunte Herbstlaub raschelte nur leise unter seinen Füßen.

Bei der mit einem kleinen roten Kreuz markierten Buche sondierte er seelenruhig die Umgebung. Neben einem Sterholzstapel entdeckte er einen Fuchs, der neugierig zu ihm herüberschaute. John nahm den Finger vor die Lippen und stieß einen leisen Zischlaut aus, woraufhin der Fuchs fluchtartig das Weite suchte.

Lächelnd packte er den untersten Ast und hangelte sich an ihm hoch. Wie ein Affe erklomm er geschwind den Baum und nahm auf seiner Spähposition Platz. Den Rucksack hängte er an einen eigens abgesägten Ast, der als überdimensionierter Kleiderhaken fungierte. Der Zusammenbau seiner Präzisionswaffe ging ihm wie immer ausgesprochen leicht von der Hand. Er war darin geübt und konnte die Einzelteile sogar mit verbundenen Augen zusammenfügen – und zwar in Rekordzeit.

Während er sich auf seine Atemzüge konzentrierte, streichelte er sanft über die Tätowierung an seinem linken Bein. Zuerst kreisend über beide Skorpione hinweg, dann fuhr er mit seinen Fingerkuppen die beiden Buchstaben nach. Er hatte sich dieses Ritual irgendwann einmal angewöhnt und übte es seitdem genauso leidenschaftlich aus wie ein Fußballprofi, der immer zuerst den rechten Schienbeinschützer anzog oder irgendwelche anderen Marotten pflegte.

Denn auch er war ein Profi, einer, der seine Kunst perfekt beherrschte: ars necandi – die Kunst des Tötens.

Während er seine Waffe streichelte, spürte er den kalten, todbringenden Stahl unter seinen Fingerkuppen.

Du behandelst deine Waffe so, als ob sie dein wichtigstes persönliches Gut sei. Und du lässt deine Waffe niemals zurück, hämmerten die einprogrammierten Gebote unter seinem kahlrasierten Schädel. Du achtest stets auf ein einwandfreies, gepflegtes Äußeres und dein Benehmen ist würdevoll und zurückhaltend.

Er rückte seine Jacke zurecht und richtete den Hemdkragen aus.

Trotz der gleichen Medikamentendosis war er diesmal etwas unruhiger als beim ersten Teil seines Scharfschützen-Zehnkampfs. Kein Wunder, schließlich hatte er sich für den zweiten Durchgang erschwerte Wettkampfbedingungen auferlegt.

Für die Ouvertüre des ersten Wettkampfabschnittes waren keine besonderen Vorarbeiten nötig, da sich ihm die jungen Sportler auf der 100-Meter-Laufbahn quasi auf dem silbernen Tablett präsentierten. Er hatte die freie Auswahl und diese auch genutzt. Dagegen musste er die Gewohnheiten der nächsten vier Opfer über Monate hinweg ausspähen, entsprechend der jeweiligen Anschlagsorte, die er für die Dramaturgie seines Rachefeldzuges vorab festgelegt hatte.

Und nun, vor dem zweiten Teil seines Zehnkampf-Wettbewerbs, sah er sich mit etwas Neuem konfrontiert: Aufgrund des Plans kannte er zwar seine nächsten Einsatzorte, die Zielpersonen hingegen waren ihm unbekannt. Zudem wusste er nicht, zu welchem Zeitpunkt die potenziellen Opfer dort auftauchen würden. Aber auch das stellte ihn nicht vor größere Probleme. Sein Job brachte es mit sich, dass er manchmal sogar tagelang irgendwo auf der Lauer liegen und auf einen günstigen Zeitpunkt warten musste.

Besser länger warten und den Auftrag optimal erfüllen, als hektisch an die Sache herangehen, hatten ihm seine Ausbilder ins Gebetbuch geschrieben. Und John hatte sich an diese Order immer gehalten, hatte stets perfekt funktioniert. Auch bei seinem letzten Einsatz. Es war nicht seine Schuld, dass die Spezialeinheit beim Rückzug in einen Hinterhalt geriet und er gefangen genommen wurde. Kameraden, die ihm mehr bedeuteten als leibliche Brüder, starben bei diesem Gefecht – Kameraden, für die er alles geopfert hätte, auch sein Leben.

›Einer für alle, alle für einen‹, war einer ihrer Grundsätze.

›Disziplin und Kameradschaft sind deine Stärken, Mut und Treue deine Tugenden‹, lautete ein anderer.

›Deinem Vorgesetzten bist du treu ergeben, denn der erteilte Befehl ist heilig‹, hieß ein weiterer. Auch wenn er noch so falsch ist, schimpfte er in Gedanken.

Und dieser Befehl war falsch! Wir hätten den anderen Weg nehmen müssen. Aber du Scheißkerl wolltest ja nicht auf uns hören. Du hast meine Brüder auf dem Gewissen – und mich! Und dann besitzt du auch noch die Dreistigkeit, mich vom Dienst zu suspendieren, weil ich angeblich nicht mehr einsatztauglich bin. Dabei hast *du* versagt – nicht ich!

Er musste an diesem wolkenlosen Septembermorgen nicht mehr lange auf sein nächstes Opfer warten: Ein junger, dunkelhaariger Mann, der mit einem grauen Kapuzenpulli und einer roten halblangen Sporthose bekleidet war. Nachdem er sich eine Weile warmgelaufen hatte, dehnte er seinen athletischen Körper. Er blickte dabei hinüber zum Waldrand – und damit John direkt ins Zielfernrohr.

»Ihr sollt unter keinen Umständen überhastet agieren! Aber wenn die Luft rein ist und ihr die Zielperson optimal im Visier habt, dann zögert nicht lange, sondern erledigt euren Job«, klingelten John die Worte seines Ausbilders in den Ohren.

Er atmete aus und drückte ab.

Während der durchtrainierte Sportler nach hinten umgerissen wurde und taumelnd in sich zusammenfiel, durchflutete John wieder dieses unbeschreiblich intensive, triumphale Glücksgefühl. An seinem gesamten Körper kribbelte es unter der Haut, die Haare an den Armen richteten sich auf und abwechselnd jagten heiße und kalte Schauder seinen Rücken hinunter. Benommen von diesem ekstatischen Taumel blickte er in das dichte Blätterdach über seinem

Kopf. Plötzlich öffnete sich die Krone der alten Buche. Er schaute in ein gleißendes Licht, aus dem ein weißer Engel hervortrat und mit zarter Stimme aus der Offenbarung des Johannes zitierte:

›Danach sah ich, und siehe,
eine Tür war aufgetan im Himmel,
und die erste Stimme,
die ich mit mir hatte reden hören
wie eine Posaune, die sprach:
Steig herauf, ich will Dir zeigen,
was nach diesem geschehen soll.‹

Zwei Elstern ließen sich laut krächzend auf einer nahe gelegenen Astgabel nieder. Ein Ruck ging durch Johns Körper. Er schüttelte den Kopf und klatschte sich auf die Wange. Nun war er wieder bei Sinnen. Mit routinierten Griffen baute er die Waffe auseinander, verstaute sie im Rucksack und kletterte den Baum hinunter. In geduckter Körperhaltung hastete er zu dem leblos am Boden liegenden Sportler, packte ihn an seinem Kapuzenpulli und schleifte ihn ins Gebüsch. Dort vergewisserte er sich, dass er auch sein sechstes Opfer mit einem einzigen Schuss ins Herz getötet hatte. Danach befestigte er den Kabelbinder über dem Knöchel des Toten und bekreuzigte sich.

»Was, ein 18-jähriger Schüler?«, keuchte Tannenberg in den Hörer. Er dachte unwillkürlich an seinen Neffen Tobias, von dem er wusste, dass er freitagmorgens die ersten beiden Stunden keinen Unterricht hatte. Sein Magen krampfte sich zusammen und er schnappte nach Luft. »In Neidenfels? Alles klar, wir sind schon auf dem Weg.« Die Ortsangabe erlöste ihn von seiner Panikattacke.

Bereits zwanzig Minuten später bogen die Kaiserslauterer Kriminalbeamten von der B 39 in die Zwerlenbachstraße ab, an deren Ende sich der Sportplatz des SV Neidenfels in ein enges Seitental schmiegte. Die beiden Längsseiten des Sportgeländes grenzten direkt an ein Waldgebiet an. Wie zuvor in Rockenhausen hing der männliche Leichnam wieder über einem Metallrohr. Diesmal handelte es sich allerdings nicht um eine Wegschranke, sondern um ein Geländer. Zudem hatte der Täter sein Opfer nicht wie vorgestern mit dem Rücken auf der Stange abgelegt, sondern bäuchlings darüber gehängt.

»Die sechste Disziplin: 110 Meter Hürden«, stellte Dr. Schönthaler lapidar fest. Er checkte die Körpertemperatur des jungen Sportlers: »35,8 Grad. Ergo: Todeseintritt vor circa eineinhalb bis zwei Stunden.«

»Damit dürfte es mal wieder zu spät sein für unsere Ringfahndung«, knurrte Tannenberg, der diese routinemäßige Maßnahme sofort nach dem Anruf aus der Zentrale angeordnet hatte.

»Wir kommen eben immer zu spät.«

»Ja, Karl, leider. Der Mistkerl ist garantiert schon wieder über alle Berge. Von hier aus ist man in einer knappen Viertelstunde auf der Autobahn und kann in alle Himmelsrichtungen verschwinden.«

Mertel hatte den Kofferanhänger abgetrennt und las nun die beiden Nietzsche-Zitate vor, für die sich der unbekannte Täter diesmal entschieden hatte: »Ich schließe Kreise um mich und heilige Grenzen; immer Wenigere steigen mit mir auf immer höhere Berge. – Seht, ich lehre euch den Übermenschen: der ist dieser Blitz, der ist dieser Wahnsinn! – Liebe Grüße! John, steht darunter.«

»Also doch dieser ominöse John, von dem mir der Bundeswehr-Psycho berichtet hat.«

»Beziehungsweise dein geliebter Johannes«, schoss der Gerichtsmediziner einen weiteren giftgetränkten Pfeil in Richtung seines alten Freundes ab.

Tannenberg grummelte etwas Unverständliches vor sich hin.

»Wenn der arme Nietzsche gewusst hätte, dass sein vergötterter ›Zarathustra‹ einmal von einem wahnsinnigen Hollywood-Schauspieler für eine Mordserie missbraucht werden würde, er hätte das Manuskript hundertprozentig vernichtet«, setzte der Rechtsmediziner gleich noch eins drauf, während er die Schusswunde näher inspizierte. »Wie langweilig: immer das Gleiche. Da kann ich mir die Arbeit wirklich sparen.«

Zu diesem Zeitpunkt saß John in St. Wendel in einer Gartenwirtschaft und labte sich am ersten neuen Wein der Saison. Dazu vertilgte er ein großes Stück Zwiebelkuchen. Seinen Rucksack hatte er am Bahnhof in einem Schließfach deponiert und war per pedes in die

Fußgängerzone der saarländischen Stadt geschlendert. Das Katz-und-Maus-Spiel mit seinen Häschern bereitete ihm immer mehr Freude. Er versuchte sich in sie hineinzuversetzen, ihre Gedanken und Strategien zu erraten.

Die Bullen müssen doch völlig verzweifelt sein. Sechs perfekte Morde und noch immer keine heiße Spur zum Täter. Und dann diese Scheiß-Angst, dass sie auch die nächsten vier Morde nicht verhindern können, tatenlos zuschauen müssen, wenn ich meinen genialen Plan erfolgreich zu Ende bringe.

Was haben sie denn schon gegen mich in der Hand? Projektile und Patronenhülsen, die von einer nicht registrierten Waffe stammen. Meine DNA? Dass ich nicht lache! Sie haben die DNA eines Phantoms, eines nicht registrierten Menschen. Eines Elitesoldaten, der mit neuen Papieren, mit einer perfekten Legende, einer neuen Identität ausgestattet wurde. Von Vorgesetzten, die sich niemals zu dieser Killermaschine und zu den Einsätzen bekennen werden, die sie selbst in Auftrag gegeben haben. Weil ihnen diese illegalen Aktivitäten das Genick brechen würden. Und davor haben sie so großen Schiss, dass sie alles unter den Teppich kehren werden – alles!

Sie können mir gar nichts, denn ich trage eine Tarnkappe. Wie der Zwergenkönig Alberich im Nibelungenlied. Ich bin unsichtbar. Keiner wird mich jemals zu Gesicht bekommen.

Weil mich keiner sehen kann – und weil mich keiner sehen *darf*.

Noch bevor die Bullen richtig verstehen werden, wie sehr ich sie verarscht habe, bin ich bereits für immer von der Bildfläche verschwunden. Interpol wird mich suchen. Ja und? Wen sollen sie denn suchen? Die Top-Secret-Akten über mich wurden inzwischen garantiert alle vernichtet. Offiziell sind meine Kameraden und ich schon seit vielen Jahren verschollen oder tot. Perfekte Inszenierungen, um ein Geheimkommando zusammenbasteln zu können, das überall auf der Welt lautlos zuschlagen kann.

Also steht meiner goldenen Zukunft nichts mehr im Wege. Einer Zukunft, in der mich diese Flashbacks und dieser ganze Trauma-Scheiß hoffentlich nur noch selten nerven werden. Aus weiter, weiter Ferne werde ich mich noch viele Jahre über meinen gelungenen Coup amüsieren.

Anders als mein Namensvetter, dieser bescheuerte Sniper von Washington. Auch er hat zehn Leute erschossen, aber was hat er davon gehabt? Erst verrottete er jahrelang in irgendeinem Amiknast und dann gab man ihm die Todesspritze. Dilettant! Zivilist!

Aber die Idee mit den zehn Millionen war gar nicht so schlecht. Dollar – ich will Euro! Nur war seine Strategie ein totaler Flop. Was für ein Schwachsinn: Offiziell die US-Behörden zu kontaktieren und seine Forderungen zu stellen. Dabei gibt es doch diese wunderbaren dunklen Kanäle zu den strenggeheimen Geldquellen, mit denen unsere Aufträge finanziert wurden.

Von meiner Erpressung wird die Öffentlichkeit

nie etwas erfahren. Weil die, von denen ich mein Schweigegeld kassieren werde, es sich nicht leisten können, die Sache publik zu machen. Die Folge wäre ein riesiger Skandal, bei dem eine Menge Köpfe rollen würden. Und davor haben sie panische Angst, diese elenden Bürokratenärsche.

Ich habe den Ehrenkodex der Verschwiegenheit gebrochen. Ja und? Der Zweck heiligt die Mittel! Ich pokere eben hoch. Wer nicht wagt, der nicht gewinnt! Ich werde es ihnen zeigen. Sie sollen jeden Tag bereuen, dass sie mich mit kalter Hand abserviert haben! Mein Anruf ist ihnen gewaltig in die Knochen gefahren. Der hat sie vor Schock gelähmt. 10 Millionen Euro – ein stattliches Sümmchen! Damit kann ich bis zu meinem Lebensende locker auskommen.

Wie ein fauchender Drache stieß er einen Schwall Luft durch die Nase. Pah, der Sniper von Washington, höhnte er in Gedanken. Was für ein unfähiger Blindgänger! Im Gegensatz zu diesem stümperhaften Amateur bin ich ein waschechter Profi! Und ich bin bereits heute eine Legende, eine lebende Legende! Ich werde in die Kriminalgeschichte eingehen. Die Zeitungen sind schon heute voll mit Berichten über mein Meisterwerk.

Aber es ist erst perfekt, wenn es vollendet ist. Erst dann ist es vollkommen und wird das sein, was nur die wirklich große Kunst erreichen kann: Zeitlos zu sein und bis in alle Ewigkeit hinein bewundert zu werden.

Zurück im Lagezentrum der SOKO ›Sniper‹ ging Hauptkommissar Wolfram Tannenberg direkt zu der Landkarte, in die er die bisherigen Tatorte eingezeichnet und mit Linien verbunden hatte. Er markierte den Fundort des 6. Opfers mit einem roten Kreuz. Danach zeichnete er eine Gerade von diesem Punkt aus zu dem von Eva via Geoprofiling vermuteten Lebenszentrum des Täters.

»Ein Fadenkreuz«, rief Sabrina.

»Tatsächlich«, stimmte ihr Ehemann zu. »Ein Fadenkreuz, bei dem sich die Koordinaten exakt dort schneiden, wo der Sniper übernachtet hat: in diesem Pumpenhäuschen. Also, wenn ich es nicht gerade selbst sehen würde, ich würde es nicht glauben. Das ist ja der reinste Albtraum.«

»Leider ist das weder ein Albtraum, noch ein anderer Traum, sondern es ist die knallharte Realität«, sagte Tannenberg. »Und zwar eine ausgesprochen bittere, denn sie hat inzwischen sechs unschuldigen Menschen das Leben gekostet.«

»Er ist aber noch nicht fertig«, stellte der Rechtsmediziner nüchtern fest. »Ihm fehlen noch vier weitere Opfer.«

»Wir müssen versuchen, uns in den Täter hineinzuversetzen. Wann wird er wieder zuschlagen? Was tut er gerade jetzt in diesem Augenblick?«

»Viel wichtiger ist doch die Frage, *wo* er das nächste Mal zuschlagen wird. Nur wenn wir das wissen, können wir die Menschen dort vorwarnen.«

Tannenberg nickte mit zusammengepressten Lippen. »Sicher, Rainer, das ist die zentrale Frage.« Er seufzte tief, während er nachdenklich sein Kinn knetete. »Ich denke, dieses Fadenkreuz besitzt für den Täter eine eminent wichtige Bedeutung, sonst hätte er die verschiedenen Tatorte nicht so plakativ arrangiert.« Der SOKO-Leiter blickte reihum. »Einwände dagegen?«

Nur Kopfschütteln als Reaktion.

»Deshalb sollten wir davon ausgehen, dass er seinen vermeintlichen Geniestreich nicht leichtfertig aufs Spiel setzen wird.«

»Du meinst, indem er Anschlagsorte wählt, die sich nicht auf diesem Koordinatenkreuz befinden?«, sagte Dr. Schönthaler.

»Richtig«, bestätigte Tannenberg.

»Also gehen wir davon aus, dass die nächsten vier Tatorte auch auf diesen Geraden liegen werden«, warf Sabrina ein.

»Oder auf den jeweiligen Verlängerungslinien.«

»Aber die führen doch ins Unendliche«, monierte Sabrina.

»Leider«, gab ihr Chef zerknirscht zurück. Aber gleich darauf zeigte sich ein seltsamer Glanz in seinen Augen und er korrigierte sich. »Oder auch nicht. Möglicherweise hat er mit seinem Fadenkreuz nur die Pfalz im Visier.« Er verlängerte die Striche bis zur Landesgrenze. »Aber warum nur?«

»Keine Ahnung, Wolf. Jedenfalls wäre mir diese Variante viel lieber, als in Belgien, Frankreich …« Dr. Schönthaler stockte. Er schob die Brauen zusammen und grübelte über weitere Länder auf den imaginären Koordinaten nach.

»Norwegen, China«, mischte sich Geiger ein.

»Ja, genau. – Als in Norwegen und China nach infrage kommenden Sportplätzen zu suchen«, vollendete der Gerichtsmediziner mit rollenden Augen.

»Aber warum schlägt er ausgerechnet hier bei uns zu?«, fragte die junge Kommissarin. »Warum nicht in der Lüneburger Heide oder im Allgäu.«

»Die Erklärung dafür liegt doch auf der Hand«, behauptete der Rechtsmediziner nun plötzlich. Er kehrte demonstrativ eine Handfläche nach oben. Automatisch blickten die meisten seiner Zuhörer auf die leere Hand. Grinsend drehte er nun auch noch die andere Hand um. »Beziehungsweise auf beiden Händen.«

Die SOKO-Mitarbeiter blickten sich verdutzt an.

»Wir haben es mal wieder mit exakt zwei Möglichkeiten zu tun, werte Kollegen«, fuhr der Pathologe fort: »Entweder befindet sich der Schlüssel zum Motiv des Täters tatsächlich hier in unserer Heimat, oder aber der Täter will uns dies nur glauben machen, um sein wahres Motiv zu verschleiern.«

»Ich bin nach wie vor der Meinung, dass sich das Lebenszentrum des Täters hier in Kaiserslautern befindet«, erklärte die Kriminalpsychologin. »Wie über 90 Prozent der Serienmörder hat auch er seine bisherigen Opfer in einem Umkreis von maximal 30 Kilometern um seinen Lebensmittelpunkt herum getötet. Er gehört dem Anschein nach nicht zu den sogenannten Wilderern, die relativ weit entfernt von ihrem Wohnort zur Suche nach Opfern aufbrechen.«

»Gut, dann sollten wir wohl schleunigst allen pfälzischen Dienststellen die frohe Botschaft übermitteln, dass unser Sniper doch noch nicht gefasst ist und sie deshalb alle verfügbaren Einsatzkräfte zur Bewachung der Sportplätze, Trimm-Dich-Pfade, Jogging- und Walking-Parcours oder ähnlichen Orten abstellen sollen.«

»Darum kümmere ich mich sofort«, bot Michael Schauß an und eilte zu seinem Schreibtisch.

»Vergiss nicht, ihnen diesen Zorro-Verschnitt genau zu beschreiben«, rief ihm Dr. Schönthaler hinterher. »Pfälzische Polizei löst Großfahndung nach George Clooney aus. Das hat schon was. Und sag ihnen, sie sollen sich von ihm kein Autogramm geben lassen, sondern ihn festnehmen.«

»Ich weiß nicht, ob …«, fing Geiger an, verstummte dann aber.

»Ob, was?«, blaffte Tannenberg.

»Ob der es uns wirklich so einfach macht. Das ist doch ein Profi. Der hat sich bestimmt einen falschen Bart angeklebt oder die Haare …«

»Ja, Geiger, der hat garantiert seine Maskenbildnerin dabei«, warf Dr. Schönthaler dazwischen.

»Es muss sofort eine Eilmeldung an die Medien raus«, ordnete Kriminaldirektor Eberle mit düsterer Miene an. »Und zwar mit folgendem Inhalt: Eindringliche Warnung an die Bevölkerung: In allernächster Zeit ist mit weiteren Anschlägen zu rechnen. Das Sporttreiben im Freien ist unter allen Umständen zu vermeiden. – Wer informiert die Pressestelle?«

»Das übernehme ich«, erklärte sich Sabrina bereit.

»Was ist eigentlich die siebte Disziplin des Zehnkampfs?«, wollte Meier III wissen.

»Diskuswerfen.«

In diesem Augenblick betrat Oberstaatsanwalt Dr. Hollerbach das Lagezentrum. Er trug einen grauen Anzug mit einer Krawatte, die an eine Scharlachzunge erinnerte. Seine tief liegenden, dunklen Augen funkelten vor Zorn.

Mit hochrotem Kopf polterte er los: »Kollegen, es ist zum Verzweifeln. Ich habe inzwischen mit diversen hochrangigen Persönlichkeiten gesprochen, angefangen von der Bundeswehr in Koblenz über das BKA bis hin zu MAD und BND.«

»Respekt«, bemerkte Tannenberg grinsend.

Während sich Hollerbachs Schultern nervös auf und ab bewegten, zeigte sich ein dezentes Lächeln auf seinem Gesicht. »Alle waren ausgesprochen nett zu mir. Sie brachten ganz viel Verständnis für die dramatische Situation auf, mit der wir uns gegenwärtig herumschlagen müssen. Aber keiner von ihnen will jemals etwas von einem gewissen Johannes Zörntlein gehört haben.«

Sein Ton wurde wieder bedeutend schärfer: »Dieser Name existiert angeblich in keiner ihrer Datenbanken. Als ich sie nach illegalen Sondereinsatzkommandos gefragt habe, haben sie mich ausgelacht.« Er schluckte hart. »*Mich* haben sie ausgelacht.«

»Haben Sie mit dem Vorgesetzten dieses Oberstabsarztes gesprochen?«, fragte Dr. Schönthaler.

»Selbstverständlich habe ich das«, kam es in pikiertem Tonfall zurück. »Der gute Mann hat auch gar nicht bestritten, dass sich sein langjähriger Mitarbeiter Dr. Kronenberger als Psychologe um traumatisierte Soldaten gekümmert hat. Dies sei schließlich eine wichtige Aufgabe des Bundeswehrkrankenhauses. Aber eine Therapie mit vermummten Gestalten an einem geheimen Ort …« Er brach ab und wedelte hektisch mit einer Hand vor seinem Gesicht herum. »Der hat wohl gemeint, ich bin völlig meschugge.«

Susi Rimmel brachte ihm ein Glas Wasser, das er dankend entgegennahm. Er trank einen großen Schluck und tupfte sich mit seinem Taschentuch den Schnurrbart ab.

»Jedenfalls hat dieser Generalstabsarzt so etwas als völlig undenkbar bezeichnet«, plapperte er weiter. »Solche wahnwitzigen Geschichten existierten nur in Agententhrillern, und nicht in der Realität einer westlichen Demokratie, in der schließlich die Geheimdienste vom Parlament überwacht würden. Angesichts meiner blühenden Fantasie solle ich mich doch mal als Krimiautor versuchen.«

Dr. Hollerbach fletschte jähzornig die Zähne und schimpfte weiter: »Dieser arrogante Idiot! Ich werde mich jetzt gleich an den Herrn Generalstaatsanwalt wenden, der soll sich der Sache annehmen. Von mir aus soll er am besten auch noch den Herrn Generalbundesanwalt einschalten. Dieser ominöse Zörntlein wird doch wohl zu identifizieren sein. Das gibt's doch gar nicht! Wir leben schließlich nicht in einer Bananenrepublik!«

»Das hört sich ja fast an wie die berühmt-berüchtigte Omertà bei der Mafia«, meinte Eberle mit ruhiger Stimme.

»Die was?«, fragte Geiger.

»Die Mauer des Schweigens.«

14

Nach dem Essen bummelte John ziellos durch die Stadt. An einem Kiosk kaufte er sich mehrere Tageszeitungen und suchte sich ein sonniges Plätzchen in einem Straßencafé. Schmunzelnd las er die Artikel über das plötzliche Ende einer aufsehenerregenden Mordserie, welche die Pfalz in den letzten Tagen wie ein gewaltiges Erdbeben erschüttert habe.

Da haben sich wohl einige ein wenig zu früh gefreut, grinste er in sich hinein. Aber ihr hier könnt euch wirklich freuen, euch Saarländern wird nämlich nichts passieren, kein einziges Härchen wird euch gekrümmt werden.

Ja, ja, die Saarländer und die Pfälzer. Irgendwie können die sich nicht leiden. Aber warum eigentlich?, fragte er sich. Er musterte einige der vorbeischlendernden Passanten. Diese Saarländer sehen doch aus wie ganz normale Menschen. Komisch. Na ja, das kann mir ja auch schnurzpiepegal sein. Ich muss sowieso nachher wieder über die Grenze zurück in die Pfalz und einen weiteren Auftrag erledigen. Und zwar einen, den ich mir selbst erteilt habe. Nie mehr werde ich mir von irgendjemandem einen Befehl erteilen lassen – nie mehr!

Ihm schräg gegenüber ließ sich ein jüngerer, armamputierter Mann auf dem Verbundsteinpflaster nieder, kramte aus seinem Rucksack eine Mundharmonika hervor und leierte ohne Unterlass die ›Ein-Vogel-wollte-Hochzeit-machen‹-Melodie herunter. In Johns Kopf dudelte dazu unwillkürlich der eingängige Refrain ›fidirallala, fidirallala, fidirall-a-lal-a-la‹. Genervt von dieser musikalischen Zwangsbeglückung ging er zu dem Bettler und hielt ihm einen 20-Euro-Schein unter die Nase.

»Die bekommst du aber nur dann, wenn du sofort mit diesem unerträglichen Gequietsche aufhörst und die Kurve kratzt.«

»Mach ich doch glatt, Meister«, gab der Einarmige zurück, pflückte den Geldschein aus Johns Hand, erhob sich schwerfällig und verabschiedete sich mit einer theatralischen Verbeugung.

»Danke! Damit haben Sie Ihre gute Tat für heute hinter sich«, sagte ein älterer Herr am Nebentisch nach Johns Rückkehr. »Sie kennen ja sicher die alte Pfadfinder-Regel: Jeden Tag sollst du mindestens *eine* gute Tat verrichten.«

»Ja, natürlich«, erwiderte John freundlich. »Ich war viele Jahre bei den Pfadfindern, deshalb begleitet mich dieser Vorsatz noch immer durch jeden Tag«, log er und fügte im Stillen hinzu: Und heute Abend vollbringe ich bereits meine zweite grandiose Tat für heute. Aber ob es sich dabei um eine weitere gute Tat handeln wird, wage ich doch ernsthaft zu bezweifeln.

Auf dem Weg zu seinem Auto begegneten ihm zwei Polizisten, die allerdings keinerlei Notiz von ihm zu nehmen schienen. Sein Pulsschlag hatte sich nur unwesentlich erhöht. Er fühlte sich sicher, überlegen und unverwundbar. In Vorfreude auf seine nächste Aufgabe pfiff er die in der Fußgängerzone gehörte Melodie vor sich hin und lächelte wildfremde Menschen an. Erfreut registrierte er, dass sich deren Mundwinkel urplötzlich nach oben schoben und dadurch die tief eingefrästen, mürrischen Züge für einen Augenblick aus ihren Gesichtern verschwanden.

Die Fahrt führte John durch eine abwechslungsreiche Mittelgebirgslandschaft, die aus Feldern, Wiesen und Wäldern wie zu einem Flickerlteppich zusammengesetzt war. Mit der milden, wärmenden Herbstsonne im Rücken durchquerte er zuerst Werschweiler, dann Frohnhofen und Krottelbach und erreichte schließlich seinen Zielort, das im reizvollen oberen Ohmbachtal gelegene Dorf Herschweiler-Pettersheim.

John parkte seinen Opel Astra am östlichen Ortsrand. Er schaute sich kurz nach allen Seiten um, dann machte er sich auf den Weg zu einem in Richtung der Gemeinde Wahnwegen gelegenen Waldgebiet, wo sich sein neuer Zielort befand. Allerdings ging er nicht direkt zum SV-Sportgelände, sondern schlug einen Haken und wanderte in entgegengesetzter Richtung. In einem uneinsehbaren Fichtenwäldchen suchte er sich ein lauschiges Plätzchen und legte eine ausgedehnte Siesta ein.

Gegen 16 Uhr packte er seine Sachen zusammen und schlenderte zum SV-Sportplatz, der von hohen Bäumen wie von einem schützenden Kokon umschlossen wurde. Nahezu lautlos nahm er seine Spähposition auf dem präparierten Baum ein. Die Äste, die seinen Blick auf das aus einem Rasen- und einem Hartplatz bestehende Sportgelände zunächst behinderten, hatte er schon vor Wochen abgesägt. Nun hatte er freien Blick auf den Ort, an dem sein nächstes Opfer mit einem Präzisionsschuss niedergestreckt werden sollte.

Nach und nach trafen die Freizeitsportler ein. Dem Alter und der Leibesfülle der Männer nach zu urteilen, fand sich hier gerade eine Thekenmannschaft zum Feierabend-Kick ein. Einem sehnigen, durchtrainierten Elitesoldaten wie ihm huschte so manches Schmunzeln über die Lippen, als er die bierbauchbewehrten Gestalten hinter dem Spielgerät herhecheln sah. Die unzureichenden technischen Fertigkeiten und die nicht vorhandene Laufbereitschaft kompensierten die Hobbyfußballer durch lautstarke Kommandos und rüde gegenseitige Beschimpfungen.

Nach einer knappen Stunde brachen die Freizeitkicker ihr Trainingsspielchen ab. Kurzerhand beschlossen sie, die sportliche Betätigung in den Biergarten ihrer Stammkneipe zu verlegen und sich dort dem einarmigen Reißen zuzuwenden, sprich dem Anheben eines bis zum Rand gefüllten Weizenbierglases.

Mit einem Mal war es totenstill auf dem Sportplatz. John hatte sich bereits mit dem Gedanken abgefunden, dass er nun wohl unverrichteter Dinge den Rückzug würde antreten müssen. Er wollte gerade sein Präzisionsgewehr auseinanderbauen, als er einen Mountainbikefahrer erspähte, der sich von links kommend in sein Blickfeld schob. Er schaute durch das Zielfernrohr: Es handelte sich bei dem ahnungslosen Ankömmling um einen circa 10-12-jährigen, rothaarigen Jungen. Der Rotschopf legte das Fahrrad auf die Seite, kramte einen Fußball aus seinem Rucksack und begann vom Elfmeterpunkt aus auf eines der Tore zu schießen.

John freute sich wie ein kleines Kind über diese schicksalhafte Fügung, denn nun konnte er die siebte Disziplin seines Zehnkampfs absolvieren und dem mit einem einzigen Präzisionsschuss getöteten Opfer den Diskus auf die Brust legen. Er nahm den Jungen ins Visier und berührte mit seinem Zeigefinger den Abzug. Er spürte das kalte Metall, suchte spielerisch den Druckpunkt.

Ein bewegtes Ziel nur im Notfall attackieren, mahnte ihn seine innere Stimme.

Von Johns Fadenkreuz begleitet, bückte sich der Junge, ging einige Schritte zurück, nahm Anlauf und trat an den Ball. Im Laufschritt eilte er zum Tornetz, holte den Ball und joggte zurück zum Elfmeterpunkt. Dort blieb er stehen und blickte hinüber zum Wald.

Winfried Gerster war ein leidenschaftlicher Pilzsammler. Allerdings gehörte er nicht zu denjenigen Zeitgenossen, die im Wald alles, was auch nur annähernd nach einem Speisepilz aussah, lieblos aus der Erde herausrissen und in Plastiktüten nach Hause trugen. Nein, in seiner Familie hatte die Pilzjagd eine lange Tradition.

Die geheimen Plätze mit den besten Speisepilzvorkommen wurden wie ein Schatz gehütet und von Generation zu Generation weitergegeben. Das Pilzsammeln wurde als ein Ritual im Einklang mit der geliebten Natur betrachtet. Man erntete jeweils nur das, was man auch verzehren konnte, und schnitt nur solche Pilze ab, die eine gewisse Größe erreicht hatten.

Beim gemeinsamen Abendbrot mit seiner Ehefrau war die Idee aufgekommen, die Tochter und deren Familie am nächsten Tag zum Mittagessen einzuladen. Und da man sich mitten in einer vielversprechenden Pilzsaison befand, drängten sich Pfifferling-Omeletts geradezu auf – die Leibspeise aller Familienmitglieder.

Passenderweise war Freitag. Weil die allermeisten Pilzsammler erst am Wochenende in die Wälder einfielen, standen die Chancen auf eine reichliche Pilzernte nicht schlecht. Die milde Witterung und die häufigen Regenschauer der letzten Nächte hatten ideale Wachstumsbedingungen für die wohlschmeckenden Waldbewohner geschaffen.

Deshalb rief der Senior seine Tochter an und kündigte die Delikatesse an. Da ihn sein einziger Enkel in der Vergangenheit schon des Öfteren in den Wald begleitet hatte, wollte er ihn gerne zu seiner Exkursion einladen. Aber Dominik hatte sich gerade auf den Weg zu einem Freund gemacht, mit dem er später zum Fußballplatz radeln wollte.

Gerster nahm zwei Jutesäckchen aus der Eckbank-Truhe und steckte sein Springmesser ein. Wegen der Zeckengefahr stopfte er die Hosenbeine in die Strümpfe. Dann schnürte er seine Wanderschuhe, verabschiedete sich und fuhr mit dem alten VW Golf in das etwa zwei Kilometer entfernte Waldgebiet, wo sich in einer Eichenschonung sein ertragreichstes Pfifferling-Revier befand.

Als er einen silbergrauen Opel Astra mit Kaiserslauterer Kennzeichen genau an der Stelle stehen sah, wo er normalerweise sein Auto parkte, schäumten sogleich Wogen des Zorns in ihm auf.

»Verdammte Städter, kommen die jetzt auch schon hierher zu uns und klauen uns unsere Pilze«, grummelte er ungehalten vor sich hin.

Notgedrungen steuerte er seinen Golf in den nächsten Waldweg hinein. Aus Angst, den Pilz-Wilderer auf sich aufmerksam zu machen und ihn möglicherweise sogar auch noch zu einem seiner besten Pilzreviere zu führen, drückte er betont leise die Autotür ins Schloss und spitzte die Ohren. Aber alles war ruhig. Nur vom Sportplatz her hörte man entfernte Männerstimmen. Mit Luchsaugen sondierte er den mit Farnen, Brennnesselbüschen und Heidelbeerstöcken bewachsenen Mischwald. Doch er entdeckte den Wilderer nicht.

Nach einem etwa zehnminütigen Fußmarsch

erreichte er die umzäunte Eichenschonung. Er blickte sich noch einmal verstohlen in alle Richtungen um, dann huschte er über den Weg. Hinter einem Spalier junger Fichten hatte er ein Loch in den Wildzaun geschnitten, das er mit einem Stock provisorisch verschlossen hatte. Immer, wenn er diesen Ort erreichte, beschleunigte sich sein Puls und er begann zu schwitzen.

Er war ein pensionierter Finanzbeamter, der auch im privaten Bereich als rigoroser Verfechter von Gesetz und Ordnung auftrat. Deshalb wurde er stets von gewaltigen Gewissensbissen geplagt, wenn er sich auf diese Weise illegalen Zutritt zu einem eigentlich für ihn gesperrten Waldbereich verschaffte. Diesmal gesellte sich noch die Angst vor einem gefährlichen Konkurrenten hinzu, der vielleicht schon in sein Revier eingedrungen war und dort womöglich gerade die schönsten Pfifferlinge abschnitt. Zumal dieser Wilderer ihn auch noch bei einer Gesetzesübertretung ertappen konnte.

Aber die Gier nach den kleinen gelben Köstlichkeiten war einfach stärker als alle seine Skrupel. Er zog den Stock aus dem grobmaschigen Drahtgeflecht und zwängte sich durch den Spalt. Mit hektischen Blicken sondierte er den in Reihen angepflanzten, inzwischen etwa oberarmdicken Jungeichenbestand.

Nachdem er niemanden ausmachen konnte, wandte er sich erleichtert der Pilzsuche zu. Aber diesmal war er bedeutend nervöser und fahriger als sonst. Die kalte Angst vor diesem unbekannten Eindringling lag ihm wie ein Eisbeutel im Nacken, ließ ihn trotz der angenehmen Temperaturen frösteln.

Es dauerte nicht lange und schon blitzten im braunen Eichenlaub die ersten dottergelben Pfifferlinge auf. Zuerst fand er nur vereinzelte Exemplare, doch je weiter er in die Eichenschonung eindrang, umso reichlicher wurde er von der Natur beschenkt.

Er traute seinen Augen kaum, als er einen gelben Hexenkreis entdeckte, der gut einhundert Pilze zählte. Da er noch immer große Angst vor Entdeckung hatte, beeilte er sich beim Ernten. Er ging dabei so hektisch vor, dass er sich in den Finger schnitt. Fluchend wickelte er ein Taschentuch um die stark blutende Wunde.

Der Schweiß lief ihm in Strömen das Genick hinunter. Er füllte die beiden Jutetaschen bis oben hin mit Pfifferlingen. Das reichte dicke für das Festmahl. Im Sitzen blickte er sich noch einmal um und lauschte in den Wald hinein. Anschließend erhob er sich und suchte die Hosenbeine nach Zecken ab. Er fand zwei Weibchen, die er mit dem Daumen der unversehrten Hand wegschnippte.

Gerade als er das Zaunloch mit dem Stock flickte, hörte er einen Schuss. Er kam eindeutig aus Richtung des etwa zwei Kilometer entfernten Sportplatzes.

15

Nach dem ungeliebten Mittagessen in der Kantine hatte sich Wolfram Tannenberg in sein Büro zurückgezogen. Im Lagezentrum war es ihm inzwischen zu laut und hektisch geworden. Seitdem die Pressestelle am Morgen die Medien über die dramatische Entwicklung informiert hatte, ging es bei der SOKO ›Sniper‹ drunter und drüber. Der öffentliche Druck auf die Ermittler wurde immer stärker. Dieselben Kommentatoren, die noch Stunden zuvor Tannenberg und sein Team in den allerhöchsten Tönen gelobt hatten, fielen nun erbarmungslos über sie her.

Die Bevölkerung hatte auf den neuerlichen Mordanschlag zunächst wie paralysiert reagiert. Doch schon bald standen die Telefone der SOKO-Mitarbeiter nicht mehr still. Von den Medien aufgestachelt, hagelte es geradezu Vorwürfe und wüste Beschimpfungen. Zudem sahen sich die hilflosen Beamten mit den massiven Ängsten der Bürger konfrontiert, die sich nicht mehr auf die Straße trauten.

Vermeintlich sachdienliche Hinweise bezüglich des gesuchten Täters gingen zwar waschkörbeweise ein, doch deren nähere Überprüfung hatte bislang nichts anderes als heiße Luft zutage gefördert. Es gab immer noch keine einzige heiße Spur zu dem mysteriösen Serienmörder. Der sogenannte ›Sniper‹ schien unsichtbar zu sein.

Tannenberg plagten starke Kopfschmerzen. Er fühlte sich müde, ausgelaugt und überfordert. Mit hängendem Kopf saß er hinter seinem Schreibtisch und spielte gedankenverloren mit einem Bleistift. Ab und an blähte sich sein Brustkorb auf und produzierte einen heftigen Stoßseufzer. Selbstzerstörerische Gedanken nagten an seinem sowieso schon stark lädierten Gemüt.

Ich bin diesem Horror-Fall einfach nicht gewachsen, sprach er tonlos mit sich selbst. Ein anderer an meiner Stelle wäre sicherlich bedeutend erfolgreicher gewesen. Ich war viel zu passiv und träge. Er schnaubte abschätzig. Und ich bin viel zu borniert, um es mit diesem ausgefuchsten und abgebrühten Mistkerl aufnehmen zu können. Der ist mir bei Weitem überlegen.

Ich hab das Muster hinter den Anschlägen nicht verstanden. Dabei war es doch gar nicht so schwer zu entschlüsseln. Und außerdem war ich viel zu naiv. Denn *ich* habe diesen Maulwurf in unseren eigenen Reihen nicht erkannt. *Ich* habe ihn zu Kronenberger geführt, zu unserem Top-Informanten. Wenn ich mich doch bloß geschickter und professioneller verhalten hätte. Er seufzte wieder und schüttelte den Kopf.

Kronenberger hätte sich bestimmt der Staatsanwaltschaft als Kronzeuge zur Verfügung gestellt. Tannenberg schlug die Hände vors Gesicht. Jetzt ist er tot und *ich* habe ihn auf dem Gewissen! Weil mich meine Menschenkenntnis im Stich gelassen hat. Er schniefte und schluckte hart.

Rainer hat vollkommen recht. Dieser Zörntlein, oder wie immer er auch in Wirklichkeit heißen mag, hat mir unglaublich imponiert. Er war mir auf Anhieb sympathisch, ja, ich bin richtiggehend auf ihn abgefahren. Dabei hat er uns nur ausspioniert. Und mich hat er benutzt, betrogen – auf der ganzen Linie verarscht.

Was hat er sich nicht alles für uns bescheuerte Provinz-Bullen einfallen lassen: Die Haare des mutmaßlichen Täters auf der Kugel, der plötzliche Selbstmord eines vermeintlichen Täters, der letztendlich nicht Täter, sondern selbst Opfer war, das hinterhältige Attentat auf Kronenberger und mich. Wer weiß, welche falschen Fährten er sonst noch gelegt hat, was und wen er sonst noch manipuliert hat.

Ich war seine Marionette. Der SOKO-Leiter trommelte sich mit beiden Händen seitlich auf den Kopf. Wie kann man nur so blöd sein? Wieso konnte mir so etwas passieren? Ich glaube, ich bin allmählich zu alt für meinen Job.

Mitten in diesen depressiven Schub hinein platzte der Anruf seines Vaters. Jacob verkündete ihm, dass er gerade eine sensationelle Entdeckung gemacht habe und Tannenberg sofort nach Hause kommen müsse. Normalerweise hätte er dieses Ansinnen mit ein paar barschen Worten abgebügelt.

Aber diesmal kam ihm dieser äußere Impuls ausgesprochen gelegen. Zum einen, weil er ziemlich abgespannt und verschwitzt war und dringend eine Erfrischung in Form einer Dusche benötigte. Und zum anderen, weil er sich merkwürdigerweise ausgerechnet in diesem Moment an den frischgebackenen Hefezopf erinnerte, mit dem ihm seine Mutter schon am Morgen den Mund wässrig gemacht hatte.

Aus einem fadenscheinigen Grund verließ er das K 1 und schlenderte zur Beethovenstraße. Auf dem knapp fünfminütigen Weg dorthin begegnete ihm nicht ein einziger Fußgänger oder Radfahrer.

Als Tannenberg an der Ecke zur Richard-Wagner-Straße auftauchte, winkte ihm Jacob bereits vom Küchenfenster aus entgegen. Er ging auf den Bürgersteig und trippelte ungeduldig auf der Stelle herum. Nachdem sein Sohn endlich bei ihm eingetroffen war, packte er ihn am Arm und zog ihn durch die Haustür, dann die Treppe hoch und schließlich in die elterliche Küche hinein. Auf dem Tisch ausgebreitet lag eine Wanderkarte, auf der mit einem Wachsmalstift ein rotes Koordinatenkreuz aufgemalt war.

»Na, was sagst du jetzt, Junior? Ist das nicht der Hammer«, präsentierte Jacob seine detektivische Meisterleistung. »Euer Sniper«, er sprach das englische Wort wieder so aus, wie es geschrieben wird, »mordet nach einem festgelegten Schema. Alle Tatorte liegen auf diesem Fadenkreuz«, stieß er mit sich überschlagender Stimme hervor. »Und der macht bestimmt auf diese Tour weiter.«

Tannenberg legte dem Hobbykriminalisten eine

Hand auf die Schulter. »Beruhige dich, Vater. So weit sind wir schon lange«, flunkerte er. »Wir ziehen morgens die Hosen ja nicht mit der Kneifzange an, auch wenn du das anscheinend noch immer glaubst.«

Jacob schob enttäuscht die Unterlippe vor. »So, das wisst ihr also schon.«

»Ja, da ist unser Sherlock Holmes aus der Beethovenstraße diesmal ein bisschen zu langsam gewesen.«

»Und was wisst ihr sonst noch über den Sniper?«

»Vater, ich kann dir wirklich nichts über den aktuellen Stand unserer Ermittlungen sagen.«

»Papperlapapp! Wenn du wolltest, könntest du schon. Aber du willst nicht – das ist doch der springende Punkt«, empörte sich der Senior. Er stemmte die Arme in die Hüften und warf seinem Sohn einen giftigen Blick zu. »Weil du meinst, ich würde deine Dienstgeheimnisse im Tchibo ausplaudern.«

»Das hast du ja auch bestimmt schon oft genug getan.«

»Nein, das ist eine gemeine Lüge!«, blökte Jacob. »Du hast nicht den geringsten Beweis für solch eine böswillige Unterstellung. Oder hast du mich schon mal in flagranti ertappt, he?« Seine beiden Halsschlagadern hatten inzwischen die Ausmaße von dicken Regenwürmern angenommen.

»Nicht so laut, das hört ja die ganze Straße«, zischte Margot und verschloss geschwind das Küchenfenster.

Kurt, ein von Natur aus harmoniebedürftiges Lebewesen, fing aus Protest zu bellen an und schob seinen massigen Hundekörper zwischen die beiden Streithähne. Dann setzte er sich auf die Hinterbeine und kratzte jaulend mit der Pfote an Tannenbergs Bein herum.

»Schluss jetzt! Hör sofort auf, Wolfi zu ärgern!«, richtete Margot ein Machtwort an ihren Ehemann. »Lass ihn endlich in Ruhe, Jacob. Der arme Kerl hat wirklich schon genug um die Ohren. Der braucht nicht auch noch zu Hause Ärger. Setzt euch lieber hin und esst Kuchen. Das ist gut für die Nerven.«

Sie schenkte Kaffee ein und schnitt den Hefezopf in gleichgroße Stücke. Anschließend streichelte sie ihrem Sohn sanft über die Wange.

»Unser armer Wolfi braucht etwas zum Wachhalten und eine anständige Unterlage für seine anstrengende Arbeit«, sagte sie seufzend und wies auf ein Metallkästchen mit Wachsmalstiften, auf dem rechts oben in der Ecke der Name ›Wolfi Tannenberg‹ stand. »Das sind deine. Die hast du damals in der Grundschule benutzt.«

»Schlag dich nur mal wieder auf die Seite deines Lieblingssohns«, blaffte Jacob. »Der hat doch überhaupt keinen Respekt mehr vor seinem alten Vater. Und du unterstützt ihn auch noch.«

»Das stimmt doch überhaupt nicht. Und das weißt du ganz genau. Komm, wir vertragen uns wieder«, schlug Tannenberg in versöhnlichem Ton vor, während er sich auf einen Küchenstuhl setzte.

Der Senior zeigte sich unbeeindruckt von dieser Friedensofferte. Er legte ein großes Stück Hefezopf auf seinen Teller, schnappte sich seine gefüllte Henkeltasse und drückte sich in die Höhe.

»Komm, Kurt, wir gehen«, befahl er. Dabei hob er pikiert die Brauen und rümpfte die Nase, so als ob er gerade einen üblen Geruch wahrnehmen würde.

Aber der Mischlingshund wich seinem Herrchen nicht von der Seite. Brummend legte er Tannenberg den schweren Kopf auf den Oberschenkel und nötigte ihn zu einigen Streicheleinheiten. Nun reichte es Jacob vollends und er verzog sich grummelnd in den Keller zu seiner Modelleisenbahnanlage.

Nach zwei dick mit Butter bestrichenen Hefezopf-Stücken und einer beträchtlichen Menge Kaffee fühlte sich Wolfram Tannenberg wie neugeboren. Verfolgt von seinem treuen, tapsigen Hund ging er hoch in seine Wohnung und stellte sich unter die Dusche.

»Wolf, wo bist du denn?«, hörte er plötzlich Johanna von Hohenecks Stimme, die gerade von ihrer Arbeitsstelle zurückkehrte. Sie arbeitete als Historikerin im Institut für Pfälzische Geschichte und Volkskunde am Benzinoring.

»Hier im Bad«, rief er zurück. Dann schnappte er sich ein Handtuch und stapfte aus der Duschwanne.

Als er seine Herzdame sah, erschrak er. Sie war grau im Gesicht und hatte rote, verweinte Augen.

»Oh, Gott, Hanne, was ist denn passiert?«

Ohne Rücksicht darauf, dass er noch nicht abgetrocknet war, warf sie sich ihm an den Hals und umklammerte ihn mit einem festen Griff.

Während sich zu Tannenbergs Füßen eine Wasserlache bildete, streichelte er sanft über ihren Kopf. »Aber was hast du denn?«, fragte er betroffen.

»Ich hab solche Angst«, gab Hanne zurück. Sie zitterte am ganzen Körper. »Mich hat eben ein Auto verfolgt. Da bin ich mir ganz sicher. Vielleicht hat es der Sniper auf dich – und auch auf uns abgesehen. Heute Mittag habe ich im Internet gelesen …« Sie schluchzte auf und atmete stoßartig.

»Was hast du gelesen?«

»Ich hab mich über Serienkiller informiert. Viele von ihnen haben ihre Aggressionen irgendwann gegen den Chef-Ermittler und dessen Familie gerichtet.«

Da hab ich ja noch mal richtig Glück gehabt, dass dieser Jäger nicht mich, sondern eine Wildsau aufs Korn genommen hat, dachte Winfried Gerster erleichtert. Voller Stolz hüpften seine Augen abwechselnd zwischen den beiden mit Pfifferlingen prall gefüllten Jutetaschen hin und her. Das wird morgen ein Festschmaus werden.

Plötzlich hörte er schräg hinter sich ein knackendes Geräusch, dem gleich darauf weitere folgten. Hoffentlich ist das keine angeschossene Wildsau, war sein erster Gedanke. Erschrocken wandte er sich zur Geräuschquelle hin.

Doch was er nun sah, war weitaus gefährlicher als ein waidwundes Tier: Etwa einhundert Meter schräg vor ihm tauchte ein maskierter, mit einer dunkelgrünen Hose und gleichfarbiger Jacke bekleideter Mann aus einem Fichtenwäldchen auf. Er rannte wie vom leibhaftigen Teufel verfolgt. Auf seinem Rücken baumelte ein Wanderrucksack und in der rechten Hand hielt er ein großes Gewehr.

Der Mann hatte ihn offenbar noch nicht entdeckt. Gerster glitten die beiden Jutetaschen aus den Händen, fielen zu Boden und kippten zur Seite. Während ein paar Pfifferlinge auf den Waldweg kullerten, ging er in die Hocke und legte sich anschließend flach auf den geschotterten Weg.

Nach ein paar Sekunden hob er vorsichtig den Kopf an und lugte über die Farnwedel hinweg. Von der martialischen Gestalt war weit und breit nichts mehr zu sehen. Kurz darauf heulte genau dort, wo Winfried Gerster vorhin den Opel Astra bemerkt hatte, ein Automotor auf. Das Fahrgeräusch verflüchtigte sich in östlicher Richtung.

Erst jetzt stellte sein Gehirn eine gedankliche Verknüpfung her, die ihm sofort den Atem stocken ließ: Sportplatz – Gewehr – Dominik!

Der Name seines Enkels kreischte so laut in seinen Ohren, dass dieser höllische Schmerz sein Gesicht in eine furchterregende Grimasse verwandelte. Er sprang auf, rannte zu seinem Auto und raste los. Die erste Kurve nahm er viel zu schnell. Das Heck brach aus und schleuderte an eine Leitplanke. Mit einer reflexartigen Lenkbewegung gelang es ihm, den VW Golf zu stabilisieren.

Zuerst entdeckte er Dominiks Mountainbike. Es lag im Eingangsbereich des Sportgeländes. Er hatte es seinem Enkel zu dessen zwölftem Geburtstag geschenkt. Das erste Fußballtor tauchte auf. Hektisch schaute er sich nach allen Seiten um. Aber keine Spur von Dominik. Dann tauchte das zweite Tor auf. Nun konnte er den gesamten Rasenplatz überblicken. Doch von seinem Enkel war noch immer nichts zu sehen. Gerster trat ruckartig auf die Bremse, würgte den Motor ab. Er riss die Autotür auf und rannte auf den Rasenplatz.

»Dominik«, schrie er aus Leibeskräften. »Dominiiik.«

»Hallo, Opa, hier bin ich«, rief eine Jungenstimme aus dem Dickicht hinter dem linken Fußballtor. Kurz darauf erschien ein quicklebendiger Junge. Er trug einen Fußball unter dem Arm und strahlte über alle Backen. »Ich hab über's Tor geschossen und den Ball ewig nicht gefunden.« Seine Miene verdüsterte sich. »Ich glaube, er ist kaputt, Opa.«

Gerster hatte inzwischen seinen Enkel erreicht. Er schloss ihn in die Arme und drückte ihn an sich. »Das macht nichts, Dominik, ich kauf dir einen neuen.« Er löste die Umklammerung und boxte ihm leicht an die Schulter. »Was heißt hier ›einen‹, ich kauf dir fünf neue.«

Als Dominik die Tränen in den Augen seines Großvaters bemerkte, fragte er: »Was hast du denn, Opa? Warum weinst du?«

Gerster putzte sich geräuschvoll die Nase. »Erzähl ich dir gleich. Hast du dein Handy dabei?«

»Logo, Opa«, gab der rothaarige Junge zurück und zog grinsend sein Mobiltelefon aus der Hosentasche. »Das hab ich immer am Mann, genau wie ein Berufskiller seine Waffe.«

Als ihm zu Bewusstsein kam, was er da eben von sich gegeben hatte, blickte er etwas betreten vor sich auf den Rasen. Dominik erinnerte sich nämlich gerade daran, wie sehr sein Großvater die Ballerspiele verabscheute, mit denen er und seine Freunde sich häufig die Zeit vertrieben.

Doch Winfried Gerster lachte herzhaft und sagte: »Wenn du wüsstest, wie recht du hast, mein Junge.« Dann tippte er die 110 in die Tastatur.

»Wolf, ich habe gerade einen Rentner aus Herschweiler-Pettersheim am Apparat. Er behauptet, vor zehn Minuten dem Sniper im Wald begegnet zu sein. Schau mal bitte auf der Karte nach, wo dieses Dorf liegt«, schrie Michael Schauß, ohne Rücksicht auf die Telefonate und Gespräche seiner Kollegen, in das weite Rund des Lagezentrums.

Bei den meisten Mitgliedern der Sonderkommission erzeugte dieser Ausruf keine besondere Reaktion. Zu oft hatten sie sich in den vergangenen Stunden mit irgendwelchen Wichtigtuern herumschlagen müssen. Lediglich Susi Rimmel und Meier III blickten sich suchend nach Tannenberg um. Der saß neben Sabrina und stöberte in einer BKA-Personaldatei herum. Eva hatte den Zugriffscode einem ihrer ehemaligen Liebhaber abgetrotzt. Nun erhob sich der SOKO-Leiter und lief hinüber zu der an einer Korktafel aufgepinnten Pfalzkarte.

»Hersch – was?«, fragte er nach.

»Herschweiler-Pettersheim«, wiederholte Schauß.

»Den Namen hab ich ja noch nie gehört. Wo soll dieses Kaff denn liegen? Frag deinen Rentner doch einfach mal. Der wird's ja wohl wissen.«

Schauß tat, wie ihm geheißen.

»Südwestlich von Kusel, direkt an der saarländischen Grenze«, erläuterte er nur wenig später.

»Wahrscheinlich im Saarland. Wenn's in der Pfalz liegen würde, hätte ich den Namen garantiert schon mal gehört«, brabbelte der SOKO-Leiter, während sein Finger die westliche Pfalzgrenze abfuhr. Auf der Höhe von St. Wendel rastete sein Zeigefinger ein. »Ich hab's«, jubilierte er. »Der Ort liegt haargenau auf der Horizontalen des Fadenkreuzes. – Ruhe, Leute!«, rief er laut und hastete zu seinem jungen Mitarbeiter.

Schlagartig wurde es leiser in dem umfunktionierten großen Konferenzzimmer.

Er riss Schauß den Telefonhörer aus der Hand. »Hauptkommissar Tannenberg. Ich bin der Leiter der Sonderkommission ›Sniper‹«, stellte er sich kurz vor. »Erzählen Sie bitte alles der Reihe nach.«

Noch bevor Gerster seinen ersten Satz begann, schaltete Tannenberg den Lautsprecher ein. Diejenigen Ermittler, die nicht gerade ein Telefonat führten, lauschten aufmerksam den hektisch ausgestoßenen Worten des Rentners. Und diejenigen, die noch telefonierten, hörten mit einem Ohr zu, während sie im Flüsterton mit ihren Gesprächspartnern weitersprachen.

»Bleiben Sie bitte an Ort und Stelle. Ich schicke Ihnen sofort die Spurensicherung. Vielen Dank, Herr Gerster!«, beendete Tannenberg das Gespräch und wandte sich an seine Mitarbeiter.

»Leute, ich hab's im Urin«, posaunte er lauthals hinaus und klatschte in die Hände. »Das hier ist eine ganz, ganz heiße Spur. Also, Ringalarmfahndung auslösen, die saarländischen und französischen Kollegen verständigen und so weiter. Wir suchen einen silbergrauen Opel Astra mit KL-Kennzeichen, weitere Details unbekannt. Der Täter ist extrem gefährlich und skrupellos. Er ist im Besitz von Waffen, von denen er rücksichtslos Gebrauch machen wird. Deshalb hat die Eigensicherung absolute Priorität! Gebt das unbedingt weiter. Ist das klar?«

Allseitiges, stummes Nicken zur Antwort.

Selbstverständlich wurden auch die Autobahnpolizei und mehrere Helikopter in die Alarmfahndung miteinbezogen. Wie stets, wenn das Wochenende unmittelbar vor der Tür stand, war die A 6 auch an diesem Freitagabend stark befahren. Dicht an dicht reihten sich die Fahrzeuge aneinander und erschwerten der Streife, die auf der Autobahn in Richtung Kaiserslautern unterwegs war, die Arbeit. Innerhalb der letzten Viertelstunde hatten die beiden Beamten bereits zwei silbergraue Opel Astra mit Kaiserslauterer Kennzeichen ausgemacht, überholt und deren Insassen in Augenschein genommen. In dem ersten Auto befand sich ein älteres Ehepaar und im zweiten eine mehrköpfige Familie.

»Silbergrauer Astra in Höhe der Ausfahrt Einsiedlerhof«, quäkte die Stimme des Hubschrauberpiloten. »Er fährt mit normaler Geschwindigkeit auf der rechten Spur – direkt hinter einem Ikea-Lkw.«

Kaum eine Minute danach erspähte der Beifahrer des Polizeiautos den Astra. Wie angekündigt folgte das Auto einem blau und gelb gespritzten Lkw. Hinter dem Astra reihten sich in geringem Abstand mehrere andere Pkws wie an einer Perlenschnur auf. In einer auf der Überholspur dahinschleichenden Blechkarawane näherte sich das Einsatzfahrzeug dem silbergrauen Opel.

Als der jüngere der beiden Beamten die Silhouette eines Männerkopfes ausmachte, stieß er aufgeregt aus: »Ich glaube, da sitzt nur einer drin. Was machen wir, wenn der das wirklich ist?« Mit zitternden Fingern öffnete er das Handschuhfach, zog seine Dienstwaffe heraus und entsicherte sie.

»Langsam, langsam, Lars. Willst du etwa hier rumballern? Mach dir mal nicht gleich ins Hemd«, gab sein bedeutend älterer Kollege gelassen zurück. Er wies mit dem Kinn auf den Astra. »Ich glaube nicht, dass der Mann in diesem Auto der gesuchte Sniper ist. Ich kann mir nämlich nicht vorstellen, dass ein Profikiller so blöd ist und ausgerechnet jetzt in die Höhle des Löwen zurückkehrt. Der setzt sich bestimmt über die grüne Grenze ins Ausland ab. Wenn er es inzwischen nicht schon getan hat. Würde ich an seiner Stelle genauso machen.«

»Glaubst du?«

»Sicher, mein Junge. Komm, leg die Waffe zurück, sonst erschießt du mich auf einmal noch unabsichtlich.«

Gemächlich schob sich der BMW-Kombi näher an den Astra heran. Nun konnte auch der ältere Beamte einen Männerkopf erkennen. Der Astra-Fahrer schien keinerlei Notiz von dem herannahenden Einsatzfahrzeug zu nehmen. Die Schnauze des Polizeiautos passierte gerade die Stoßstange des Opels. Plötzlich riss der Astra-Fahrer das Steuer herum. Mit quietschenden Reifen scherte der Astra auf den Seitenstreifen aus und bretterte mit Vollgas rechts an dem Ikea-Lkw vorbei.

Als der ältere Beamte die Schrecksekunden überwunden hatte, war es bereits zu spät. Die Lücke hatte sich fast geschlossen. Deshalb war es unmöglich, dem davonbrausenden Astra unmittelbar zu folgen. Mit sich überschlagender Stimme verständigte der Beifahrer den Helikopterpiloten. Der hatte die Aktion aus der Luft beobachtet und bereits die Einsatzzentrale verständigt.

Mit Blaulicht und Martinshorn erkämpfte sich der Streifenwagen die erforderliche Lücke, durch die er endlich auf die Pannenspur wechseln konnte.

Mit hoher Geschwindigkeit verfolgte der PS-starke BMW den schwächer motorisierten Astra, der am Ende der langen Geraden als fliehendes Heck zu erkennen war. An der Autobahnausfahrt Kaiserslautern-West verließ der Opel die A 6.

»Scheiße, der fährt doch jetzt hoffentlich nicht in Richtung Innenstadt«, hörten die beiden Beamten kurz darauf die Stimme des Piloten.

Am sogenannten ›Kleeblatt‹ gesellten sich zwei weitere Streifenwagen zu dem Verfolgerfahrzeug der Autobahnpolizei. Unterdessen schlängelte sich der silbergraue Astra durch die auf der zweispurigen Pariserstraße stadteinwärts fahrenden Autos und Kleintransporter. Auf der Höhe des Eisenbahn-Ausbesserungswerkes war die Straße plötzlich weniger stark befahren. Mit annähernd einhundert Stundenkilometern raste er an dem bei der Bevölkerung extrem beliebten Starenkasten vorbei. Auch die drei Polizeiautos wurden geblitzt.

Die Ampel am sogenannten ›Belzappel‹ war rot. Auf beiden Spuren warteten Autos auf die Grünphase. Der Astra bremste scharf ab und schoss rechts an den Fahrzeugen vorbei in eine parallel zur Hauptverkehrsader verlaufende Anliegerstraße. Der Pkw kam ins Schleudern und warf mehrere Mülleimer um. Zwei Mädchen, die auf der Straße Federball spielten, machten geistesgegenwärtig einen Satz zu Seite – und retteten dadurch ihr Leben.

Auf der Pariserstraße war die Ampel inzwischen umgesprungen, die Autos fuhren los und bildeten für die mit Sirenengeheul und Blaulicht heranbrausenden Streifenwagen eine schmale Gasse. Durch diese Verzögerung konnte der Astra zunächst seinen Vorsprung ausbauen, doch die Polizeiautos hatten nun ebenfalls freie Fahrt und reduzierten den Vorsprung Stück für Stück.

Mit Entsetzen mussten die Polizeibeamten feststellen, dass sich vor der Eisenbahnbrücke ein Verkehrsstau gebildet hatte. Ihre Kollegen hatten dort kurz zuvor eine Straßensperre errichtet, und zwar indem sie zwei Streifenwagen quer zur Fahrbahn abgestellt hatten.

Diese Blockade behinderte allerdings den silbergrauen Opel nicht im Geringsten, denn die Anliegerstraße geleitete ihn rechts daran vorbei in den Rauschenweg. Den Verfolgern blieb nichts anderes übrig, als die Geschwindigkeit deutlich zu drosseln und ebenfalls die Seitenstraße zu benutzen.

Der Sichtkontakt riss für ein paar Sekunden ab. Der Astra-Fahrer nutzte die Gelegenheit, um mit einem waghalsigen Fahrmanöver durch eine Lücke zwischen zwei entgegenkommenden Autos hindurchzustoßen und in der Triftstraße zu verschwinden. Die Streifenwagen rasten an der Abzweigung vorbei. Doch der Polizeihubschrauber informierte sie über den Haken des Astras. Das Polizeiauto bog mit quietschenden Reifen nach links in die Straße ›Auf dem Bännjerrück‹ ab.

Aber von dem Astra war weit und breit nichts mehr zu sehen. Kein Wunder, denn exakt zu dem Zeitpunkt, als der Hubschrauberpilot seine Kollegen informierte, legte der Opelfahrer eine Vollbremsung hin, wendete in Actionfilm-Manier und fuhr dieselbe Strecke wieder zurück.

Als er wenige Sekunden später abermals an der Eisenbahnbrücke auftauchte, starrten ihm die Beamten an der Straßensperre mit offenen Mündern entgegen. Während der Astra in gefährlicher Schräglage an ihnen vorbei in die Pariserstraße hineinjagte, hasteten sie in ihre Fahrzeuge und verfolgten ihn nun ebenfalls.

Mit hohem Tempo und aggressivster Fahrweise raste der Astra weiter stadteinwärts. Laut hupend drängte er die Fahrzeuge zur Seite oder in eine Seitenstraße ab. Einige Autos, deren Fahrer nicht sofort klein beigeben wollten, touchierte er oder rammte sie gar von hinten. Ein erschrockener älterer Herr trat so abrupt auf die Bremse, dass mehrere Autos auf ihn auffuhren.

Die Einsatzkräfte mussten dieser Amokfahrt mehr oder weniger hilflos zuschauen. Trotzdem zog sich die Schlinge um den wild gewordenen Astra immer enger zu, denn inzwischen jagte fast jedes Polizeiauto der Stadt hinter dem Raser her oder versuchte ihm den Weg abzuschneiden.

»Wenn ihr einmal verfolgt werden solltet, zieht ihr euch immer dorthin zurück, wo sich viele Menschen aufhalten. Dort könnt ihr am einfachsten entkommen«, klingelte John ein beliebter Spruch seines Ausbilders im Ohr.

Der silbergraue Opel schoss über die Berliner

Brücke hinweg in die Lauterstraße hinein und bog hinter dem Kulturzentrum Kammgarn in die Mühlstraße ab. Er war zu schnell, schaffte die Kurve zur Pfründnerstraße nicht und schlingerte in die Fußgängerzone. Laut kreischend hechteten die Passanten von der Mitte der Spielstraße und suchten hinter parkenden Autos Schutz oder flüchteten in Hauseingänge.

An der Karstadt-Rolltreppe gab es dann kein vor und zurück mehr. Rechts neben der Rolltreppe stand ein Krankenwagen und links versperrte ein Kleintransporter die Durchfahrt zur Pariserstraße. Im Rückspiegel sah John, dass sich mehrere Polizeiautos wie ein Stopfen in den östlichen Teil der Mühlstraße hineindrückten.

John zog die schwarze Skimaske mit den ausgeschnittenen, mandelförmigen Sehschlitzen übers Gesicht. Sie hatte die ganze Zeit über griffbereit auf dem Beifahrersitz gelegen. Dann sprang er aus seinem Auto und eilte die Rolltreppe hinunter. Hinter sich hörte er quietschende Reifen und laute Rufe, er solle sofort stehen bleiben.

Bei den vielen Leuten hier schießen die niemals, sagte er zu sich selbst.

In Riesenschritten flog er regelrecht die Rolltreppe hinunter und spurtete auf der anderen Seite der Karstadt-Unterführung die Steintreppe hinauf. Am Eingang zur Fackelstraße schaute er sich hektisch um. Einen Moment lang schien er unschlüssig, wohin er denn flüchten sollte. Doch anstatt vor seinen Verfolgern weg in die entgegengesetzte Richtung zu fliehen, rannte er plötzlich wieder auf sie zu – allerdings eine Etage darüber.

Er hechtete um die Ecke eines Supermarkts. Dabei stieß er einen jungen Mann zur Seite, der ihm schimpfend eine Faust hinterherwarf. Auf der rechten Straßenseite hielt ein TWK-Bus. John machte einen Satz in den Bus hinein und hielt dem verdutzten Fahrer die Pistole vor die Stirn.

»Türen zu! Motor und Licht aus!«, befahl er.

Vollkommen perplex gehorchte der Busfahrer und die hydraulischen Türen versenkten sich schmatzend in der Karosserie des Linienbusses.

John blickte sich um. Inzwischen war es dunkel geworden. Doch der Schein der Straßenlaternen und die stark beleuchtete Fensterfront des Supermarktes sorgten für ausreichende Sichtverhältnisse. In dem TWK-Bus saßen etwa zwanzig Personen verschiedenen Alters, angefangen von einem Säugling bis zu einem Greis. Der schätzungsweise weit über 80 Jahre alte Mann saß unmittelbar vor ihm. Direkt daneben klammerte sich eine grauhaarige Frau krampfhaft an ihre Handtasche, so als wolle sie diese vor einem Diebstahl schützen.

Einige Fahrgäste stießen hysterische Schreie aus. Das Baby fing an zu plärren.

John riss die Waffe empor und schoss in die Decke. »Ruhe!«, brüllte er.

Augenblicklich wurde es stiller. Man hörte noch ein vielstimmiges, unterdrücktes Wimmern. Nur das

Baby schrie lauter als zuvor. In Panik versuchte seine junge Mutter, ihm den Mund zuzuhalten.

»Wenn ihr tut, was ich euch sage, passiert euch nichts. Dann ist in ein paar Stunden der ganze Spuk hier vorbei und ihr könnt euren Familien nachher stolz erzählen, was ihr heute Abend so alles erlebt habt.«

Aus Schreck über den festen Griff seiner Mutter hatte der Säugling kurz aufgehört zu schreien, doch dann legte er erst richtig los.

»Wenn ich es dir sage, machst du kurz hinten die Tür auf«, wies John den Busfahrer an. »Falls du irgendwelche Tricks versuchen solltest, mach ich dich platt – kapiert?«

Der Busfahrer nickte.

John trat zwei Schritte in den engen Flur hinein, zeigte mit der Pistole auf die junge Mutter. »Los, verschwinde!«

Während sich die Frau mit schlotternden Knien erhob und ihr plärrendes Baby fest an sich drückte, befahl John dem Busfahrer, die Tür zu öffnen. Die beiden Türflügel schoben sich nach außen. Die mädchenhafte Mutter huschte aus dem Linienbus und rannte weg. Unmittelbar danach wurde die Tür wieder verschlossen. John schlurfte zurück zum Busfahrer. Als Einschüchterung schwenkte er die Pistole in der erhobenen rechten Hand.

»Lassen Sie uns doch bitte auch gehen«, flehte ihn die alte Frau in der ersten Sitzreihe an. »Mein Mann ist schwer krank. Der steht das nicht lange durch.«

Ein flüchtiger Blick auf das aschfahle, verwelkte Gesicht des Greises genügte John. Er nickte und half dem alten Mann beim Aufstehen. Als die Frau an ihm vorbeiging, schaute sie ihn kurz an und hauchte »Danke«.

Nach dem Pistolenschuss hatten die an der Bushaltestelle versammelten Menschen fluchtartig das Weite gesucht. Auch die Polizeibeamten, die sich mit gezogenen Waffen dem Stadtbus genähert hatten, waren in Deckung gegangen und warteten nun auf weitere Instruktionen.

Im Lagezentrum der SOKO ›Sniper‹ überschlugen sich derweil die im Sekundentakt eintreffenden Meldungen.

»Wo steht der Bus?«, rief Tannenberg.

»Genau vor dem Supermarkt Ecke Fruchthall-/Fackelstraße«, gab Sabrina Schauß zurück.

Tannenberg stand mit dem Rücken zu ihr und malte ein dickes Kreuz in den Stadtplan. »Dann müssten wir ihn von Karstadt aus direkt im Blickfeld haben.«

»Der Supermarkt ist dir zu nahe dran?«

»Ja, natürlich. Das können wir nicht riskieren. Davon würde der Kerl bestimmt etwas mitkriegen. Und wer weiß, wie er dann reagiert.« Er fuhr sich mit der Hand von der Wange her über den Mund und seufzte tief. »Der Bus ist schließlich voller Menschen.«

Ein Ruck ging durch seinen Körper. »Also, los,

dann ab zu Karstadt. Eva, Michael und Sabrina kommen mit mir. Ihr anderen bleibt zunächst noch alle hier. Und du Meier III machst dem SEK-Einsatzleiter klar, dass er seine Jungs so lange im Hintergrund halten soll, bis wir einen besseren Überblick über die Gesamtsituation haben.«

Meier III nickte.

Tannenberg schaute auf seine Armbanduhr. »Wie lange hat Karstadt heute geöffnet?«

»Bis 22 Uhr«, antwortete eine SOKO-Mitarbeiterin.

»Gut.« Tannenberg stellte Blickkontakt zu Susi Rimmel her. »Du rufst den Filialleiter an. Er soll am Hinterausgang auf uns warten.«

»An welchem?«

»An dem zum Nonnenbunker.«

Tannenberg schnappte sich ein Funkgerät, mit dem er direkten Kontakt zur Einsatzzentrale halten konnte. Dann stürmte er gemeinsam mit seinen beiden engsten Mitarbeitern und der für Geiselnahmen speziell ausgebildeten Kriminalpsychologin hinunter zum Hof, wo ihr ziviles Dienstfahrzeug geparkt war. Dr. Schönthaler heftete sich an die Fersen seines alten Freundes, der keinen Blick dafür hatte.

Auf direktem Weg steuerte Sabrina den Mercedes zum Institut der Franziskanerinnen, das bei der Kaiserslauterer Bevölkerung den Spitznamen ›Nonnenbunker‹ trug. Von dort aus war der gekaperte Stadtbus nicht zu sehen. Die Ermittler huschten über die

Straße. Ein hochgeschossener, hagerer Mann, an dem der Anzug wie an dem Holzgerüst einer Vogelscheuche hing, empfing sie an dem westlichen Notausgang des Karstadt-Warenhauses.

Der Filialleiter war offensichtlich von Susi Rimmel noch nicht näher über die dramatischen Ereignisse informiert worden, die sich quasi direkt vor seiner Haustür abspielten. Jedenfalls tat er sehr überrascht, als ihn Tannenberg stichwortartig über den Grund seines Auftritts ins Bild setzte.

»Wir brauchen einen Büroraum oder etwas ähnliches, von dem aus wir den Bus gut im Blick haben können. Am besten in der ersten Etage.«

»Ja, ich glaube, da habe ich genau das Richtige für Sie. Von unserem kleinen Tagungsraum aus haben Sie optimale Sicht auf ...« Er brach ab, krauste die Stirn. »Nein, nein, der liegt ja zur Pariserstraße hin.« Er brummte nachdenklich. »Zur Fruchthallstraße? In der ersten Etage? Also da ist die Lampenabteilung, aber kein Büroraum oder so was.«

»Na und? Dann auf in die Lampenabteilung.«

Eine knappe Minute später betrachtete Tannenberg durch einen Feldstecher den etwa einhundert Meter entfernt stehenden Linienbus.

»Mistkram!«, fluchte er. »Wir brauchen unbedingt ein anständiges Teleobjektiv. Am besten eins mit Restlichtverstärker oder wie das heißt. Michael, ruf im Lagezentrum an. Die sollen ruck, zuck eins herschaffen.«

Der junge Kommissar wandte sich von den anderen ab und telefonierte mit seinen Kollegen. »In fünf Minuten ist eins da«, verkündete er kurz darauf.

»Verdammt, ich hab eben etwas Wichtiges vergessen!«, erklärte Tannenberg. »Ruf noch mal an und sag ihnen, der Einsatzleiter des SEKs soll zu mir kommen. Seine Scharfschützen können sich hier oben ideal postieren.«

Um kein leichtes Ziel abzugeben, setzte sich John auf den Boden. Er zog sein Handy aus der Brusttasche seiner olivfarbenen Jacke und wählte eine eingespeicherte Nummer.

»Aufgrund gewisser Vorkommnisse hat sich mein Schweigegeld verdoppelt«, sagte er in kommandoartigem Tonfall. »Wenn ich in zwei Stunden meinen Kumpel in Südamerika anrufe und er mir sagt, dass die 20 – ich betone: 20! – Millionen Euro nicht auf meinem Nummernkonto eingegangen sind, fliegt dieser Scheiß-Bus hier in die Luft, mitsamt – warte!«

John stemmte sich nach oben und zählte die wimmernden und ängstlich dreinblickenden Passagiere durch. »Mitsamt neunzehn lieben, unschuldigen und völlig ahnungslosen Bundesbürgern, die immer noch nicht wissen, wofür ihre mühsam erwirtschafteten Steuergelder von euch Schattenmännern verwendet werden.«

Er lachte diabolisch auf. »Wenn ihr nicht spurt, werden Sie es schon sehr bald von mir erfahren. Du weißt: Die betreffenden Unterlagen liegen bei meinem Kumpel. Falls mir etwas zustoßen sollte, wird er sie dem Korrespondenten einer internationalen Zeitung übergeben. Und dann geht der Punk ab. Das verspreche ich dir. Dann bricht euer Scheiß-Kartenhaus zusammen und ihr werdet alle darunter begraben.«

John drückte die Unterbrechertaste. Anschließend warf er zwei Tabletten ein, die er mit einem großen Schluck Wasser hinunterspülte.

Die Luft im Bus wurde immer stickiger. Man konnte die Angst der eingepferchten Menschen förmlich riechen.

»Wer von euch möchte denn jetzt gerne mit den Bullen telefonieren? Aus bestimmten Gründen hab ich dazu nämlich keine Lust«, sagte John und musterte dabei mit eindringlichem Blick die in ihren Sitzen kauernden Passagiere. Er zeigte mit dem Finger auf ein etwa 14-jähriges, pausbäckiges Mädchen. »Du hast doch garantiert dein Handy dabei, nicht wahr?«

Mit schreckverzerrtem Gesicht nickte das Mädchen.

»Wie heißt du?«

»Katharina.«

»Schöner alter Name. So, meine süße kleine Katharina, du rufst jetzt die 110 an und sagst den Bullen Folgendes: Ich rufe im Auftrag von John, dem …«, er suchte offensichtlich nach einem bestimmten Ausdruck, »… genialen Bus-Piraten an. Bus-Pirat klingt richtig originell, oder?«

Verängstigte Mienen starrten ihn an.

»Oder«, schrie er bedeutend lauter und schärfer.

»Ja, ja«, sagten einige, andere nickten eifrig.

»Also noch mal: Merk's dir genau, sonst …« Den Rest ließ er unausgesprochen. Doch sein sadistisches Mienenspiel ließ nur eine einzige Interpretation zu. »Du sagst den Bullen: Ich rufe im Auftrag des Bus-Piraten an. In spätestens einer Stunde muss eine vollgetankte Geländemaschine vor dem Bus stehen. Sonst fliegt hier alles in die Luft.«

Katharinas Hände zitterten so heftig, dass John ihr das Mobiltelefon abnahm und selbst die Notrufnummer eintippte. Anschließend reichte er ihr das Gerät zurück. Das Mädchen erfüllte die Order, während sich John zufrieden mit dem Pistolenlauf am Hals kratzte.

»Hast du toll gemacht«, lobte er anschließend mit Hohn in der Stimme. »Du wirst bestimmt mal Nachrichtensprecherin beim Fernsehen.«

»Was haben Sie mit uns vor?«, wollte eine ältere Frau mit gebrochener Stimme wissen. Sie saß alleine in ihrer Sitzreihe und nestelte nervös am Saum ihrer Strickweste herum. »Werden Sie uns freilassen, wenn Ihre Forderungen erfüllt sind?«

John lachte. »Nein, Lady, wo denken Sie denn hin? Es wäre doch jammerschade, wenn wir uns schon so schnell wieder voneinander trennen müssten. Finden Sie das nicht alle?«

Niemand regte sich.

»Finden Sie das nicht auch?«, brüllte John den eingeschüchterten Menschen ins Gesicht.

»Doch, doch«, kam es aus vielen Mündern zurück.

»Weil wir uns so prächtig verstehen, verrate ich Ihnen nun ein Geheimnis, das die Bullen nur allzu gerne wüssten. Ich sage Ihnen nämlich, wie's nachher weitergeht.«

Er ließ seinen forschen Blick über die Köpfe hinwegschweifen und hakte ihn an zwei jungen Männern im besten Studentenalter fest, die nebeneinander saßen und ihn kreidebleich anstarrten.

»Ihr beide hievt nachher die Enduro in den Bus. Wenn ihr damit fertig seid, machen wir alle gemeinsam eine kleine Spritztour. Und irgendwann und irgendwo an einem schönen Waldrand werde ich mich auf die Maschine setzen und auf Nimmerwiedersehen von der Bildfläche verschwinden. Und keiner wird mich jemals finden. Wisst ihr auch warum?«

Um einem neuerlichen Wutausbruch des Geiselnehmers vorzubeugen, antworteten die Businsassen im Chor: »Nein.«

»Weil ich unsichtbar sein werde.« John führte seine Arme nach oben und tätschelte die Skimaske auf seinem Kopf. »Wegen meiner Tarnkappe. Die habe ich nämlich dem Zwerg Alberich abgenommen. Dem aus dem Nibelungenlied. Den kennt ihr doch sicherlich alle – oder?«

»Jaaaa.«

16

Das Gespräch mit dem Mädchen sowie ihre Handynummer leiteten die Techniker umgehend an den SOKO-Leiter weiter. Außerdem erfuhr er, dass einer seiner Kollegen ein Geländemotorrad besitze und dieses rechtzeitig dem Geiselnehmer zur Verfügung gestellt werde. Tannenberg notierte sich die Handynummer und gab die Informationen an seine Mitstreiter weiter.

»Sehr gut. Über das Handy können wir Kontakt zum Geiselnehmer aufnehmen«, sagte Eva von einer Lautsprecheransage übertönt, mit der die Kunden und Verkäufer zum sofortigen Verlassen des Kaufhauses aufgefordert wurden.

»Was will der denn mit einem Motorrad?«, fragte Tannenberg in die Runde. Er machte eine ausladende Armbewegung über das inzwischen weiträumig abgesperrte Gelände. »Hier kommt er doch niemals raus.«

»Zumal er auf dem Motorrad nur eine einzige Geisel bei seiner Flucht mitnehmen könnte«, bemerkte Michael Schauß.

»Die außerdem auch noch das Motorrad fahren müsste«, ergänzte Sabrina. »Denn einen Sozius könnte er nicht mit der Waffe bedrohen. Außerdem könnte die Geisel dann einfach abspringen.«

»Klar, Leute, das ist Blödsinn«, versetzte Tannenberg. »Ich an seiner Stelle würde das Motorrad in den Bus verfrachten und mit meinen Geiseln aus der Stadt rausfahren und dann irgendwo mit der Enduro im dunklen Wald verschwinden. So wären seine Chancen am größten.«

»Ja, Wolf, das denke ich auch«, stimmte Dr. Schönthaler zu.

»Aber weshalb hat er denn eben keine Geldforderung gestellt?«, fragte die Kriminalpsychologin, die mit dem Rücken an der Fensterscheibe lehnte.

»Vielleicht stellt er seine weiteren Forderungen ja erst später«, mutmaßte Tannenberg.

»Aber das wird doch viel zu knapp. In einer Stunde will er die Geländemaschine haben. Die Zeit würde nie und nimmer ausreichen, das Geld zu besorgen«, wandte Eva ein.

»Vielleicht ist er inzwischen schon derart durchgeknallt, dass er überhaupt keinen konkreten Plan mehr verfolgt – außer dem seiner Flucht natürlich«, meinte der Rechtsmediziner. »Schließlich hat er seinen ursprünglichen Plan nicht zu Ende bringen können. Das hat ihn womöglich völlig aus der Bahn geworfen. Bei solchen Psychopathen weiß man ja nie. Vielleicht hat er auch Handgranaten dabei und will sich und uns einen bombigen Abgang verschaffen. Als Plan B sozusagen.«

»Jetzt mal nicht gleich den Teufel an die Wand!«, schimpfte sein bester Freund.

Mehrere mit Sturmhauben und Kampfanzügen geschützte SEK-Beamte stürmten in den Tagungsraum. Während drei der martialischen Gestalten die Stehlampen und Regale zur Seite räumten, die Fenster öffneten und ihre Präzisionswaffen in Anschlag brachten, baute ein anderer das Stativ mit dem Nachtsichtgerät auf. Unterdessen stellte sich der fünfte Mann den Anwesenden als Hauptkommissar Carsten Weber vor, Einsatzleiter der Spezialtruppe.

Mit ausgestrecktem Arm zeigte er hinüber zur Mühlstraße. »Da vorne über der Eisdiele habe ich zwei Präzisionsschützen postiert. Dadurch haben wir die Flanke des Busses unter Kontrolle.« Er wies in östliche Richtung. »Hinter dem Brunnen befinden sich zwei weitere Spezialkräfte. Und dort, rechts vor der Bäckerei, wartet der Rest meiner Truppe auf den Einsatzbefehl zur Erstürmung des Busses.«

»Damit das gleich zwischen uns beiden klar ist, werter Herr Kollege«, sagte Tannenberg in barschem Ton. »Hier habe ich das Kommando – und sonst niemand.«

»Nur so lange, bis keine anderslautenden Anweisungen erteilt werden, werter Herr Kollege«, konterte der Einsatzleiter.

»Wovon Sie besser nicht ausgehen sollten«, gab Tannenberg schroff zurück. »Also kein Zugriff und auch kein einziger Schuss ohne meine vorherige Zustimmung. Ist das klar?«

Weber nickte knapp und verzog sich zu seinen Leuten.

Tannenberg warf einen Blick durch das Profi-Nachtsichtgerät, das mit einer 50.000-fachen Lichtverstärkung aufwartete. Viel sah er jedoch nicht, denn die hintere, hochgezogene Sitzreihe des Linienbusses behinderte die Sicht in den vorderen Bereich des Fahrgastraums. Er konnte lediglich die Hinterköpfe einiger Passagiere erkennen.

»Nichts zu sehen von diesem Typ«, stellte der SOKO-Leiter frustriert fest. Er zog sein Handy aus der Tasche und pflückte den Zettel mit der Telefonnummer des Mädchens vom Tisch. »Ich rufe diesen Mistkerl jetzt an. Ich will wissen, was er vorhat.«

»Warte, warte, Wolf. Lass das mal schön bleiben. Das wäre völlig kontraproduktiv«, riet Eva Glück-Mankowski und legte ihre Hand auf das schwarze Mobiltelefon, »und würde das Leben der Geiseln gefährden.«

»Und wer soll mit Zörntlein verhandeln? Du scheidest ja wohl aus – wegen subjektiver Befangenheit.«

Weber krauste verdutzt die Stirn. »Wie? Habe ich das eben richtig verstanden? Sie kennen den Geiselnehmer?«

»Ja, sicher.«

Der SEK-Einsatzleiter stieß zischend Luft durch die Zahnreihen. »Und wieso weiß ich nichts davon?«

»Jetzt wissen Sie es ja«, grummelte Tannenberg.

Weber machte eine auffordernde Geste. »Ja und? Um wen handelt es sich?«

»Um Kriminaldirektor Johannes Zörntlein.« Tannenberg räusperte sich und fügte bedeutend leiser hinzu: »Oder wie immer er auch richtig heißen mag.« Er machte eine abschätzige Geste. »Wobei sein Dienstrang wahrscheinlich genauso frei erfunden ist, wie sein angeblicher Name.«

Der SEK-Beamte hatte in seinem Job schon einiges erlebt und war normalerweise hart im Nehmen, aber das, was er gerade gehört hatte, versetzte ihn in Erstaunen.

»Einer von uns? Oh, Gott, das darf doch nicht wahr sein«, keuchte er.

Tannenberg berichtete in Kurzfassung über den aktuellen Stand der Nachforschungen bezüglich der Identität des angeblichen BKA-Terrorismus-Experten.

Nur mühevoll schluckte Carsten Weber die schwer verdaulichen Brocken hinunter. »Dann sollte wohl besser ich mit dem Herrn Kollegen reden«, erklärte er, nahm den Zettel an sich und zog sein eigenes Handy aus der Brusttasche seiner Jacke.

»Warten Sie bitte noch einen Moment, Herr Weber«, bat Eva. »Ich denke, wir sollten jetzt nicht überhastet vorgehen. Ich verfüge über eine Spezialausbildung …«

»Für solche Extremsituationen«, fuhr Weber fort. »Entschuldigen Sie, liebe Frau Kriminalpsychologin, darüber verfüge ich selbstverständlich auch.« Kopfschüttelnd tippte er die Nummer ein. »Mist, verdammter, das Handy ist ausgeschaltet«, fluchte er Sekunden später.

John warf zwei weitere Pillen ein. Anschließend schaute er auf seine Armbanduhr. Noch 45 Minuten, dachte er. Wenn die Maschine dann nicht vor der Tür steht, werde ich die erste Geisel erschießen.

Er blickte durch die Reihen. Die Fahrgäste schienen seine Gedanken zu erraten, denn sie zuckten regelrecht zusammen, als er sie mit seinem eiskalten, durchdringenden Blick fixierte. Einen circa 50-jährigen, untersetzten Mann fasste er noch schärfer ins Auge. Der mit einem beigefarbenen Anzug bekleidete Vertretertyp wich seinem Blick aus und schaute unterwürfig zu Boden.

Ja, wen haben wir denn da?, sagte John zu sich selbst. Du bist garantiert ein waschechter Duckmäuser, ein Speichellecker, ein Kofferträger. Solche schleimigen, konturlosen Arschkriecher wie du sind das fleischgewordene Gegenteil von uns Übermenschen. Typen wie du kotzen mich an. Wo ist dein Hals, du fettes Schwein? Wieso läuft dir der Schweiß über deine aufgedunsene Fresse? Hast du etwa Angst um dein mickriges Scheiß-Leben? Sei doch froh, wenn ich dich davon erlöse.

»Hey, Busfahrer, mach mal die Lüftung an«, rief John nach vorne. »Hier stinkt's ja wie in einem Wüstenpuff.«

»Dazu müsste ich den Motor starten«, kam es umgehend zurück.

»Nein, nein, dann vergiss es.« Mit dem Pistolenlauf zeigte er auf einen der beiden Studenten. »Los, öffne die Dachluken! Aber schön langsam, sonst ist es deine letzte Heldentat.«

»Bitte, bitte, lassen Sie mich doch auch gehen«,

jammerte eine etwa 60 Jahre alte Frau, die schräg vor ihm am Fenster saß. »Ich bin Diabetikerin und muss mir dringend Insulin spritzen.«

John überlegte einen Moment, dann wandte er sich an Katharina. »Mach noch mal dein Handy an«, blaffte er sie an. »Du sagst den Bullen, dass ich als Geste des guten Willens gleich eine Frau aus dem Bus entlassen werde. Das ist aber mein letztes Entgegenkommen. Wenn in einer knappen Dreiviertelstunde die Maschine nicht da ist, gibt es den ersten Toten. Sag ihnen, dass ich mir dafür schon einen ausgesprochen sympathisch wirkenden Menschen ausgeguckt habe.«

Während Katharina die Infos in ihr Mobiltelefon sprach, zitterte sie wie Espenlaub. »Das Motorrad ist rechtzeitig da«, sagte sie und hielt John das Handy hin. »Der Mann sagt, er will mit Ihnen sprechen.«

John riss ihr das Mobiltelefon aus der Hand und drückte auf die rote Taste. Danach wandte er sich an die Businsassen. »Leute, wenn ihr jetzt hoffen solltet, dass ich eine weitere Geisel vorzeitig freilassen werde, könnt ihr das getrost vergessen.«

»Aber ich muss dringend aufs Klo«, wimmerte eine junge Frau.

»Man muss gar nix – außer sterben.«

»Warum will der Kerl nicht direkt mit uns verhandeln?«, wunderte sich Tannenberg.

»Na ja, wahrscheinlich aus einem naheliegenden Grund: Er will sich in dieser schwierigen Situation nicht wegen Ihrer persönlichen Animositäten aus dem Konzept bringen lassen«, spekulierte der SEK-Einsatzleiter.

»Weibliche Person verlässt den Bus«, rief einer der Scharfschützen. »Ziel noch immer nicht auszumachen.«

Tannenberg blickte durch das Nachtsichtgerät und verfolgte, wie die panisch vom Bus wegrennende Frau hinter der Hausecke von vermummten Einsatzkräften und uniformierten Beamten in Empfang genommen und zu einem bereitstehenden Notarztwagen gebracht wurde.

»Wenigstens hat er uns damit seine Kooperationsbereitschaft signalisiert«, meinte Sabrina. »Ganz so durchgeknallt, wie unser Doc glaubt, scheint er ja zum Glück doch noch nicht zu sein. Das ist schließlich eine humane Geste.«

»Was redest du denn da für einen Schwachsinn«, blökte Dr. Schönthaler. »Dieser Verbrecher hat mehrere Menschen völlig skrupellos aus dem Hinterhalt abgeknallt. Und dann redest du von human!«

Sabrina schluckte hart. »Entschuldigung, so hab ich das doch nicht gemeint.«

»Nein, Sabrina, ich denke auch nicht, dass er durchdreht. Jedenfalls so lange nicht, wie nichts Unvorhergesehenes passiert«, sprang ihr Eva zur Seite. »Diese Elitesoldaten sind darauf trainiert, auch in den schwierigsten Stresssituationen kühlen Kopf zu bewahren. Sie sind quasi dazu abgerichtet, niemals die Kontrolle zu verlieren, nie die Initiative anderen zu überlassen und immer den vorgegebenen Plan zu erfüllen.«

»Kannst du dessen wirklich so sicher sein?«, warf Michael Schauß skeptisch ein.

»Ja, ich denke schon, dass er die Sache auch weiterhin voll im Griff hat. Er wird klare Kommandos geben und rational vorgehen. Schließlich ist Johannes sehr intelligent und …«

»Und ein traumatisierter Psychopath«, versetzte Dr. Schönthaler mit zornesgerötetem Kopf. »Hast du das etwa vergessen?«

»Nein, natürlich nicht. Doch in einer Kampfsituation – und in solch einer befindet er sich gerade – wird er wie eine Maschine funktionieren. Diese Verhaltensmuster wurden ihm jahrelang einprogrammiert. Er wird sie professionell abspulen.«

»Und was ist mit diesen Flashbacks?«, hakte der Rechtsmediziner nach. »Was ist, wenn er ausgerechnet jetzt solch einen Anfall bekommt?«

Die Kriminalpsychologin wiegte mit zusammengekniffenen Lippen den Kopf hin und her. »Das ist zwar theoretisch möglich, aber in solch einer extremen Stresssituation wohl eher unwahrscheinlich. So etwas passiert Trauma-Patienten üblicherweise in ganz normalen Alltagssituationen.«

»Egal. Jedenfalls macht genau dieses Restrisiko euren lieben, intelligenten Johannes so überaus gefährlich und unkalkulierbar.«

John reichte Katharina sein aufgeschlagenes Tagebuch und diktierte ihr einen knapp gehaltenen Text, der die Ereignisse in Herschweiler-Pettersheim zusammenfasste. Als die Schülerin mit krakeliger Schrift alles notiert hatte, bedankte er sich übertrieben höflich und verstaute das Büchlein in seinem Rucksack.

John blickte auf seine Armbanduhr. »So, meine Lieben, in einer knappen halben Stunde ist für den ersten von euch die Zeit abgelaufen. Alle fünfzehn Minuten kommt der nächste dran.«

»Bitte, lassen Sie uns gehen«, flehte Katharina mit tränenerstickter Stimme. »Wir verraten Sie auch ganz bestimmt nicht.«

»Daran, mein liebes Schätzchen, merkt man, dass du noch Eierschalen hinter deinen süßen kleinen Ohren hast.« John zeigte mit ausladender Handbewegung in die Sitzreihen. »Was meinst du wohl, wie viele dieser geldgeilen Säcke hier in ihrem Kopf bereits Verhandlungen mit Fernsehsendern führen?« Seine Stimme schwoll bedrohlich an. »Oder ist das etwa nicht so?«

»Nein, nein«, ertönte es mit heftigem Kopfschütteln.

»Wer's glaubt, wird selig«, höhnte John. »Diese Geldgeier wollen die Exklusivrechte an einer ganz heißen Story vermarkten. Titel: Ich befand mich in den Klauen eines Serienkillers.«

Erst jetzt schienen die Fahrgäste zu begreifen, mit wem sie es zu tun hatten. Vor Entsetzen verwandelten sich ihre Gesichter in versteinerte, aschgraue Masken.

Während die schockierten Menschen kurze, verzweifelte Schreie ausstießen oder ihre weit aufgerissenen Münder mit der Hand verschlossen, fuhr John fort: »Eines gefährlichen Gewaltverbrechers, der die ganze Region tagelang in Angst und Schrecken versetzt hat. Der aus dem Hinterhalt sechs Sportler abgeknallt hat und der noch vier weitere abknallen wird. – Und warum das alles?«

Keine Antwort, nur leises Greinen und Wimmern.

»Wollt ihr das wissen?«

Um den Geiselnehmer nicht zu provozieren, antworteten mehrere der völlig eingeschüchterten Businsassen: »Jaaaa.«

»Ätsch, ich erzähl's euch aber nicht«, gab John grinsend zurück. Er führte den Daumen seiner ausgespreizten linken Hand zur Nase und produzierte dabei ein Geräusch, das an einen tuckernden Rasenmähermotor erinnerte.

Anschließend räusperte er sich ausgiebig. »Komm, mein liebes Katharinchen, ruf noch mal bei den Bullen an und frag, wann denn endlich meine Maschine kommt.« Er kratzte sich mit dem Metallkorn seiner Pistole am Kinn und schnitt dabei eine Grimasse. »Und sag ihnen auch, dass ich bei zeitlicher Verzögerung alle Viertelstunde eine weitere Geisel erschießen werde.«

Katharina übermittelte brav die neuen Informationen.

»Sie wollen schnell noch mal nachfragen, wo das Motorrad bleibt«, erklärte sie auf Johns ungeduldigen Blick hin. Etwa zehn Sekunden später verkündete sie, dass die Geländemaschine bereits in der Fußgängerzone angekommen sei.

»Der Bulle, der sie an den Bus bringt, darf nicht mehr als seine Unterhose anhaben«, forderte John. »Und er soll die Enduro mit laufendem Motor hierher schieben.«

»Geht klar, soll ich Ihnen ausrichten«, versetzte Katharina, nachdem sie von dem SEK-Einsatzleiter die Bestätigung erhalten hatte.

»Okay. Dann sage ihnen noch, dass sie die Straße frei räumen sollen. Wir machen eine kleine Spritztour. Und erinnere sie noch mal daran: Wenn sie versuchen sollten, mich irgendwie zu linken, gibt es hier ein Massaker.«

»Der will tatsächlich mit seinen Geiseln aus der Stadt verschwinden«, meinte Tannenberg. Nervös ging er ein paar Schritte auf und ab.

Weber reagierte ausgesprochen erfreut auf diese Ankündigung. »Sehr gut«, sagte er. »Dadurch reduziert sich die Gefährdung der Bevölkerung beträchtlich. Und unser Zugriff kann bedeutend einfacher und effektiver erfolgen. Ich schlage vor, wir warten erst mal ab, ob er nicht vielleicht doch vorhat, alleine mit seinem Motorrad zu flüchten. Falls nicht, können wir immer noch irgendwo im freien Gelände eine Straßensperre errichten und den Bus stürmen.«

»Sehr vernünftig, Herr Weber«, lobte der SOKO-Leiter. »Genauso machen wir's.« Anschließend wies er per Walkie-Talkie die Einsatzkräfte in der Frucht-hallstraße an, die Straße für die Durchfahrt des Linienbusses freizugeben.

Durch den Feldstecher beobachtete er, wie ein SEK-Beamter seine Kampfmontur auszog und lediglich mit einer Unterhose bekleidet ein rotes Geländemotorrad zum Bus schob. Direkt vor den Flügeltüren hievte er die Enduro auf den Hauptständer. Mit erhobenen Händen wandte er sich um und eilte zurück zu seinen Kollegen.

Die hintere Tür öffnete sich und zwei junge Männer traten vorsichtig aus dem Bus heraus und näherten sich von beiden Seiten der Maschine. Einer von ihnen drehte am Gasgriff, woraufhin der Motor laut aufheulte. Anschließend verstummte das Geknatter und die beiden Männer verfrachteten das Motorrad in den Bus. Für das Hochhieven der circa 200 Kilogramm schweren Maschine benötigten sie mehrere Anläufe. Nach etwa drei Minuten schweißtreibenden Schuftens hatten sie es endlich geschafft und die Flügeltüren schoben sich hinter ihnen mit einem satten Geräusch zusammen.

Von einer direkt am Hinterausgang des Busses befindlichen Sitzreihe aus hatte John die ganze Zeit über in geduckter Körperhaltung Kommandos erteilt und den reibungslosen Ablauf der Aktion überwacht.

»Mann, war das anstrengend«, stöhnte der dickere

der beiden Studenten, der etwa eineinhalb Meter von John entfernt hinter der Enduro stand.

Er lehnte mit dem Rücken an einer Sitzbank und wischte sich mit dem Handrücken Schweißperlen aus seinem puterroten, teigigen Gesicht. Seinem Freund merkte man den körperlichen Einsatz bedeutend weniger an. Zwar atmete auch er schneller, doch wirkte er kaum angestrengt, nur angespannt.

»Los, setzt euch wieder hin«, befahl John den Studenten.

Der sportlichere der beiden schob sich an der auf ihn gerichteten Pistole vorbei zu seinem Platz. Der kleinere Student schnaufte erst noch einmal kräftig durch, dann folgte er seinem Kommilitonen. Kurz vor Johns Sitz hob er den rechten Arm und packte einen der Haltegriffe. Seine Achselhöhle öffnete sich und verströmte einen üblen, penetranten Schweißgeruch.

Dieser Gestank traf John wie ein Keulenhieb.

Plötzlich war er an einem anderen Ort. Er saß in einem verwahrlosten Sportstadion auf einer Hantelbank. Wie im Kreuzhang hatte man seine Arme über die in etwa einem Meter Höhe auf Ständern befindliche Langhantelstange gelegt und die Hände mit Handschellen auf dem Rücken gefesselt. Seine Beine hatte man mit Kälberstricken unter der Hantelbank so zusammengebunden, dass er sich kaum mehr bewegen konnte.

Mit Wettkampfspeeren veranstalteten seine Peiniger ein Zielwerfen auf ihn. Es war eine Mordsgaudi für sie. Die Soldaten tranken Bier und Schnaps, wetteten auf den besten Werfer. Die meisten der Speere verfehlten zunächst entweder ihr Ziel oder John konnte ihnen mit einer geschickten Verlagerung des Oberkörpers beziehungsweise Kopfes ausweichen. Aber dann reduzierten sie die Distanz und der erste Speer landete auf seinem Brustkorb. Die Folterknechte johlten laut auf, feierten den Werfer und drückten ihm mehrere Geldscheine in die Hand.

Im Moment des Aufpralls war sich John sicher, dass er nun schwer verletzt zusammenbrechen und an diesen Verletzungen sterben würde. Doch dem war nicht so. Zwar verspürte er einen höllischen Schmerz zwischen seinen Rippen, aber der Speer steckte nicht wie von ihm befürchtet in seinem Thorax fest, sondern er war an ihm abgeprallt und lag nun neben der Hantelbank. Mit entgeisterter Miene blickte er auf die Speerspitze.

Sie wollen mich nicht töten, noch nicht, schoss es durch seinen Kopf. Nein, sie wollen noch eine Weile ihren Spaß mit mir haben. Sie wollen mich nur verletzen und mich endlos quälen. Wie eine Katze, die eine Maus gefangen hat und die sie als Spielzeug am Leben lässt. Deshalb haben diese Schweine ein Stück der Spitze abgetrennt.

Der erfolgreiche Werfer kam zu ihm, setzte sich rittlings auf die Bank und fixierte ihn mit einem erbarmungslosen, eiskalten Blick. Es war der brutalste und sadistischste seiner Peiniger. Die fürchterliche Erinnerung an die Schmerzen, die ihm dieser perverse Folterer bereits zugefügt hatte, raubte John fast den Verstand.

Da war sie wieder, diese Angst, die wie eine kalte Faust sein Herz umklammerte. Von Panikattacken gemartert, versuchte er sich verzweifelt loszureißen, doch seine Fesseln gaben keinen Millimeter nach. Er hing wie Jesus am Kreuz, war seinem Schicksal hilflos ausgeliefert. Aber der Sadist reagierte völlig anders als erwartet: Mit einem hämischen Grinsen tätschelte er John die Wangen und küsste ihm aus Freude über seinen Geldgewinn auf die Stirn.

Der Gestank nach Schweiß war unerträglich.

Johns Atmung setzte aus. Mit schmerzverzerrtem Gesicht schleuderte er den Kopf herum und japste wie ein Ertrinkender nach Luft. Er griff sich an die linke Brust, seine Finger krallten sich so fest in seine Jacke, als wollte er sich bei lebendigem Leib das Herz herausreißen. Dann schnellte sein verkrampfter Körper in die Höhe und er packte die Kopfstütze der nächstgelegenen Sitze.

Gleich darauf kippte sein Oberkörper wieder nach vorne, so als ob er sich übergeben würde. Hechelnd schloss er die Augen, krächzte und stöhnte. Er kämpfte mit den Dämonen seiner Erinnerungen, versuchte sie zu erwürgen. Aber sie waren stärker, hatten einfach zu viel Macht über ihn. Wie in Zeitlupe richtete er sich auf.

Die Fahrgäste stierten ihn regungslos an. Keiner von ihnen kam auf die Idee, den Augenblick zu nutzen und den Serienmörder zu überwältigen. Alle wirkten wie paralysiert.

Johns Mund war ausgetrocknet, die Zunge klebte an seinem Gaumen. Er schluckte so hart, als steckte ihm etwas quer in der Kehle. Erst langsam atmete er wieder ruhiger, seine Atemzüge wurden tiefer. Blinzelnd schaute er durch das Heckfenster hindurch auf die von fahlem Laternenschein beleuchtete Freifläche vor dem Karstadtgebäude.

Tannenberg justierte das Fadenkreuz des Nachtsichtgerätes auf Johns maskierten Kopf ein. Die Blicke der beiden Männer schienen sich einen Moment lang zu begegnen. Wie aus dem Nichts tauchte plötzlich ein leuchtend roter Laserpunkt auf Johns Skimütze auf. Zwei, drei Sekunden später peitschte ein zischendes Schussgeräusch über Tannenberg hinweg. Reflexartig zog er den Kopf ein. Als er kurz darauf wieder durch das Fernglas blickte, war von dem Geiselnehmer nichts mehr zu sehen. Doch an der Stelle der Heckscheibe, wo sich kurz zuvor noch der rote Punkt befunden hatte, zeichnete sich nun ein Einschussloch im Zentrum eines Splitternetzes ab.

Die beiden Türen des Linienbusses öffneten sich.

»Er ist tot!«, schrie der Busfahrer so laut, dass man ihn selbst hier in der Lampenabteilung des Karstadtgebäudes noch gut verstehen konnte.

Während der Fahrer auf dem Bürgersteig stehen blieb und sich mit zitternder Hand eine Zigarette anzündete, stürmten die anderen Businsassen an ihm vorbei ins Freie. Die überglücklichen Menschen rannten in zwei Himmelsrichtungen davon und wurden von den herbeieilenden Einsatzkräften in Empfang genommen.

»Wer von deinen Idioten hat geschossen?«, blökte Tannenberg in Richtung des SEK-Einsatzleiters.

»Ich habe keine Schussfreigabe erteilt.«

»Ja, wer denn dann?«

»Keine Ahnung.«

»Da muss wohl einer von Ihren Jungs durchgedreht sein«, bemerkte Dr. Schönthaler.

»Der Geiselnehmer ist tot«, quäkte das Walkie-Talkie. »Er liegt hier ...«

Tannenberg nahm das Funkgerät vom Tisch und schrie: »Sofort raus aus dem Bus und den Zugang absperren! Ich und der Doc gehen rein, sonst keiner!«

»Verstanden.«

Plötzlich erinnerte sich Tannenberg an das markante Schussgeräusch, welches er durch das offene Fenster als Zischen wahrgenommen hatte. Er warf den Kopf ins Genick, deutete zur Decke empor. »Hast du deine Leute auch direkt über uns postiert, also oben auf dem Dach, mein ich?«, duzte er nun Weber bereits zum zweiten Mal.

»Nein«, stellte der SEK-Beamte ebenso einsilbig wie unmissverständlich klar.

»Los, Mischa, der Typ muss noch im Haus sein. Den schnappen wir uns. Sabrina, du gehst runter zum Bus und sorgst dafür, dass niemand reingeht. Und du, Weber, fragst bei deinen Leuten nach, wer das war.«

Während die junge Kommissarin nickte, riss Tannenberg die Tür auf und stürmte von Schauß gefolgt los.

»Du nimmst die Rolltreppe, ich die Treppe!«

Mit gezogenen Waffen hasteten die beiden Ermittler zuerst durch die Lampenabteilung, dann an Matratzen und Bettdecken vorbei. Ständer mit Kopfkissen und aufgestapelter Bettwäsche schossen zur Seite, einige fielen dabei um.

Das Kaufhaus war inzwischen vollständig geräumt. Michael Schauß eilte mit Riesensätzen die Rolltreppe empor, während Tannenberg das als Notausgang dienende Treppenhaus benutzte. Auf jeder Etage trafen sie sich kurz und inspizierten mit hektischen Blicken die Umgebung. Aber von dem vermeintlichen Scharfschützen war weit und breit nichts zu sehen oder zu hören. Auf der obersten Etage angelangt, mussten sie den Zugang zur Dachterrasse erst einmal suchen.

Als die beiden Kriminalbeamten eine vergitterte und verschlossene Metalltür erreichten, hinter der eine Treppe nach oben führte, nahm Tannenberg plötzlich im linken Augenwinkel einen sich bewegenden Schatten wahr. Er wirbelte herum und sah eine vermummte Gestalt, die circa zwanzig Meter von ihm entfernt zur Rolltreppe rannte. Der Mann trug die gleiche schwarze Kleidung wie die SEK-

Einsatzkräfte. Quer über den Rücken hatte er ein Gewehr mit Zielfernrohr geschnallt.

»Halt, stehen bleiben«, schrie Tannenberg, so laut er nur konnte.

Doch der Flüchtende reagierte nicht.

»Stehen bleiben oder ich schieße.«

Der Scharfschütze ging blitzschnell hinter einem Auslagentisch in Deckung und feuerte mit einer Pistole in Richtung seiner beiden Verfolger. Tannenberg und Schauß warfen sich auf den Boden. Schauß drehte den Kopf zu seinem Vorgesetzten hin.

Der verständigte gerade über das Walkie-Talkie Weber. »Das ist einer von euch!«, zischte er. »Verdammter Sauhaufen!«

»Wolf, du blutest ja«, stieß Schauß entsetzt aus.

»Was? Wo?«

»Neben dem Hals.«

Tannenberg fasste sich ins Genick, suchte von dort aus nach einer Wunde. Anschließend betrachtete er seine mit Blut beschmierte Hand.

»Ist nur'n Streifschuss«, wiegelte er ab. Mit dem Lauf seiner Dienstwaffe wies er in Richtung des Treppenhauses. »Versuch du's von der anderen Seite her. Ich geb dir Feuerschutz. Okay?«

»Okay«, entgegnete Michael Schauß.

»Aber pass ja auf dich auf.«

»Logo.«

»Also, dann mal los«, flüsterte Tannenberg.

Während sein junger Mitarbeiter geduckt von Warentisch zu Warentisch hechtete, feuerte er fast sein gesamtes Magazin leer. Der Beschuss wurde nicht erwidert. Per Handzeichen näherten sich die beiden Ermittler Stück für Stück von zwei Seiten her der Rolltreppe. Von Tannenberg mit der Waffe im Anschlag gesichert, robbte Schauß zur Rolltreppe. Als es auch weiterhin ruhig blieb, erhob er sich in Zeitlupentempo und lugte vorsichtig über das Geländer hinweg. Tannenberg kam zu ihm und blickte nun ebenfalls hinunter auf die gegenläufig aufeinander zurollenden Metallbänder.

»Nix von ihm zu sehen. Auf, dann runter ins Parkhaus. Vielleicht will er von dort aus mit seinem Auto türmen«, sagte der SOKO-Leiter.

Um dem Täter den vermeintlichen Fluchtweg abzuschneiden, verließen die beiden Ermittler das Kaufhaus und rannten um das Karstadtgebäude herum zur Ausfahrt der Tiefgarage. Als sie dort eintrafen, erspähten sie gerade noch das Heck eines schwarzen Kleinbusses, der mit hoher Geschwindigkeit in die Fackelwoogstraße einfuhr. Das Heckfenster war mit undurchsichtiger Folie beklebt.

Immer noch mit den Waffen im Anschlag pirschten sie die Rampe hinunter ins Parkhaus. Dort stießen sie auf etwa zwei Dutzend vermummte SEK-Beamte, die um mehrere Kleinbusse herumstanden. Diese glichen alle demjenigen aufs Ei, dessen Heckpartie sie kurz zuvor oben an der Ausfahrt gesehen hatten. Beide steckten ihre Pistolen weg.

»Ist euch in den letzten Minuten einer begegnet, der genauso aussieht wie ihr, der aber nicht zu euch gehört?«, schrie Tannenberg den verdutzten Männern entgegen.

Stummes Kopfschütteln.

»Scheiße, der ist wahrscheinlich schon über alle Berge«, fauchte er an Schauß adressiert.

»Vielleicht haben ihn ja auch unsere Kollegen geschnappt.«

»Ja, aber wie denn? Der sieht doch haargenau so aus wie einer vom SEK. Der fällt denen doch überhaupt nicht auf. Die tragen ja alle Gesichtsmasken. Vielleicht ist er sogar einer von denen. Vielleicht stecken die alle unter einer Decke.«

Angesichts dieser abstrusen Verschwörungstheorie ließ Michael Schauß lediglich ein skeptisches Brummen verlauten.

»Komm, wir müssen zum Bus. Ich geh rein, vielleicht finde ich ja irgendwas, das uns weiterbringt. Du löst sofort eine Großfahndung aus. Dann beorderst du unsere gesamte SOKO hierher. Die müssen sich jeden einzelnen dieser SEK-Fuzzis vorknöpfen – inklusive diesen Weber. Sie sollen sie bis aufs Blut ausquetschen, ihre Kleidung und Hände auf Schmauchspuren hin untersuchen und so weiter. Das ganze Programm eben.«

Im Laufschritt erreichten die beiden den von Sabrina und einigen Streifenpolizisten abgesperrten und bewachten Linienbus.

»Offensichtlich ist er euch durch die Lappen gegangen«, empfing sie Dr. Schönthaler. »Schade, wirklich zu schade.«

»Den kriegen wir noch, darauf kannst du dich verlassen.«

Während Schauß die Anordnungen seines Chefs weitergab, drückte sich Tannenberg an seinem alten Freund vorbei in den Linienbus.

Das Geländemotorrad war zur Seite gekippt. Etwa eineinhalb Meter von dem breiten Bereich des Fahrgastraumes entfernt entdeckten sie den leblosen John. Er lag im schmalen Durchgang zwischen den Sitzen auf dem Rücken, seine Arme und Beine waren merkwürdig verdreht.

Der Mann war mit einem Kopfschuss getötet worden. Die schwarze Gesichtsmaske wies über dem Sehschlitz des rechten Auges ein Loch auf, von dem aus sich eine breite Blutspur über die Skimütze hinweg bis zum Boden zog. Unter dem Kopf hatte sich inzwischen eine Blutlache gebildet.

Tannenberg stapfte an dem Toten vorbei zu Johns Rucksack. Er streifte die Gummihandschuhe über und durchsuchte ihn.

»Mit diesem Gewehr hat der Scheißkerl sechs unschuldige Menschen umgelegt«, polterte er ungehalten los, als er die Waffe entdeckte.

»Ein bisschen mehr Pietät, wenn ich bitten dürfte«, rüffelte der Rechtsmediziner schmunzelnd.

»Auf was wartest du denn«, blaffte Tannenberg. »Zieh ihm endlich das Ding ab.«

Dr. Schönthaler schüttelte energisch den Kopf. »Nein, nein, Wolf, dieser Enttarnungsakt sei dir vorbehalten. *Du* darfst deinem geliebten Johannes die letzte Ehre erweisen und seine Maskerade beenden.«

Grummelnd kniete sich Tannenberg neben dem Pathologen nieder. Mit beiden Händen griff er die Skimütze und zerrte sie John ruckartig vom Kopf.

Fassungslos blickten sich die beiden Freunde an.

»Das ist ja gar nicht Johannes«, stieß Tannenberg aus, während er seine Hand vor den Mund warf.

»Nee, der sieht wirklich nicht aus wie ein George Clooney, höchstens wie einer, der vor ein paar Monaten mit seinem Gesicht in einen Häcksler hineingeraten ist.«

»Also, ich versteh jetzt gar nichts mehr.«

»Na ja, Wolf, das ist ja nun wirklich nichts Neues bei dir.«

17

Wie erstarrt blickte Tannenberg weiter auf das von Narben entstellte Gesicht des Mannes.

Derweil legte sein bester Freund nach: »Als leidenschaftlicher Hobby-Kriminalist gebe ich dir mal einen entscheidenden Hinweis. Er wird dir hoffentlich den nötigen Durchblick verschaffen. Was hältst du denn davon, wenn ich behaupte, dass dein geliebter Johannes ein Berufskiller ist, der von vornherein den Auftrag hatte, diesen sogenannten John zu liquidieren. Damit er sein Insiderwissen nicht weitergeben kann. Ich glaube, davor hatten nämlich gewisse Leute einen ziemlichen Bammel.«

»Diesen Auftrag hat er ja nun wohl auch erledigt«, seufzte Tannenberg.

»So ist es. Und zwar zur vollsten Zufriedenheit seiner Auftraggeber. Die ihm garantiert nicht böse sind, dass er quasi so nebenbei auch noch Thomas Rettler und diesen Oberstabsarzt mundtot gemacht hat«, ergänzte Dr. Schönthaler

»Mit Ihrer beeindruckenden Fantasie sollten Sie unbedingt einen Thriller schreiben«, ertönte plötzlich eine markante Stimme im Rücken der beiden Freunde.

Verdutzt wandten sie ihre Köpfe um – und trauten ihren Augen nicht: Vor ihnen stand Johannes Zörntlein und lächelte sie an. Allerdings ähnelte er dem Hollywood-Schauspieler kaum mehr: Die grau melierten Haare waren nicht mehr nach hinten gekämmt und mit Gel frisiert, sondern hingen wuschelig in die gebräunte Stirn hinein. War er noch vor ein paar Tagen der Inbegriff einer akkuraten Glattrasur, so zierte nun ein dichter Dreitagebart Wangen und Kinn. Überdies war er nicht mehr wie ein Zorro-Verschnitt ganz in Schwarz gehüllt, sondern trug Bluejeans und ein buntes, sportliches Sommerhemd.

Auch hatte er sich offenbar von seinem geheimnisvoll-verführerischen Blick verabschiedet, mit dem er noch vor Kurzem nicht nur die Damenwelt verzaubert hatte. Eigentlich sah er jetzt einfach nur noch ganz normal aus, wie der sympathische Nachbar von nebenan, den man gerne ab und an zum Grillen einlud.

»Wo hast du denn die ganze Zeit über gesteckt?«, fragte Tannenberg, dem die Verblüffung über Zörntleins Erscheinen deutlich ins Gesicht geschrieben stand.

»Ich war bei meiner Familie in Lyon. Meine Tochter hatte Geburtstag.«

»Und wieso warst du nicht für uns erreichbar?«

»Weil ich meiner kleinen Sophie-Claire ein ganz besonderes Geburtstagsgeschenk gemacht habe: Ich habe ihr versprochen, dass sie einen ganzen Tag lang den Papi für sich alleine haben darf. Deshalb haben wir alle Telefone ausgeschaltet.«

»Mir kommen vor Rührung gleich die Tränen«, giftete der Gerichtsmediziner und erhob sich.

Tannenberg tat es ihm gleich. Zörntlein ergriff seine Hand und drückte sie fest. »Schön, dass es dir gut geht, Wolf. Ich habe von dem Anschlag auf dich gehört. Gott sei Dank ist dir nichts passiert.«

»Und warum bist du schon wieder da?«

Zörntlein seufzte. In eine fahrige Handbewegung hinein sagte er: »Na ja, wegen dieser leidigen Angelegenheit hier.«

Was zieht der Kerl denn gerade für eine miese Show ab, fragte sich Dr. Schönthaler im Stillen. Und dieser blöde, naive Wolf fällt auch noch drauf rein. Er stützte die Arme provokativ auf die Hüftknochen und fixierte Zörntlein von der Seite her mit einem durchdringenden Blick.

»Dann erklären Sie vorbildlicher Familienvater uns doch bitte einmal, weshalb man Ihren werten Namen weder beim BKA noch sonst wo kennt«, wollte der Pathologe wissen.

Der BKA-Experte senkte die Stimme ab und nahm den Kopf nach vorne, so dass ihn außer den beiden im Bus niemand hören konnte. »Johannes Zörntlein ist mein Deckname.«

»Na, so weit sind wir auch schon«, höhnte der Gerichtsmediziner.

Zörntlein ignorierte die Unterbrechung und fuhr wispernd fort: »In der Interpol-Zentrale in Lyon werden aus Sicherheitsgründen alle hochrangigen Mitarbeiter der Abteilungen Terrorismusbekämpfung und Organisierte Kriminalität nur unter ihrem Decknamen geführt.« Noch leiser ergänzte er:

»Unsere wahre Identität kennen nur ganz wenige. Ihr glaubt ja gar nicht, wie viele unserer Kollegen auf der Gehaltsliste der Gegnerseite stehen.«

Während man Tannenbergs Erleichterung über diese Klarstellung anmerkte, schien der Rechtsmediziner innerlich fast zu platzen. Er hielt sich jedoch mit weiteren Fragen zurück und wohnte dem Dialog der beiden schweigend bei.

Der Interpol-Beamte mit dem Decknamen ›Johannes Zörntlein‹ kniete sich vor Johns Kopf nieder. »Und das ist also der geheimnisvolle Sniper«, sagte er kopfschüttelnd. Sein Blick fiel auf den großen Wanderrucksack. »Ist da seine Waffe drin?«

»Ja«, antwortete Tannenberg.

»Habt ihr den Rucksack durchsucht?«

»Ja, sicher, ich hab mal kurz reingeguckt.«

»Aber nichts rausgenommen, oder?«, fragte Zörntlein mit einem süffisanten Lächeln.

»Nein, wo denkst du hin, da muss doch erst mal unsere Spusi ran.«

Zörntlein richtete sich auf und machte anschließend eine wegwerfende Handbewegung. »Nein, nein, vergiss es. Das erledigen meine Kollegen.«

Er stemmte sich in die Höhe, trat zwei Schritte zurück und winkte von der Einstiegstreppe aus in Richtung der Fackelstraße. Kurz darauf erschienen vier in Ganzkörperanzüge gehüllte Männer. Sie führten einen schwarzen Leichensack mit sich.

Von Tannenbergs und Dr. Schönthalers staunenden Blicken begleitet bauten sich zwei der bodyguardähnlichen Gestalten vor ihnen auf und drängten sie in den Flur zum Fahrersitz hinein. Die beiden anderen deponierten derweil den Leichensack auf dem Boden, hoben Johns Leichnam an und legten ihn in den Leichensack. Sie gaben den Rucksack dazu, zogen den Reißverschluss hoch und transportierten den Plastiksack ab.

»Was, was soll das denn?«, protestierte Tannenberg.

»Keine Panik, Wolf, wir führen lediglich eine Order von ganz oben aus.«

Zörntlein zog ein Schreiben aus der Tasche und hielt es dem staunenden Kriminalbeamten unter die Nase. Es war von Oberstaatsanwalt Dr. Hollerbach unterzeichnet und beinhaltete die Anordnung zur sofortigen Übertragung der Zuständigkeit für diesen Fall an nicht näher bezeichnete übergeordnete Dienststellen.

»Seid doch froh, dass ihr mit dieser blöden Sache nichts mehr zu tun habt«, sagte Zörntlein und klopfte dem Leiter der SOKO ›Sniper‹ auf die Schulter. »Es gibt eben gewisse Interessenlagen, die haben absolute Priorität.«

»Ach, wisst ihr was, leckt mich doch alle!«, grollte Tannenberg.

Er wandte Zörntlein den Rücken zu und trat aus dem Bus. Dr. Schönthaler folgte ihm auf dem Fuße. Doch dann blieb er plötzlich so abrupt stehen, dass sein Freund von hinten auf ihn auflief. Er drückte ihn zur Seite und ging zurück zu dem Interpol-Experten.

»Wie heißt du denn eigentlich richtig?«

Der angebliche Johannes Zörntlein grinste ihn breit an: »Ach, weißt du, mein lieber Wolf, Namen sind Schall und Rauch in unserem Geschäft. Da zählen nur die Taten.«

In Tannenbergs Hirn wirbelten die Gedanken wild durcheinander. Kopfschüttelnd stieg er aus dem Linienbus. Dr. Schönthaler legte ihm den Arm auf die Schulter und führte ihn weg.

»Komm, mein alter Junge, wir suchen uns jetzt ein lauschiges Plätzchen in einem schönen Biergarten und dann baue ich dich mental wieder auf«, schlug der Gerichtsmediziner mit sanfter Stimme vor.

»Das wird dir heute nicht mehr gelingen«, seufzte Tannenberg.

»Na, ja, warten wir's mal ab.«

In einer Seitenstraße der Fußgängerzone kehrten die beiden in eine urige Kneipe mit Innenhof ein. Da es inzwischen ziemlich kühl geworden war, hatten sie den gesamten Biergarten für sich alleine. Dr. Schönthaler verzog sich eine Weile auf die Toilette. Als er zurückkehrte, servierte die Bedienung gerade zwei Hefeweizen und eine riesige Hausmacherplatte. Während er es sich schmecken ließ, stocherte sein Freund nur lustlos in dem Sauerkrauthügel auf seinem Teller herum.

»Jetzt iss doch endlich mal was. Sonst wird ja alles kalt«, forderte der Kaiserslauterer Rechtsmediziner, der sich bester Laune zu erfreuen schien.

Ganz im Gegensatz zu Wolfram Tannenberg, der von Minute zu Minute deprimierter wurde.

»Dein Handy«, kommentierte Dr. Schönthaler das summende Geräusch in der Brusttasche des Kriminalbeamten.

Mit ausdrucksloser Miene zog Tannenberg das Mobiltelefon heraus, schaltete es ohne einen Blick darauf zu werfen aus und ließ es wieder verschwinden.

»Du bist vielleicht ein alter Kommunikationsmuffel«, lachte der Pathologe.

Nun machte sich sein eigenes Handy bemerkbar. ›Dreckschnüffler ruft an‹ blinkte auf dem Display. Bevor er das Gespräch entgegennahm, lauschte er noch ein paar Takte der ›Spiel-mir-das-Lied-vom-Tod‹-Melodie. Er hatte sie sich irgendwann einmal als Klingelton aus dem Internet heruntergeladen, weil sie nach seiner Meinung die einzig passende Rufmelodie für Vertreter seines Berufsstandes war. Dann drückte er die grüne Taste.

»Nee, Karl, unser liebes Wölfchen ist nicht zu sprechen«, erklärte er schmatzend. »Er sitzt mir zwar direkt gegenüber, aber er hat gerade mal wieder seinen Moralischen. Sag mir einfach, was du auf dem Herzen hast. Ich versuch's ihm dann möglichst schonend beizubringen.«

Während Dr. Schönthaler interessiert lauschte, was ihm der Kriminaltechniker mitzuteilen hatte, stierte Tannenberg scheinbar teilnahmslos ein Loch in die Bruchsandsteinmauer hinter dem Gartentisch.

»Mertel ist noch in diesem Herschweiler-Dingsbums. Er wollte dir nur einen kurzen Zwischenbericht übermitteln«, verkündete der Rechtsmediziner, nachdem das Gespräch beendet war. Schmunzelnd tunkte er ein Stück Bratwurst in einen Senfklacks und schob ihn in den Mund. »Interessante Sachen hat er mir da erzählt, das muss ich schon zugegeben.«

Er schluckte den Bissen hinunter, tupfte sich den Mund ab und trank einen großen Schluck Weizenbier. Da sein Freund noch immer keinerlei Reaktion zeigte, legte er noch ein wenig nach. »Geradezu sensationelle Sachen wusste er mir zu berichten.«

Endlich hob Tannenberg den Kopf und schaute seinen alten Freund mit einem traurigen, leeren Blick an. »Was gibt's denn so ungeheuer Aufregendes?«, fragte er gedehnt.

Dr. Schönthaler griff sein Messer und hielt es sich wie ein Mikrofon vor den Mund. »Achtung, Achtung, der Leiter des K 1 meldet sich gerade unter den Lebenden zurück. Nutzen wir die Chance zu einem Live-Interview. Wer weiß, vielleicht begeht der werte Herr ja schon heute Nacht aus lauter Verzweiflung Selbstmord. – Erste Frage: Was hat nach Ihrer geschätzten Meinung der Kollege Mertel in diesem unaussprechlichen Ort entdeckt?«

Das zum Mikrofon umfunktionierte Messer wanderte zu Tannenbergs Kinn.

»Keine Ahnung. Tu sofort dieses blöde Ding da weg!«, forderte sein Gegenüber mürrisch und schob die Hand beiseite.

»Meine sehr verehrten Damen und Herren, wie Sie gerade eben selbst als O-Ton hören konnten, reagiert der Leiter der SOKO ›Sniper‹ äußerst gereizt auf vollkommen unverfängliche Journalistenfragen. Seine abweisende Reaktion ist darauf zurückzuführen, dass Hauptkommissar Wolfram Tannenberg ein recht angespanntes Verhältnis zu unserem Berufsstand hegt. Dabei üben gerade wir Enthüllungsjournalisten eine eminent wichtige Funktion in einer freiheitlichen Demokratie aus.«

»Hör auf mit dem Schwachsinn oder ich gehe sofort nach Hause.«

Diese Drohung zeigte Wirkung. Dr. Schönthaler beendete seinen Ausflug ins Kabarettmilieu und berichtete stattdessen über die aktuellen kriminaltechnischen Erkenntnisse: »Mertel hat in der Nähe eines Sportplatzes am Fuße einer großen, mit einem roten Kreuz markierten Buche einen Diskus gefunden.«

»Einen Diskus?«

»Ja. Wie du weißt, ist die siebte Disziplin des Zehnkampfs der Diskuswurf.«

»Dann hat John dort auf sein nächstes Opfer gewartet«, murmelte Tannenberg vor sich hin.

»Das er ja glücklicherweise verschont hat.«

In den Kriminalbeamten kehrte nun tatsächlich das Leben zurück. Er richtete seinen Oberkörper auf und nahm einen tiefen Schluck aus seinem Weizenbierglas.

»So gefällst du mir schon wieder bedeutend besser.« Dr. Schönthaler nahm sein Glas, stieß es an das andere und trank ebenfalls. »So, und nun zur Preisfrage: Warum wohl hat er den Jungen nicht wie seine anderen sechs Opfer ebenfalls mit einem Präzisionsschuss ins Herz niedergestreckt?«

Tannenberg zuckte mit den Schultern und leckte sich dabei den Bierschaum von den Lippen. »Weil er plötzlich Mitleid mit dem Jungen hatte?«, spekulierte er anschließend.

»Oder weil ihn ein kleines Vögelchen erschreckt hat«, scherzte Dr. Schönthaler mit angespitztem Mund. »Oder weil ihn vielleicht genau in diesem Augenblick eine Schnake oder eine Bremse gestochen hat.« Er wedelte mit dem Zeigefinger vor Tannenbergs Gesicht herum. »Nein, nein, mein liebes Wölfchen – falsch geraten. Hast du noch eine andere Idee?«

Tannenberg wiegte den Kopf hin und her.

»Ganz einfach: Weil er selbst beschossen wurde.«

»Was?«

»Ja, Mertel hat oben im Baum ein Projektil in der Rinde entdeckt. Es schlug offensichtlich ziemlich genau an der Stelle ein, wo dieser John gesessen haben muss.«

»Dann hat dieser Schuss wahrscheinlich dem Jungen das Leben gerettet.«

»Das ist durchaus möglich. Dieser Anschlag würde auch die überhastete Flucht des Snipers erklären. Mertel glaubt, dass er seinen Rucksack in der Hektik runtergeworfen hat. Und der ist dann möglicherweise auf einem Ast aufgeschlagen. Dabei könnte der Diskus herausgefallen sein. Na ja, egal. Jedenfalls wurde nach diesem Attentat der Jäger plötzlich selbst zum Gejagten.«

Tannenberg ging ein Licht auf. »Dann wird dieser Scheiß Zörntlein …«, als er den Namen aussprach, verengten sich seine Augen zu schmalen Schlitzen, »dahinterstecken.«

»Das sehe ich genauso. Meiner Meinung nach handelt es sich bei diesem Schützen um denselben, der Kronenberger und wahrscheinlich auch Thomas Rettler getötet hat und dessen Kugeln dich nur knapp verfehlt haben.«

»Aber wieso hat er John nicht getroffen?«

»Dich hat er ja auch nicht getroffen – leider.«

»Verdammt, Rainer, wir können diesem Saukerl die Täterschaft einfach nicht nachweisen. Du hast vorhin doch selbst gesehen, dass wir an ihn und seine Schattenmänner nicht herankommen. Der hat offenbar Rückendeckung von ganz weit oben. Die haben Hollerbach unter Druck gesetzt, und dieser kleine Hosenscheißer hat sich natürlich nicht dagegen gewehrt.«

Tannenberg schnaubte verächtlich. »Ist ja auch nur allzu verständlich, schließlich will der Herr Oberstaatsanwalt noch Karriere machen. Die haben uns die ganze Zeit über an der Nase herumgeführt, indem sie falsche Spuren gelegt, Beweismittel vernichtet und was weiß ich noch alles getrickst haben. Wir waren nichts als ihre nützlichen Idioten.«

Er reckte einen Zeigefinger empor. »Und eins muss uns klar sein: Die besitzen die Macht, auch weiterhin alles zu verschleiern und in ihrem Sinne zu manipulieren.« Tannenberg wurde von einer weiteren Eingebung heimgesucht. »Klar, ich hab jetzt auch die Erklärung dafür, wie Zörntlein das vorhin geschafft hat.«

»Was?«

»Innerhalb kürzester Zeit John zu erschießen, unerkannt zu verschwinden und Minuten später bei uns im Bus aufzutauchen. Als Schauß und ich zum Parkhaus gerannt sind, haben wir einen Kleinbus mit verklebten Scheiben gesehen. Da saß er garantiert drin und hat sich gerade umgezogen. Auf diese Weise hat er natürlich auch die Tatwaffe abtransportiert.«

»Interessante Theorie«, lobte Dr. Schönthaler kauend. »Aber woher konnte er wissen, dass John in diesem Herschweiler-Dingsbums ein Attentat verüben wird? Das konnte er nicht aus dem Polizeifunk erfahren haben.«

»Vielleicht ist er ihm irgendwann zufällig hier in der Stadt begegnet, oder er wusste, wo Johns Auto stand und hat einen Peilsender angebracht.«

»Aber wieso tötet er ihn nicht, wenn er ihm schon so nahe gekommen ist?«

»Womöglich wollte er nur einen optimalen Zeitpunkt abwarten. Oder aber er wollte einen anderen Ort suchen, an dem er unbeobachteter zuschlagen konnte.«

»Kann sein. Oder er wollte sich an John rächen, indem er seinen Plan durchkreuzt und John selbst als Opfer auf diesem Sportplatz ablegt.« Dr. Schönthaler klatschte in die Hände und knetete sie. »Ach, was weiß denn ich. Ist mir inzwischen auch schnurzpiepegal«, sagte er und wandte sich wieder dem Verzehr der Hausmannskost zu.

Tannenberg zog die Stirn in Falten und rümpfte die Nase. »Sag mal, Rainer, irgendwie scheint dich diese ganze Geschichte überhaupt nicht sonderlich aufzuregen. Du sitzt hier gemütlich rum, schmunzelst vor dich hin«, er machte eine ausladende Handbewegung über die Hausmacherplatte hinweg, »und schlägst dir in aller Ruhe den Bauch voll.«

Der Rechtsmediziner bedachte ihn mit einem hämischen Blick. »Weißt du, ich freue mich eben bärenmäßig darüber, dass dieser George-Clooney-Verschnitt nun endlich auch dir sein wahres Gesicht gezeigt hat. Im wahrsten Wortsinne übrigens! Wobei man natürlich objektiv feststellen muss, dass auch nach seinem neuen Styling immer noch eine gewisse Ähnlichkeit mit Clooney vorhanden ist. Hast du inzwischen eigentlich schon mal darüber nachgedacht, aus welchem Grund er diese Double-Show veranstaltet hat?«

Tannenberg seufzte. »Tja, das frage ich mich auch gerade. Zumal er dadurch ziemlich auffiel und viel leichter zu identifizieren war.«

»Doch nur in seiner Maskerade, Wolf«, wandte der Pathologe ein. »Ich schätze mal, dass er bei seinen Anschlägen so ähnlich ausgesehen hat, wie vorhin im Bus. Außerdem dürfte er eine Gesichtsmaske getragen haben.«

Dr. Schönthaler biss in sein Hausmacherbrot und brummte genüsslich. »Hmh, schmeckt das gut. Außerdem konnte er mit dieser Clooney-Show und seinem ›Everybodys-Darling-Gehabe‹ von seiner wahren Identität ablenken. Ist ihm ja auch prächtig gelungen. Ihr wart ja alle regelrecht hin- und hergerissen von ihm.«

Er lachte schallend. »Eine perfekte Tarnung, das muss man neidlos anerkennen. Taucht hier in der Provinz als George Clooney auf und diese Bauerntölpel vergöttern ihn.« Er zeigte mit seinem Messer auf Tannenberg. »Mit diesem schönen Begriff meine ich übrigens unter anderem dich! Brauchst mich gar nicht so unschuldig anzuglotzen, du naiver Hornochse!«

»Na, jetzt mach aber mal halblang!«

»Wieso? Du hast ihn angeschmachtet wie ein pubertierender Jüngling seine erste platonische Liebe. Das war richtiggehend peinlich. Ich hab mich für dich geschämt. Aber nun bist du wohl mit deiner Naivität mal richtig auf die Schnauze gefallen. Ja, ja, mein liebes Wölfchen, Liebe macht eben blind.«

»Ach, daher weht der Wind. Du warst eifersüchtig auf ihn.«

Dr. Schönthaler tippte sich mit dem Finger auf die Brust. »Pah! Ich und eifersüchtig?«, stieß er höhnisch aus. »Dass ich nicht lache!«

»Sieht aber ganz danach aus.«

»Träum von etwas anderem! Ich hab es nun wirklich nicht nötig, mich mit einem gemeingefährlichen Verbrecher zu messen.«

Tannenberg hatte sich derart in dieses kleine Scharmützel hineingesteigert, dass es eine Weile seine trüben Gedanken verscheuchte. Doch aufgrund dieser Bemerkung verdüsterte sich seine Miene wieder schlagartig.

Natürlich registrierte sein bester Freund diesen Stimmungswandel. Er räusperte sich und richtete mit ruhiger Hand seine schwarz-weiß-gepunktete Fliege aus. Wie stets trug er einen Anzug mit Weste und dem obligatorischen Propeller, wie Tannenberg sein Markenzeichen gerne nannte. Danach spreizte er beide Hände und drückte sie so fest auf seine linke Brust, dass sich unter dem grauen Stoff seines Sakkos ein rechteckiger, größerer Gegenstand abzeichnete. Er wies mit dem Kinn darauf und fragte: »Was glaubst du wohl, was das hier ist?«

Sein Gegenüber schob die Unterlippe vor und kehrte die Handflächen nach außen. »Ein Zigarettenetui?«

»Dödel! Hab ich vielleicht angefangen zu rauchen? Nee, da steckt etwas ganz anderes drin: Ein Tagebuch.«

»Ein Tagebuch? Schreibst du etwa schon an deinen Memoiren?«

Dr. Schönthaler lachte auf. »Gute Idee! Stoff genug dazu hätte ich ja nun wahrlich.« Als er die Bedienung entdeckte, orderte er geschwind zwei Hefeweizen nebst dem dazugehörigen destillierten Geist der Mirabellen. »Den Schnaps braucht mein Freund nämlich jetzt gleich«, posaunte er lauthals hinaus.

»Hat er zu viel gegessen?«, fragte die kräftige Frau.

»Eher das Gegenteil.«

Mit dieser merkwürdigen Antwort wusste die Bedienung offensichtlich nichts anzufangen, denn sie verschwand kopfschüttelnd im Innern der Gastwirtschaft.

Wie bei einem Anfall von Patriotismus legte Dr. Schönthaler seine rechte Hand auf die linke Brust und verkündete mit abgesenkter Stimme: »Direkt über meinem Herzen bewahre ich etwas ungemein Wertvolles auf, nämlich das Vermächtnis eines gewissen Fabian Reich.«

Tannenberg legte verblüfft die Stirn in Falten. »Fabian Reich?«

»Kampfname: John.«

»Was, du hast sein Tagebuch? Wo hast du das her?« Der Kriminalbeamte klatschte sich an die Stirn. »Logo, aus dem Bus. Du hast es ihm abgenommen, als du alleine mit ihm warst.«

»Nicht *ab*-genommen, sondern *an-mich*-genommen«, korrigierte sein Gegenüber. »Das ist ein kleiner, aber feiner Unterschied.«

Obwohl Tannenberg das Wortspiel nicht recht verstand, fragte er nicht nach, sondern streckte fordernd die Hand aus. »Los, gib's mir!«

Der Gerichtsmediziner verschränkte die Arme vor dem Oberkörper. »Nichts da, wir haben Zeit. Wir warten, bis wir unsere Bellis haben.«

Zähneknirschend akzeptierte Tannenberg die klare Ansage. Ungeduldig trippelte er mit den Füßen auf der Stelle, während seine Finger am Saum der Tischdecke herumspielten. Doch es dauerte nicht mehr lange und die Bedienung kehrte in den Biergarten zurück.

»Auf uns beide!«, ließ Dr. Schönthaler den ritualisierten Trinkspruch der beiden verlauten. Die eiskalten Schnapsgläser stießen mit einem hellen Klirren aneinander.

»Ach, deshalb bist du die ganze Zeit über schon so gut drauf.«

»Du hast es erfasst, mein alter Junge.«

»Und was steht drin? Lass es mich jetzt endlich lesen.«

Rainer Schönthaler kam seinem Wunsch noch immer nicht nach. »Vorhin auf der Toilette hab ich's mal quergelesen. Ich muss schon sagen: Das, was ich da entdeckt habe, hat meine Laune geradezu beflügelt.« Scheinbar teilnahmslos schaute er über die Schulter seines Freundes an die Sandsteinmauer, wo sich gerade ein Nachtfalter niederließ.

Diese Situation nutzte Tannenberg zu einer überfallartigen Attacke: Er sprang auf, packte sein Gegenüber am Kragen und fasste mit der rechten Hand in das Sakko hinein. »Her damit.«

Verblüfft über diesen plötzlichen Angriff ließ Dr. Schönthaler seinen Freund widerstandslos gewähren. »Ich hab es übrigens in seinem Rucksack gefunden«, erläuterte er. »Es war hinter der Waffe in einer Innentasche versteckt.«

Tannenberg nahm diese Sätze nicht mehr bewusst wahr, denn er war bereits mit der Lektüre des kleinen Büchleins beschäftigt.

18

Einsatztagebuch des Soldaten John, Operation ›Zehnkampf‹, stand auf dem Buchdeckel zu lesen. Auf der Rückseite des Büchleins war ein Fadenkreuz aufgemalt. Mit roten Kreuzen waren alle Anschlagsorte auf den Koordinaten verzeichnet und mit den Zahlen 1-10 beschriftet. Quasi als Einleitung des Tagebuchs fungierte die ausführliche Biografie eines gewissen Fabian Reich. Er schilderte darin chronologisch seinen Werdegang von der Einberufung zur Bundeswehr bis hin zu seiner Entlassung aus dem aktiven Dienst vor knapp einem Jahr.

»Der hat sich tatsächlich von dem Buch ›Die Möwe Jonathan‹ zu seinem Kampfnamen inspirieren lassen«, murmelte Tannenberg.

Die nächsten Seiten des Tagebuchs enthielten protokollartig die Schilderungen der bislang durchgeführten Attentate nebst der dazu notwendigen Vorbereitungen. Dieser Teil endete mit einer anderen, jungmädchenhaften Schrift und bezog sich auf den fehlgeschlagenen siebten Anschlag sowie auf das Attentat auf ihn selbst, seine Flucht und die Kaperung des Linienbusses.

»Der hat bis zuletzt genau Buch über seinen Horrortrip geführt – beziehungsweise führen lassen«, sagte Tannenberg.

Am Ende des Tagebuchs entdeckte der Kriminalbeamte einen Anhang mit einer detaillierten Auflistung der illegalen Auslandseinsätze seiner Elitetruppe.

»Unser Sniper war Mitglied einer strenggeheimen Spezialeinheit, die unter anderem angebliche Staatsfeinde ermordet hat.«

»Oder mit sogenannten Präventivaktionen vermeintliche Terroristennester ausgehoben hat«, ergänzte Dr. Schönthaler.

»Das war, beziehungsweise ist auch noch, ein von Steuergeldern finanziertes Killerkommando – unglaublich!«

Zudem fanden sich dort Einträge über seine Gefangennahme und die wochenlangen Folterungen, die ihn nicht nur psychisch zu einem Krüppel gemacht, sondern auch sein Gesicht und seinen Körper zerstört hatten. Die durchgeführten therapeutischen Maßnahmen hatte er ebenfalls skizzenhaft notiert.

›Ohne Erfolg abgebrochen!‹, stand als letzter Satz darunter.

In einem Glossar hatte Fabian Reich Namen und Funktionen einer Vielzahl von Personen aufgelistet. Zudem waren dort Kontonummern verzeichnet, die dem Anschein nach zu den Finanziers dieser Geheimaktivitäten gehörten.

Auf der letzten Innenseite des Tagebuchs klebte ein Foto. Es zeigte einen martialisch dreinblickenden Mann im Kampfanzug. ›Mein Ausbilder: Hauptmann Peter Müller‹, stand darunter geschrieben. Das

Foto war mit einem dicken roten Fadenkreuz durchgestrichen.

»Das ist eindeutig unser angeblicher Johannes Zörntlein«, stellte Tannenberg fest.

»Also, wenn ich solch einen blöden Allerweltsnamen hätte, würde ich mir auch einen schöneren Decknamen zulegen«, meinte Dr. Schönthaler. »Prost!«

Der Rechtsmediziner setzte sein Weizenbierglas an die Lippen und leerte es. Gebannt starrte Tannenberg auf dessen ausgeprägten Adamsapfel, der sich bei jedem Schluck markant unter der straffen Haut auf- und abbewegte.

»Vorne stand irgendwo, dass dieser Müller ihn zu den Therapiesitzungen bei Kronenberger begleitet hat.«

»Ja, ich weiß, Wolf. Ich hab's auch gelesen. Auf diese Weise hatte er ihn gut unter Kontrolle. Bis John dann alles hingeschmissen hat und untergetaucht ist.«

Nach etwa einer Viertelstunde klappte Tannenberg das Büchlein zu und wiegte es wie einen Goldbarren in seiner Hand. »Ganz schön schwerer Tobak, kann ich da nur sagen.«

»Beziehungsweise Sprengstoff. Falls es dir nicht bewusst sein sollte: Du hältst gerade eine scharfe Handgranate in deiner rechten Hand.«

Tannenberg legte das Tagebuch vor sich auf den Tisch und strich sanft darüber. »Warum hast du mir denn nicht schon viel früher gesagt, dass du dieses brisante Material *an-dich*-genommen hast?«

»Das war die angemessene Strafe für dein Fremdgehen mit deinem lieben Johannes«, grinste er.

»Also war doch Eifersucht im Spiel.«

»Von wegen.«

»Über den Mord an Thomas Rettler und den Anschlag auf mich und Kronenberger …«

»Jeder Esel nennt sich zuerst!«, fiel ihm Dr. Schönthaler ins Wort.

»Was?«, fragte Tannenberg verdutzt. Dann schüttelte er den Kopf und fuhr fort: »Darüber steht nichts drin.«

»Kein Wunder, denn dafür war er ja auch nicht verantwortlich, sondern dein Herzbubi«, frotzelte der Pathologe weiter.

Tannenberg überging die spitze Bemerkung. »Dann fassen wir mal zusammen: Dieser Peter Müller war nicht nur sein Ausbilder, sondern auch sein Truppführer. Und damit quasi so etwas wie eine Vaterfigur für ihn.«

»Von der er bitter enttäuscht wurde, weil er ihn nach Johns – ich nenne ihn weiter so, okay?«

Tannenberg nickte stumm.

»Weil er ihn nach Johns traumatischen Foltererlebnissen anscheinend nicht mehr als diensttauglich erachtete und aufs Abstellgleis geschoben hat.«

»Aber er hat ihn doch zumindest eine Weile zur Therapie begleitet.«

»Doch nur, um ihn zu kontrollieren, nicht um ihm als Freund zur Seite zu stehen. Denn mit seinen gravierenden psychischen Problemen stellte John ein unkalkulierbares Risiko dar. Er war für diesen Peter Müller und die anderen Schattenmänner von MAD, BND oder sonst wem so etwas wie eine tickende Zeitbombe.«

»Aber warum haben sie ihn dann nicht bereits früher liquidiert?«

Dr. Schönthaler lupfte die Schultern. »Vielleicht stand das ja gerade bevor, als John abgetaucht ist.«

»Und dann haben sie einem Berufskiller einen Berufskiller auf den Hals gehetzt.«

»Exakt. Und zwar mit dem Auftrag, ihn zu töten, bevor ihn die Polizei zu fassen kriegt. Und wo ist es am ruhigsten und sichersten, wenn draußen der Sturm tobt?«

Er wartete eine Reaktion seines Freundes ab, aber Tannenberg blätterte suchend in dem Tagebuch herum. »Im Auge des Tornados – sprich: in der SOKO ›Sniper‹. Das erklärt zum Beispiel auch, weshalb er so schnell wusste, dass John den Bus gekapert hatte: Weil er oder seine Mitwisser den Polizeifunk abgehört haben.«

»Da steht's«, rief sein Gegenüber.

»Was?«

»Heute, am 8. September – also drei Tage vor dem ersten Mordanschlag – habe ich Peter über meinen Plan informiert und meine Geldforderungen gestellt. Allerdings ohne ihm die exakten Orte und Zeitpunkte anzugeben, an denen ich zuschlagen werde. Was Peter auch nicht weiß: *Er* wird mein zehntes Opfer sein.«

»Dazu ist es ja leider nicht mehr gekommen.«

»Rainer!«

»Aber ist doch wahr.«

»Nur woher kommt dieser unglaubliche Hass, der ihn zu solch einem Wahnsinn getrieben hat?«

»Na ja, ich denke, unser armer John hatte keine anderen Bezugspersonen gehabt als seine Kameraden und seinen Ersatzvater. Und als diese Leute ihn wie eine heiße Kartoffel fallen ließen, wurde ihm der Boden unter den Füßen weggerissen. Der einzige Strohhalm, an den er sich am Ende noch geklammert hat, war wohl die Hoffnung, sich mit seinen irren Aktionen selbst therapieren und von diesen fürchterlichen Flashbacks befreien zu können. Wir dürfen nicht vergessen, dass er durch die wochenlangen Folterungen massive psychische Schädigungen erlitten hat.«

»Du redest ja gerade so, als ob er ein Opfer sei.«

»Ist er das denn nicht auch?«

Für einige Sekunden wanderte das Schweigen zwischen den beiden alten Freunden hin und her.

Tannenberg brach als erster die Stille: »Aber dazu passt doch nicht die Forderung nach den zehn Millionen …«, er stieß geräuschvoll Luft durch die Nase, »beziehungsweise am Ende sogar zwanzig Millionen. So etwas tut doch nur einer, der voller Optimismus steckt, gierig nach einem Luxusleben ist.«

»Ich glaube, du denkst zu sehr in unseren Kategorien.« Er malte Gänsefüßchen in die Luft. »In normalen Kategorien. Aber John war kein normaler

Mensch mehr, er war ein völlig durchgeknallter Psychopath, sonst hätte er wohl kaum mehrere Morde begangen, um sich zu therapieren. So einen kannst du doch nicht mit normalen Maßstäben messen. Für solche Irren ist der Wahnsinn die Normalität.«

Tannenberg blickte betreten auf seinen immer noch nahezu unberührten Teller. »Ja, sicher, du hast recht.«

»Wie immer.«

»Fast immer«, korrigierte Tannenberg und prostete ihm zu. Er wischte sich mit dem Handrücken den Schaum von den Lippen. »Durch die Attentatserie wollte er seinem Ziehvater anscheinend auch beweisen, dass es eine folgenschwere Fehlentscheidung war, ihn mit kalter Hand auszumustern.«

Dr. Schönthaler nickte. »Den Nachweis, ein perfekter und lautloser Killer zu sein, hat er uns ja geliefert.«

»Merkst du eigentlich, wie pervers das alles ist?«

»Was meinst du damit?«

»Da freuen wir uns drüber, dass sein siebtes Opfer nicht sterben musste. Und der Grund dafür ist ein Mordanschlag auf den Todesschützen.«

»Na ja, doch wohl besser dieser Mehrfachmörder als der Junge, nicht wahr? Außerdem hat er John nicht getroffen. Hab ich dir eigentlich schon meine Lieblingsstelle gezeigt?«

»Nee.«

Der Gerichtsmediziner nahm das Tagebuch und stöberte eine Weile darin herum. Nachdem er sich noch einmal mit Weizenbier gestärkt hatte, las er die entsprechende Textstelle vor:

»Wie oft hat uns Peter von seiner Heimat vorgeschwärmt. Immer dieselbe Leier, egal ob wir in der trockensten Wüste, der kältesten Steppe oder dem undurchdringlichsten Dschungel im Einsatz waren. Diese verklärte Lobeshymne auf diese Scheiß-Pfalz und ihre angeblich so prächtigen Wälder, herrlichen Seen, imposanten Burgen, ertragreichen Äcker und Weinberge und liebenswerten Menschen. Irgendwann konnte ich es einfach nicht mehr hören. Dabei hat er dort nur seine Kindheit verbracht. Scheiß-Pfalz – Scheiß-Peter!«

»Tja, und dann muss er irgendwann von den Zehnkampf-Pfalzmeisterschaften erfahren haben. Und das war dann wohl der Auslöser, der noch gefehlt hat, um diesen Wahnsinnsplan in die Tat umzusetzen.«

»Soll ich dir mal was flüstern, mein alter Junge?«, fragte der Pathologe. Er reckte den Zeigefinger energisch in die Höhe und verkündete: »Wenn man derart abfällig über unsere geliebte Pfalz herzieht, hat man den Tod verdient – mindestens.«

»Mindestens?«

Auf diese Rückfrage wusste sein Freund keine Antwort. Zum Glück erschien gerade die Bedienung: »Noch zwei Weizen, bitte«, orderte Tannenberg Nachschub.

Kurz darauf machte sich Dr. Schönthalers Handy bemerkbar. Er schaute auf das Display, erhob sich und entfernte sich ein paar Schritte. Mit dem Rücken zum Leiter des K 1 gewandt, murmelte er ein paar unverständliche Worte und kehrte danach zum Tisch zurück.

»Wer war das denn?«, fragte Wolfram Tannenberg neugierig.

»Geht dich gar nichts an.«

»Seit wann hast du denn Geheimnisse vor mir?«

Rainer Schönthaler antwortete nicht, sondern grinste nur breit. »Wir sollten uns noch geschwind darüber einig werden, wie wir mit diesem hochbrisanten Material umgehen sollen.«

Tannenberg schürzte die Lippen. »Wieso, das ist doch sonnenklar, oder?«

Sein Gegenüber nickte verschwörerisch. »Wir gehen also davon aus, dass John dieses Tagebuch der Presse zuspielen wollte.«

»So ist es. Und da er dies nun aus naheliegenden Gründen nicht mehr tun kann, müssen wir diese Aufgabe übernehmen und die internationale Presse mit Kopien versorgen. Streng anonym selbstverständlich.«

»Selbstverständlich. Schließlich wollen wir ja noch ein paar schöne Jährchen ohne Einschusslöcher in unserer Heimat verbringen. Wir und die Pfalz – Gott erhalt's!«

Die beiden Weizenbiergläser trafen klirrend aufeinander.

»Wir werden eine gewaltige Lawine lostreten.«

»Die diese Schattenmänner in den Abgrund reißen wird.«

»Wir werden damit einen unglaublichen Medienrummel erzeugen.« Tannenberg schnippte mit den Fingern. »Ach, jetzt verstehe ich endlich auch den Quatsch, den du vorhin verzapft hast, als du mich interviewtest. Das war eine Anspielung darauf, dass wir beide nun Enthüllungsjournalismus betreiben werden.«

»Nicht unbedingt selbst betreiben, eher initiieren«, berichtigte Dr. Schönthaler schmunzelnd und ließ das Tagebuch in seinem Sakko verschwinden.

»Mit dem Foto von Johns Mörder und seinem richtigen Namen werden wir diesem Peter Müller anständig Feuer unter dem Hintern machen. Die Journalistenmeute wird ihn über den Erdball jagen – und irgendwann und irgendwo werden sie ihn aufspüren und ans Kreuz nageln.«

»Hoffen wir's.«

In Tannenbergs linkem Augenwinkel tauchte urplötzlich ein schwarzer Schatten auf, dann war alles um ihn herum schwarz.

Als er mit schreckverzerrtem Gesicht die Augen aufschlug, lag Kurt quer über ihm. Er hatte ihn seitlich von hinten angesprungen und ihn mitsamt des Gartenstuhls auf das Kopfsteinpflaster geworfen. Wie ein durchblutungsfördernder Waschlappen klatsche Kurts raue Zunge auf die linke Wange seines Herrchens.

»Bah, Kurt, du stinkst aus dem Maul wie ein Gammelfleischcontainer«, stöhnte Tannenberg und befreite sich von dem massigen Hundekörper.

Dann schaute er hoch – mitten hinein in Hannes strahlendes Gesicht. Augenblicklich schlug sein Herz schneller. Hanne beugte sich zu ihm herunter und küsste ihn.

Derweil raubte Dr. Schönthaler die Bratwurst von Tannenbergs Teller und reichte sie Kurt, der sie ganz vorsichtig mit den Vorderzähnen packte, sie dann aber ratzfatz verschlang.

»Rainer, er soll doch solche fetten Sachen nicht fressen«, mahnte Kurts Herrchen.

»Zur Feier des Tages darf er das ausnahmsweise mal. Außerdem hilft es gegen Mundgeruch.«

Kurt setzte sich auf die Hinterpfoten, legte den Kopf schief und schmachtete den Rechtsmediziner mit einem herzerweichenden Blick an. Der packte ihn mit beiden Händen am Kopf und kraulte ihn hinter den Ohren.

»Mensch, Kurt, sei ja froh, dass du kein Mensch bist!«

In den nächsten Tagen berichteten alle namhaften Zeitungen sowie die großen Rundfunk- und Fernsehanstalten ausführlich über die mysteriöse Mordserie. Besonderes Augenmerk richteten die Medien dabei auf die inhaltliche Verknüpfung dieser Verbrechen mit illegalen Auslandseinsätzen einer strenggeheimen deutschen Eliteeinheit. Die offiziellen Stellen wiesen derartige Spekulationen selbstredend als völlig frei erfundene Hirngespinste eines Psychopathen und brutalen Kapitalverbrechers zurück.

In bewährter Manier präsentierten die Medien natürlich nicht alle der ihnen vorliegenden Informationen auf einen Schlag, sondern häppchenweise. Die Grundlagen für ihre Enthüllungsberichte bildeten zunächst nur die anonym zugespielten Kopien des Einsatztagebuchs eines ehemaligen Mitglieds dieser Geheimtruppe.

Doch schon bald meldete sich der einzige Freund des sogenannten ›Snipers‹, ein im Ausland untergetauchter Ex-Söldner, bei einem privaten Fernsehsender und stellte sich diesem exklusiv als Top-Informant zur Verfügung. Er war im Besitz von zusätzlichem, hochbrisantem Material, das unter anderem die Verbindungen dieses Killerkommandos zu Entscheidungsträgern eines Geheimdienstes belegte.

Die Berichterstattung über die illegalen Aktivitäten dieser geheimen Elitetruppe im Kampf gegen den internationalen Terrorismus verursachte einen gewaltigen Wirbel, der sogar zum Rücktritt des Bundesverteidigungsministers führte. Da dieser sowieso gerade wegen seiner Forderung nach präventiver Tötung von Terrorverdächtigen selbst in der eigenen Partei im Kreuzfeuer der Kritik stand, wurde er wie John mit kalter Hand abserviert. Es rollten noch einige weitere Köpfe – allesamt ›Bauernopfer‹, wie die Medien die Leidtragenden dieser panikartig erfolgten Personalveränderungen nannten.

Der per internationalem Haftbefehl gesuchte Johannes Zörntlein, alias Peter Müller, blieb trotz intensiver Fahndungsmaßnahmen wie vom Erdboden verschluckt. Die Geheimdienstnetzwerke wurden durch diese Eruptionen nur kurzzeitig erschüttert, erlitten aber keinen dauerhaften Schaden. Deshalb wurden Vermutungen laut, dass der mit einer neuen Identität ausgestattete Peter Müller irgendwo auf dem Erdball auch weiterhin als Berufskiller im Einsatz sein könnte.

EPILOG

Ein Jahr später

Bis zur Schließung des Missionskrankenhauses hatte Enrico als Pfleger gearbeitet. Doch als die Finanzhilfen der UNO ausblieben, hatte er kurzerhand auf das krisenfeste Bestattungsgeschäft umgesattelt. Hier unten im Keller der ehemaligen Klinik störte er niemanden und ihn störte niemand. Die wenigen Auswahlsärge hatte er im Erdgeschoss aufgebaut, wo er auch die Formalitäten mit den Familienmitgliedern der Verstorbenen regelte.

Manchmal erledigte er Sonderaufträge. Diese hatten eine feste Regel: Er fragte nicht und er sagte nichts. Er nahm die Dollar entgegen, verfrachtete den angelieferten Leichnam in einen billigen Lattensarg, fuhr ihn mit seinem klapprigen Lieferwagen hinaus in die endlose Steppe und versenkte ihn tief im Boden.

Obwohl er diese namenlosen Menschen an einem namenlosen Ort verscharrte, erwies er ihnen als stenggläubiger Christ zuvor noch eine letzte Ehre, indem er für eine würdevolle Beerdigung sorgte. Dazu gehörte, dass er die Toten so herrichtete, dass man sie guten Gewissens hätte aufbahren können. Und am offenen Grab las er ihnen eine Stelle aus der Bibel vor.

Enrico nahm einen tiefen Schluck aus seiner Schnapsflasche, die ihn als treuer Freund durch sein Leben begleitete. Genauso wie die dicke Zigarre, die er fast den ganzen Tag über im rechten Mundwinkel stecken hatte. Er zündete sie an und blies die Rauchschwaden über den nackten Männerkörper hinweg.

An die Kakerlaken und die anderen Insekten, die das Krankenhaus schon seit Langem bevölkerten, hatte er sich gewöhnt, genauso wie an den abgeplatzten Putz an den mit Schimmelflecken überzogenen Wänden. Aber die Schmeißfliegen störten ihn beim Schminken des Leichnams.

Er hatte den Toten gerade frisch rasiert und schmierte ihm nun Gel in die Haare. Er setzte die Flasche mit dem billigen Fusel noch einmal an den Mund. Rülpsend stellte er sie ab, griff eine Bürste und kämmte die grau melierten Haare seitlich nach hinten.

Zufrieden betrachtete er sein Werk und murmelte schmunzelnd: »Der sieht ja aus wie George Clooney.«

ENDE

Website des Autors:
www.tannenberg-krimis.de

Weitere Krimis finden Sie auf den folgenden Seiten und im Internet: www.gmeiner-verlag.de

BERND FRANZINGER
Leidenstour

327 Seiten, Paperback.
ISBN 978-3-8392-1016-1.

HÖLLENRITT Für den Jungprofi Florian Scheuermann geht ein Lebenstraum in Erfüllung: Er wird für den Rennstall der Radsport-Legende Bruce Legslow nachnominiert und darf an der diesjährigen Tour de France teilnehmen. Doch schon bald verfliegt seine anfängliche Euphorie. Bei einer Trainingsausfahrt wird er Opfer eines heimtückischen Anschlags. Kurz darauf wird ein Mechaniker seines Teams tot aufgefunden. Er wurde im Schlaf mit einer Fahrradkette erdrosselt.

Kommissar Wolfram Tannenberg ermittelt fieberhaft. Gibt es einen Zusammenhang zwischen dem Mord und den Dopingpraktiken, mit denen auch Florian konfrontiert wird? Als dann auch noch bei einer Pressekonferenz ein mysteriöser Doping-Kronzeuge durch ein Sprengstoffattentat getötet wird, entwickelt sich der verheißungsvolle Karrierestart endgültig zum Albtraum …

BERND FRANZINGER
Kindspech

326 Seiten, Paperback.
ISBN 978-3-89977-777-2.

TEUFLISCHES SPIEL Panik im Hause Tannenberg: Emma, der jüngste Spross des Familienclans, wurde entführt. Zunächst deutet alles auf eine Verwechslung hin. Doch als am nächsten Morgen Tannenbergs Todesanzeige in der Zeitung erscheint, erfährt der Fall eine dramatische Wende.

Fieberhaft suchen die Ermittler nach einer Person, die ein Motiv für diesen Racheakt haben könnte. Derweil befindet sich die kleine Emma im schalldicht isolierten Keller des skrupellosen Entführers, dem sie auf Gedeih und Verderb ausgeliefert ist. Eingepfercht in einen Gitterkäfig steht sie Todesängste aus.

Der Kidnapper stellt Tannenberg ein Ultimatum und zwingt ihn zur Teilnahme an einem teuflischen Spiel. Ein verzweifelter Wettlauf gegen die Zeit beginnt …

GMEINER

Wir machen's spannend

BERND FRANZINGER

Jammerhalde

324 Seiten, Paperback.
ISBN 978-3-89977-727-7.

NEUE MORDE IM PFÄLZERWALD An der Jammerhalde, einem düsteren Nordhang im Pfälzerwald, wurde im Dreißigjährigen Krieg ein grausames Massaker verübt. Genau an diesem geschichtsträchtigen Ort wird ein männlicher Leichnam entdeckt, dem schon bald weitere folgen sollen. Alle Opfer wurden auf bestialische Art und Weise getötet und verstümmelt. Nach jedem Mord legt der Täter zudem eine weiße Lilie auf dem Gedenkstein der Jammerhalde ab.

Was bedeuten diese makaberen Arrangements? Haben die Taten etwas mit einer ungelösten Liebespaar-Mordserie aus den 70er-Jahren zu tun? Die Suche nach dem brutalen Serienmörder führt Hauptkommissar Wolfram Tannenberg zu einem Historikerverein, bei dem auch seine neue Herzdame, Johanna von Hoheneck, Mitglied ist.

BERND FRANZINGER

Bombenstimmung

325 Seiten, Paperback.
ISBN 978-3-89977-684-3.

BOMBENSTIMMUNG BEI DEUTSCHLANDS BELIEBTESTER QUIZ-SHOW Hauptkommissar Wolfram Tannenberg fiebert dem Ereignis des Jahres entgegen. Deutschlands beliebteste Quiz-Show gastiert in seiner Heimatstadt. Mit von der Partie ist seine Familie: Vater, Bruder und Neffe nehmen als Kandidatenteam an dem Quiz in der ausverkauften Stadthalle teil.

Mitten in der Livesendung meldet sich ein skrupelloser Erpresser und fordert den Hauptgewinn von 10 Millionen Euro. Er behauptet, mehrere Sprengsätze im Keller des Gebäudes deponiert zu haben und droht diese zu zünden. Als zwei Bomben in der Nähe der Halle explodieren, wird Tannenberg klar, dass ihm nur noch wenig Zeit bleibt, um eine Katastrophe zu verhindern …

GMEINER

Wir machen's spannend

BERND FRANZINGER

Pilzsaison

441 Seiten, Paperback.
ISBN 978-3-89977-606-5.

SPANNUNG, NERVENKITZEL UND GRUSEL PUR Wolfram Tannenberg, frischgebackener Leiter der Kaiserslauterer Mordkommission, wird in seinem ersten Fall gleich mit einem mysteriösen Verbrechen konfrontiert.

Im Stadtwald wird eine weibliche Leiche entdeckt, in deren aufgeschlitzter Kehle mehrere Pilze stecken. Der Kommissar kann weder eine Spur zu einem Verdächtigen finden, noch ist auch nur der Ansatz eines möglichen Tatmotivs zu erkennen. Wenige Tage später finden Spaziergänger eine weitere Frauenleiche.

Tannenbergs Gegner – offenbar ein Serienmörder – erscheint übermächtig, denn er ist ein geschickter Stratege, ein leidenschaftlicher Spieler, der immer eine Überraschung für seine Häscher bereit hält.

RICHARD LIFKA

Sonnenkönig

279 Seiten, Paperback.
ISBN 978-3-8392-1096-3.

IM MEDIENDSCHUNGEL Der Wiesbadener Privatdetektiv Ninus Hagen erhält den Auftrag, die Botschafter-Tochter Carla Cosian zu überwachen. Gleichzeitig bittet ihn die Journalistin Lena Rotmilch, Informationen über die Geschäftsführerin einer Medienagentur zu beschaffen.

Beide Aufträge werden durch mysteriöse Todesfälle jäh beendet, doch Ninus und Lena recherchieren auf eigene Faust weiter. Alle Spuren weisen in die Welt der Medienagenturen. Insbesondere der Chef eines großen Firmenimperiums, Andrej Rolozko, in der Branche als der »Sonnenkönig« bekannt, rückt immer deutlicher in den Fokus der Ermittlungen …

GMEINER

Wir machen's spannend

CHRISTIAN GUDE

Kontrollverlust

274 Seiten, Paperback.
ISBN 978-3-8392-1083-3.

DIENSTMÜDE Zwanzig Jahre Mordkommission hinterlassen Spuren. Auch bei Hauptkommissar Karl Rünz, der sich neuerdings als Krimiautor versucht und deshalb überhaupt keinen Sinn für die Pläne seines karriereorientierten Vorgesetzten hat. Wie dumm, dass just zu diesem Zeitpunkt in einem Nachbarort Darmstadts ein toter Schmied in seiner Werkstatt gefunden wird und sich Rechtsmediziner Bartmann partout nicht dazu überreden lässt, eine natürliche Todesursache zu diagnostizieren. Was zunächst nach einem Routinefall aussieht, entwickelt sich bald zu einem ausgewachsenen Problem für Rünz, an dessen rascher Lösung nicht nur die US Air Force größtes Interesse hat …

MARCUS IMBSWEILER

Butenschön

321 Seiten, Paperback.
ISBN 978-3-8392-1106-9.

BRANDHEISSES MATERIAL Prof. Albert Butenschön, der fast hundertjährige Chemiker und Molekularbiologe aus Heidelberg, gilt als einer der wichtigsten deutschen Nachkriegswissenschaftler. Warum wird auf das Büro der Historikerin Evelyn Deininger, die an einer Promotion über sein Leben und Werk arbeitet, ein Brandanschlag verübt? Hat Butenschön etwas zu verbergen? Oder stecken rabiate Studenten dahinter? Bei seinen Ermittlungen gerät Max Koller nicht nur zwischen die Fronten universitärer Scharmützel, sondern erfährt auch einiges über das Verhältnis von Politik, Wissenschaft und Moral …

GMEINER

Wir machen's spannend

OLIVER VON SCHAEWEN

Räuberblut

319 Seiten, Paperback.
ISBN 978-3-8392-1081-9.

RÄUBERSCHARMÜTZEL Eine Leiche treibt auf dem See des Schlosses Monrepos in Ludwigsburg. Ist Altverleger Hermann Moosburger Opfer eines Gewaltverbrechens geworden? Verdächtig sind die beiden Söhne des Unternehmers. Frank Moosburger sollte das Zeitschriftenimperium des 76-Jährigen übernehmen, war aber möglicherweise in Ungnade gefallen. Kai Moosburger hat den Absprung aus der Yellow-Press-Welt geschafft und lebt fernab des Familienclans im Wald, wo er Survival Camps anbietet.

Kommissar Peter Struve aus Stuttgart fischt im Trüben. Doch dann wendet sich das Blatt …

MICHAEL KRUG

Bahnhofsmission

273 Seiten, Paperback
ISBN 978-3-8392-1091-8.

GROSSER BAHNHOF In Stuttgart erregt das Bahnhofsprojekt Stuttgart 21 die Gemüter. Als der Vorstandsvorsitzende der größten Bank des Landes in einem Kellerraum des Stuttgarter Hauptbahnhofs erschlagen aufgefunden wird, gerät der Bahn-Manager Norbert Hagemann unter dringenden Mordverdacht. Der karrierebesessene Finanzjongleur war nicht nur zur Tatzeit am Tatort. Bald wird auch bekannt, dass er ein Verhältnis mit der Frau des toten Bankers hat. Doch diese Lösung scheint dem erfahrenen Kriminalbeamten Herbert Bolz viel zu einfach …

GMEINER

Wir machen's spannend

Alle Gmeiner-Autoren und ihre Romane auf einen Blick

KEISER, GABRIELE / POLIFKA, WOLFGANG: Puppenjäger **KELLER, STEFAN**: Kölner Kreuzigung **KLAUSNER, UWE**: Die Bräute des Satans • Odessa-Komplott • Pilger des Zorns • Walhalla-Code • Die Kiliansverschwörung • Die Pforten der Hölle **KLEWE, SABINE**: Die schwarzseidene Dame • Blutsonne • Wintermärchen • Kinderspiel • Schattenriss **KLÖSEL, MATTHIAS**: Tourneekoller **KLUGMANN, NORBERT**: Die Adler von Lübeck • Die Nacht des Narren • Die Tochter des Salzhändlers • Kabinettstück • Schlüsselgewalt • Rebenblut **KOHL, ERWIN**: Flatline • Grabtanz • Zugzwang **KOPPITZ, RAINER C.**: Machtrausch **KÖHLER, MANFRED**: Tiefpunkt • Schreckensgletscher **KÖSTERING, BERND**: Goetheruh **KRAMER, VERONIKA**: Todesgeheimnis • Rachesommer **KRONENBERG, SUSANNE**: Kunstgriff • Rheingrund • Weinrache • Kultopfer • Flammenpferd **KRUG, MICHAEL**: Bahnhofsmission **KURELLA, FRANK**: Der Kodex des Bösen • Das Pergament des Todes **LASCAUX, PAUL**: Gnadenbrot • Feuerwasser • Wursthimmel • Salztränen **LEBEK, HANS**: Karteileichen • Todesschläger **LEHMKUHL, KURT**: Dreiländermord • Nürburghölle • Raffgier **LEIX, BERND**: Fächertraum • Waldstadt • Hackschnitzel • Zuckerblut • Bucheckern **LIFKA, RICHARD**: Sonnenkönig **LOIBELSBERGER, GERHARD**: Reigen des Todes • Die Naschmarkt-Morde **MADER, RAIMUND A.**: Schindlerjüdin • Glasberg **MAINKA, MARTINA**: Satanszeichen **MISKO, MONA**: Winzertochter • Kindsblut **MORF, ISABEL**: Schrottreif **MOTHWURF, ONO**: Werbevoodoo • Taubendreck **MUCHA, MARTIN**: Papierkrieg **NEEB, URSULA**: Madame empfängt **OTT, PAUL**: Bodensee-Blues **PELTE, REINHARD**: Kielwasser • Inselkoller **PUHLFÜRST, CLAUDIA**: Rachegöttin • Dunkelhaft • Eiseskälte • Leichenstarre **PUNDT, HARDY**: Friesenwut • Deichbruch **PUSCHMANN, DOROTHEA**: Zwickmühle **RUSCH, HANS-JÜRGEN**: Gegenwende **SCHAEWEN, OLIVER VON**: Räuberblut • Schillerhöhe **SCHMITZ, INGRID**: Mordsdeal • Sündenfälle **SCHMÖE, FRIEDERIKE**: Wieweitdugehst • Bisduvergisst • Fliehganzleis • Schweigfeinstill • Spinnefeind • Pfeilgift • Januskopf • Schockstarre • Käfersterben • Fratzenmond • Kirchweihmord • Maskenspiel **SCHNEIDER, BERNWARD**: Spittelmarkt **SCHNEIDER, HARALD**: Wassergeld • Erfindergeist • Schwarzkittel • Ernteopfer **SCHNYDER, MARIJKE**: Matrjoschka-Jagd **SCHRÖDER, ANGELIKA**: Mordsgier • Mordswut • Mordsliebe **SCHUKER, KLAUS**: Brudernacht **SCHULZE, GINA**: Sintflut **SCHÜTZ, ERICH**: Judengold **SCHWAB, ELKE**: Angstfalle • Großeinsatz **SCHWARZ, MAREN**: Zwiespalt • Maienfrost • Dämonenspiel • Grabeskälte **SENF, JOCHEN**: Kindswut • Knochenspiel • Nichtwisser **SEYERLE, GUIDO**: Schweinekrieg **SPATZ, WILLIBALD**: Alpenlust • Alpendöner **STEINHAUER, FRANZISKA**: Gurkensaat • Wortlos • Menschenfänger • Narrenspiel • Seelenqual • Racheakt **SZRAMA, BETTINA**: Die Konkubine des Mörders • Die Giftmischerin **THIEL, SEBASTIAN**: Die Hexe vom Niederrhein **THÖMMES, GÜNTHER**: Der Fluch des Bierzauberers • Das Erbe des Bierzauberers • Der Bierzauberer **THADEWALDT, ASTRID / BAUER, CARSTEN**: Blutblume • Kreuzkönig **ULLRICH, SONJA**: Teppichporsche **VALDORF, LEO**: Großstadtsumpf **VERTACNIK, HANS-PETER**: Ultimo • Abfangjäger **WARK, PETER**: Epizentrum • Ballonglühen • Albtraum **WICKENHÄUSER, RUBEN PHILLIP**: Die Seele des Wolfes **WILKENLOH, WIMMER**: Poppenspäl • Feuermal • Hätschelkind **WYSS, VERENA**: Blutrunen • Todesformel **ZANDER, WOLFGANG**: Hundeleben